2021年度佛山市文艺精品扶持项目

LIUZHU FANGFEI

FOSHAN FEIYI SANWEN

留住芳菲

佛山非遗散文

关宏 著

江西高校出版社
JIANGXI UNIVERSITIES AND COLLEGES PRESS

图书在版编目(CIP)数据

留住芳菲:佛山非遗散文/关宏著.--南昌:江西高校出版社,2022.4(2024.9重印)

ISBN 978－7－5762－2531－0

Ⅰ.①留… Ⅱ.①关… Ⅲ.①散文集—中国—当代 Ⅳ.①I267

中国版本图书馆 CIP 数据核字(2022)第 043020 号

出 版 发 行	江西高校出版社	
社 址	江西省南昌市洪都北大道 96 号	
总编室电话	(0791)88504319	
销 售 电 话	(0791)88522516	
网 址	www.juacp.com	
印 刷	固安兰星球彩色印刷有限公司	
经 销	全国新华书店	
开 本	700mm×1000mm 1/16	
印 张	16.25	
字 数	240 千字	
版 次	2022 年 4 月第 1 版	
	2024 年 9 月第 2 次印刷	
书 号	ISBN 978－7－5762－2531－0	
定 价	86.00 元	

赣版权登字 －07－2022－271

情至深处文自美

盛 慧

对于文章之道,每个写作者都有自己的理解,而我特别喜欢的是两句话,一句叫"文者气之所形",一句叫"气盛则神全",在我看来,文章之道,贵在气盛。那么,气又从何来呢? 我觉得最主要是情感和时间,情感的浓烈固然重要,时间的沉淀同样不可或缺。我想,这正是关宏老师的文章特别能打动人的秘密所在吧。当关宏老师托我给她的新书《留住芳菲——佛山非遗散文》写序时,我首先想到的便是"情至深处文自美"这句话,的确,她写下的每一个字,无不浸润着对佛山这座城市深沉的爱,无不浸润着对佛山"非遗"无限的情。

品读关宏老师的文字,我总有一种"恰如灯下遇故人"的温暖感觉。因为,和关宏老师一样,我和她都不是正宗的佛山人,她来自内蒙古,我来自江苏,但我们却对佛山这座城市的传统文化深深着迷,都用文字记录这座城市的过往。多年以来,作为佛山市博物馆副馆长、佛山市非物质文化遗产保护中心副主任,关宏老师一直从事"非遗"相关的工作,她为佛山的"非遗"事业立下了汗马功劳,其中的艰辛与曲折,常人是难以体会的。这本书写的就是她十几年来从事非遗保护工作的历程,是佛山"非遗"留给她的美丽心痕。作为一位知名的散文家,她的文字轻盈灵动,清新质朴,饱含着深情,充满了趣味。读罢此书,对佛山这座城市,大家一定会有更加深入的了解,一定会深深爱上这座低调却独具风韵的城市。

人与人之间讲究缘分,人与城市也是如此。我一直觉得,佛山是一座特别有魅力的城市,一方面在于它有着深厚的文化积淀,另一方面是佛山人对于自己文化的高度认同。可以说,每一个佛山人都是本土文化的守护者与传承者,而"非遗"就是佛山人文化的胎记。

最好的才华是情怀,最好的手艺也是情怀,翻读书稿,我常常为老艺人们的坚守所感动,其中最令我感动的是木版年画传承人冯炳棠。20世纪90年代,木版年画一度低迷,当日本人提出高价购买雕版时,他却拒绝了。在弥留之际,他又反复叮嘱儿子和徒弟们要将这门手艺传承下去,听到他们的大声回答,方才安详地闭上双眼。

是啊,传统文化是我们文明的根脉所在,是先辈智慧的结晶,它需要一代代传承下去。因为人其实是被文化滋养的,我们离不开自己的传统文化,就像鱼儿离不开水一样。

我想,不管你是本地人还是外来者,一定会和我一样深深地喜欢上关宏老师这本书,因为它会击中你心中最柔软的部分,让你对佛山这座城市产生一种别样的、温柔的情愫。

2020 年 12 月 31 日

(盛慧:一级作家,现任佛山市艺术创作院副院长)

自序

——由"蓪纸画"谈起

早在 2008 年我出版《常思峰头月一轮》散文集时,百花文艺出版社的高为老师曾说:"如果你写关于非物质文化遗产的文字,一定很精彩,那是社会需求的,你何不尝试一下?"从那时起我就一直想写关于佛山非物质文化遗产方面的文章,不仅是因为高为老师的指导,更因为这些传统文化让我有太多的感动。如今非物质文化遗产已经成为热搜的词汇,其保护传承已经向纵深发展。作为非遗文化保护的工作者,在深入接触中,我体会到中华文化的一部分——佛山非遗中有太多的美丽情怀,我愿意将这种美丽以轻松愉悦的方式传播开来,让非遗以文字叙述的方式发出温暖的光泽,让更多的人了解一种地方文化的历史积累、沉淀以及今天的传承。但是,也不仅仅是由于工作忙,没时间,还因为觉得自己对非遗的理解达不到应有的深刻,怕写出来的东西粗糙浅薄对不起读者,所以一直没有提笔,直到看到《广州制作:欧美藏十九世纪中国蓪纸画》一书,惕然惊觉,我们民族的宝贝、城市的宝贝,那些被岁月和前人留下来的芳菲,正显示着迷人的风采,对此,我们如果不努力进行保护、记录和传播,怎能对得起我们的后人?

蓪纸画是清末民初的产物,正像陈玉环老师所讲的,"如果不是因为威廉斯先生把'pith paper watercolours'带进我们的视野,我们在翻译时检阅清代的中文文献,这种物品最地道最贴近时代的中文名称'蓪纸画'几乎被人遗忘了……""2000 年 9 月,他亲自将这批准备捐赠给广州人民的礼物带到广州,我们于 2001 年在广州博物馆举办了展览并出版图录……是蓪纸画把伊凡(威廉斯的昵称)带到广州,引领他寻觅两百年前的羊城足迹;他也把蓪纸画带回广州,使广州拥有了第一批 19 世纪本地制作的蓪纸画藏品。广州的文博工作者和社会大众对蓪纸画的认识与重视,就是从伊凡捐献的这批藏品开始的"。这些文字令我内心惶恐,令我有涔涔冷汗。我不知道陈玉环老师写下这些文字时心情如何复杂,但于我,都如惊雷滚过。在中国这块古老的土地上,我们的每个城市里有多少自己的先人创造出来的,又因为在司空见惯之中而被忽视的"宝贝"?

蓪纸画中的龙舟

虽然我知道在这个城市中有许多的工作者,特别是作家、艺术家、学者和传媒人都在记录,但是这种惕然的感觉,令我感到自己不能再懒散下去,促使我顿然提起笔来,抽出业余的空档日夜书写,记录下城市宝贵的经历与现状,成了《留住芳菲》这样的集子。期望这个集子能将佛山这个城市深厚的传统文化艺术和手工艺的历史积淀,也就是非物质文化遗产呈现给众多读者。尽管我不是佛山土生土长的人,但是作为热爱国家的文化工作者,作为佛山二十年的市民,十多年的非物质文化遗产保护工作者,我也有责任将城市留下来的芳菲一一写作、思考、呈现,这里面无疑注入了我太多的情感。

话题再回到蒴纸画上。如果说威廉斯先生收藏后又进行捐赠的行动给人一种刚性的震撼,那么因为蒴纸画而发生在威廉斯夫妇之间的温情故事则给我更为柔性的感动。威廉斯先生收藏广州的蒴纸画始于夫妻间的小契机。那天,威廉斯太太在露天市场的街头准备花钱买下一件她看上的大衣。不料那件大衣着实有点贵,正在犹豫纠结之时,左顾右盼的她忽然看到一家古董店正摆着几幅画有花卉、蝴蝶的水彩画。这就是中国的蒴纸画,当时她并不知道这种画是什么,到底有什么价值,但她知道丈夫对艺术感兴趣,一定非常喜欢这类具有艺术性的画作。蒴纸画的价格并不便宜,但她想到丈夫的爱好,便放弃了买大衣的念头,毫不犹豫地将手里的钱买了蒴纸画。她将蒴纸画带回家后送给丈夫,威廉斯先生非常喜欢太太的礼物,欣赏之余爱不释手,这超出了太太的预料,也回馈给太太一生的喜悦。威廉斯从此一发不可收,收藏蒴纸画成了他的最大爱好,也让他知道遥远的中国南方有一座古老的城市叫"Canton"(广州)。更没想到的是,这种爱好成就了中国的博物学家、学者和广大爱好者对于蒴纸画的重新认识,同时也让我们为国人曾经创作了灿烂艺术而又几乎忽视的行为感到愧疚,从而深深反省并认识到应该加倍珍惜这些差点湮没在历史深处的文化遗产。这正是应了苏东坡那句名诗:"不识庐山真面目,只缘身在此山中。"由此,我对威廉斯先生致以深深的敬意,他由兴趣爱好继而对中国生出友好情愫,最终为中国立了一大功!

这个故事除了令我感动之外,还令我感慨良多。故事似乎有一个尖利又灵动的触角,让我心中藏着的久远的夙愿在一瞬间得到激发。我低首自问,难道不应该为这个城市记录下历史印记,做好文字的记录吗?虽然人们常说这是一个读图时代,但是文字依然是不能缺席的,这一切可以说不是收藏却近乎收藏。有句古话说"与其临渊羡鱼,不如退而结网",时不我待,那些闪烁着美的光彩的久远艺术照耀着我也压迫着我,催促我在传统文化长河中游走,在历史的身影里沉思和探索,在浩瀚的民间艺术里乘着文字船帆,做一次有责任、尽义务的航行。佛山武功威名赫赫,彪炳武林;佛山戏曲音乐婉转清丽,令人陶醉;佛山龙舟普及广泛,生命强韧;佛山手工技艺更是得天独厚,慧巧天成;佛山民俗寓意吉祥,多彩缤纷;佛山中成药悬壶济世,深邃绵长。而这一切,都是我喜欢佛山的理由,同时我喜欢佛山,是格外喜欢那份温暖人情,喜欢人与人之间的单纯和善良,喜欢那充满隆重的、亲切的、没有距离的民间艺术生活与民俗大众活动汇合交融。我感觉,是非、黑白、真伪、正反、美丑似乎都在这看似漫不经心的民俗里,被澄清得透亮,含混不清的概念也能清晰可见。于是,我在一切有意义的观察里获得一点儿心得,呈献给我热爱的世界和人们,希望让岭南水乡的声声说唱、阵阵鼓乐以及沉默而灵巧的工艺,能够穿过数百年,再一次叩响心扉……

佛山是一个美丽得令人充满遐想的地方,清代文人湛若水说过:"佛山之丘,汾水之头,古洛遥遥,有地超焉,有木乔焉,有鹤巢焉……"汾江水环流的佛山是一块乔木森然、鹤飞翩翩的风华胜地,这个自古没有围墙的城市,也是一个丰沛饱满的人文城市。佛山以武术、陶瓷和粤剧而著称,是一个曾经有过繁荣商贸的古镇,有过"四大聚""四大镇"之一的历史地位,在世人眼里一直是个殷实、低调、勇敢,且有进取与宁静心态的城市,蕴藏着丰富的民间传统文化遗产。尤其是进入各级名录的代表性非物质文化遗产,更是不可多得的瑰宝,也是历代佛山人无比珍视的财富。非物质文化遗产的珍贵,还在于人与人、人与物之间发生了某种美妙的关系,这种关系保持了几百年,看似日常生活中的事情,竟然打败了时间,具有想象不到的伟力。但是如今,依然还有许多项目在危机中传承,在艰难中发展,以顽强的独特魅力在海内外传扬,产生了巨大的民族向心力和凝聚力。例如被周恩来总理誉为"南国红豆"的粤剧、雄浑吉祥的醒狮之舞、拙朴奇美的石湾陶塑技艺、富丽精致的剪纸、古典深邃的木版年画等,反映了文化名城的深厚家底和佛山人民的智慧。代表性传承人掌握着非物质文化遗产某项全面或专门知识,拥有着精湛技艺,各类非物质文化遗产始终保持着鲜活的吐故纳新能力。

一个国家、一个城市具有深厚的历史文化底蕴,便拥有了不可复制、不可再得的历史资源,这是大自然的厚爱,是城市的幸运,更是先人们以勤劳、智慧和机缘为后人添置的福荫、福祉。追古抚今,当我们置身在这样美丽、温暖的国家和城市,并享受着这一切给予我们独特风骨和迷人魂魄的内涵,不禁深深感恩,更陡增了生活信念。

2015 年 2 月

目 录 CONTENTS

第一章 多彩事象

姹紫嫣红"行花街"

"行花街"是珠江三角洲特有的春节习俗。

这个时候,北方的家乡舒展着一望无际"原驰蜡象"的冰封气派,而南国的佛山则展示春城无处不飞花的浓郁春意。每每伴着春节的来临,人人都要去"行花街"。

在粤语里,"花"与"发"同音,花与橘是春节的符号

花因与"发"同音,被人们格外喜爱,这里的人从不拒绝"发财"的暗示或者明示。

绿柳鲜花桃枝红,又是一年春意浓。人们的心中充满对未来的憧憬与祈愿,这是每个中国人神圣而牢固的情结。对于处于亚热带地区的珠江三角洲腹地的广东佛山,人们的心花与鲜花一同盛放,这种过年的传统情结愈发凸显。

过年的桃花寓意为宏图大展

一进花街,就感到眼睛不够使,到处是招摇的妩媚、婀娜的美丽,人面桃花相映红。得天独厚的气候使得岭南拥有五彩缤纷的鲜花,进入视觉的效果可以用大色块来描述,也可以用彩色的河流来形容。岭南的鲜花脆嫩欲滴,绝不仅仅是春天的宠儿,还是四季的友人,在冬季里也同样盛放。岭南的中心城市被称作"花城",实在是再确切不过。每到接近过年的时候,岭南地区更是鲜花如

海,满眼都是莹翠娇艳耀目的春色大观,豪奢地挥霍着美丽:红的热烈,粉的柔媚,黄的大气,紫的雅致,青翠的绿叶衬得每一种艳色都似一个让人心疼的娇娃,它们细小的枝叶和柔软细嫩的花瓣,无不用灿烂的表情与动人的姿势笑迎着人们的目光。

佛山不但与广州有"同城"之说,风俗也属"广府"文化,因而佛山"行花街"的风俗与"花城"广州同出一辙,是在春节前夕进行的喜庆活动之一。每年腊月廿七至年三十晚,城市里很多街道都被各种年货装饰起来,有春联、属相吉祥物、发财童子、各式灯笼风车,各种特产小吃也会凑热闹。而这年节的装饰主角则是铺天盖地的鲜花,鲜花里的明星当推桃花和水仙,还有标志年节的抢人眼目的金橘树。橘的谐音为"吉",表示吉祥,在佛山的风俗里,人们常常在金橘树上挂利是,取"大吉大利"的好意头。记得 2011 年舒乙先生来佛山调研时,特意提到年橘,他说:"这个年橘是广东春节的符号,一个地方形成某种可辨识的符号是一件了不起的事情,你们一定要珍惜橘树,珍惜这个具有年节意义的符号。"

金橘是年节的符号(何绍鉴 摄)

热闹的"花街",花是要请回家的

佛山的春节有花街,禅城区升平路、普君路的花街持续时间较长,20 世纪 80 年代之后,各地花街都有新的拓展,文华路和快子路也成为重要基地。花市是以花为主题的集市,我来到佛山之后,所到过的过年花街有南海平洲花市、桂城的千灯湖花市,规模较小的有南约花市和东二花市。"行花街"不只是买花,可以说是人们一年到头辛勤后的享受。人们边走边看,欣赏着各色鲜花,挑选自己中意的各式花朵;人们也买各种祈福贺岁物品,比如春联、剪纸、花灯、木版年画的门神、中国结、善财童子等,把这些众神之中或众神之外的神仙"请回家",保一年平安,保全家幸福;同时人们也享受各种地方风味小吃。花街里人声鼎沸,是一片欢腾的海洋。有儿歌唱道:"伲朵黄花鲜,咽朵红花大,阿妈笑,阿爸欢,千朵万朵捡唔晒!"小朋友或依偎在母亲的怀里,或骑在父亲的肩头,看着如潮的鲜花,绽开如花般的笑脸,看到兴奋处,伸出小手指着一盆花说:"妈咪,我要买这个!"那情景该是怎样的动人啊!佛山的"行花街"就是在这样的花海中进行的这样迷人的习俗活动。

年三十晚让人心疼的习俗

还记得十几年前的一个春节,我在广州的杂志社度过。那天,我还在加班工作,希望那一期杂志在过年后所有新杂志未出之前,赶着上市。窗外烟花争艳后的烟味弥漫在夜空里,增添了节日的热闹欢乐气氛,也更衬托出我在灯下读书的寂静。将近零点的时候,迎接新年钟声的鞭炮声浓烈密集起来,我揉揉发酸发涩的眼睛,却完全没有睡意。一个人悠闲地走出去,穿行在浓密的硝烟中,感受南国这美好的年节之夜,这也是我第一次感受广州的年俗。当走到石牌西路上时,我不禁惊呆了,一个从来没见过的场面出现在我的面前,那就是满地的鲜花和满地砸烂的花盆,同时街头还有个别人在捡拾这些鲜花。我看到即将成为垃圾的鲜花,有种惊悸的心疼,这些"落红不是无情物",即使化作春泥都不得啊。"好可惜啊!"我由衷地发出感叹。卖花的老板对我说:"你都端回去吧,端得越多越好!我是不能运回去了。"后来才知道,在珠三角广府地区,三十夜晚行花街还有一个奇特的习俗,那就是一到零点,新旧交替之时,鲜花就卖不出去了,不论剩多少,都只能就地解决。

现在这个风俗也有了一点变化。每至零点,佛山的花街就出现了许多志愿者,他们帮忙清理现场的时候,会将那些剩下的完整鲜花端回来,送到需要的地方,有的还被送到养老院去,给老人们带去新春吉祥的祝福。这样做既美化了老人们的环境,带来了春天的生机,又避免了浪费,减少了不必要的垃圾,实在是一举多得的好事。

如今,我们全家逛花市买花、买橘过年成了一项必不可少的活动和不可或缺的任务,仿佛不买花就过不了年似的。而佛山最大规模的现代化花市、人流最多的"行花街"的地方当属陈村花卉世界。

美得不像话的陈村花卉

清代的陈村,在我的想象中,是一块葱茏蓊郁的去处。缘河去,十里松萝,渔船穿梭花中、渔歌踏波互答……岸上莽莽苍苍之中,有红桃绿柳、有紫薇白兰,荔枝、龙眼等果实花卉犹如点点繁星般的瑰丽,更让人迷醉的是空气里飘满了花香果香,那种若有若无的清甜气息袅袅在心底。这样的感觉大概是因为读了清代屈大均的描述吧:"顺德有水乡曰陈村……比屋皆焙取荔枝、龙眼为货……又尝担负诸种花木分贩之,近者数十里,远者二三百里,他处欲种花木,及荔枝、龙眼、橄榄之属,率就陈村买秧,又必使其人手种搏接,其树乃生且茂,其法甚秘。故广州场师,以陈村人为最。……渔舟曲折只穿花,溪上人多种树家。风土更饶南北估,荔枝龙眼致豪华。"到陈村花果种植基地购买花木的人很多,这反映了买花木的风俗在广府地区已经成为人们的生活习惯,在岁月里轻飏与烂漫着。看得见的历史就是这样积淀下来,并成为我们生活中重要的事情。

2015 年 6 月

岁月深处的"门神"

初识佛山木版年画

从卫国路上拐进来，穿过喧闹的普君菜市场，走进小巷深处的佛山木版年画老铺，我的心里有些吃惊，著名的岭南独此一家的佛山木版年画，原来就诞生在这样一个小小的屋子里！屋子十分拥挤，有贴墙而立的柜子，墙上有镶着镜框的年画"梅花童子"，右边靠近柜子的上方悬着一条细绳，细绳上挂满风马旗似的木版年画，题材多样，最多的要算门神。最吸引目光的是左边的小案台，是雕版和刷色用的，是木版年画的主要工具，冯老爷子就在这个看似粗糙的台子上雕版和刷色。初次见面，老爷子客气地用佛山话说："随便看！"一会儿，他带着一种自豪的语气说："这是佛山木版年画！"

迢遥奇异的气韵

木版年画，对我而言，那是作为祈禳求福的一种特殊符号而出现的。它曾带着一种旷世的拙朴和凝练，将神与人之间连接了看得见的想象，这种艺术，带着中国老百姓的骄傲，穿越了上千年。一个造像，就是一个几世修来的机缘，一刀一刻，从艺人的才情中牵引出来，通过那双充满缘分的去掉杂念的手，形成了人们期望的神祇。

曾记得，那是一次下乡的经历。在寂静的乡村，我看到一户人家的两扇门上一左一右对称贴着两幅画，画上是手持大刀的古代武士，他们穿着粗犷多彩的盔甲，对称站立。画风古朴，与众不同，让我感到迢遥奇异的气韵迎面而来，质朴、简约和斑驳，亲切的家园情怀就从苍茫深邃的远处悠悠荡来，在我的胸间氤氲着奇异的温暖。我感到在温煦的阳光里鼻子有些发酸，乡愁样的惆怅顿然袭来——

后来我才知道，这生动的门画叫木版年画，中国历来过年有贴门神画的习俗,而佛山的木版年画在全国有着重要的位置。其风格粗犷有力,构图饱满,有着南方独特的色彩与装饰性。据说木版年画在宋代就出现了,距今有 700 多年的历史,而佛山的木版年画则在明清时盛行,在清末达到鼎盛。

那个时代,安静的汾江河以悠然的节拍淌过丰腴的土地,滋养着祥和、勤劳的人家。每至岁末年尾,中国四大名镇之一的小城,正像清乾隆《佛山忠义乡志》描写的:"四时之节已尽,一年之景物复新,家家相馈岁,户户贴宜春……"年末岁晚,新春的脚步已听见阵阵足音,青砖瓦房温厚朴拙的气息飘来,黑色或褐色双扇门上,贴了色彩鲜艳的年画、对联。小镇的情绪当然是祥和而充满喜悦了。

也曾想象,我是那个时代的孩子,过年了,穿上父母在腊月赶制的新衣,沐着点点潇潇似诗轻吟的春雨,踏着温柔绵软如歌低唱的春泥而来,站在门神守望的门前。那是一种让我怦然心动的风景,如醉如梦,仿佛在我人生的岁月里早已珍藏。不论门神是神荼、郁垒还是秦叔宝、尉迟敬德,我的确知道得不那么确切,只是那种流动于血脉深处的民族血液,让我情不自禁地试图探寻岁月深处,抚摸先人的手泽,去辨认往事的烟云。

曾经的酷炫

佛山的木版年画这样的传统艺术,是以贴门神的民间风俗而逐渐发展而来的。在那繁华的明代,百姓的日子里,只要有那么间歇的和平,祈求神祇的保佑就是一种最高理想。也就是在那时,佛山木版年画出现了,除了产生的年代比中原地区稍晚之外,其发展轨迹和生态环境与各地的木版年画几乎一样,但却有别样的酷炫经历。《辞海》(1979 年版)这样记述佛山木版年画:"华南地区著名的民间木版年画,因在广东佛山镇(今佛山市)生产而得名。始于明永乐年间,以清乾隆、嘉庆至抗日战争前为盛,销行及于南洋各地。有原画、木版印及木印工笔三种,大多是门画,线条刚劲、粗放、简练,用色多为大红、橘红、黄、绿等,有地方特色。"据《辞海》所说,佛山木版年画"始于明永乐年间"。

佛山木版年画的构图非常饱满,形象拙朴、独特,有一种别样的生动,给人遥远的错觉。木版年画色彩尤其强烈,在佛山人眼里似乎有了这样强烈的色彩,才能将吉祥的寓意展现得淋漓尽致。当将这种吉祥的寓意与实际经济生活联系在一起时,便有了巨大的销售数量,薄利多销的理念使得佛山木版年画更加物美价廉。这种理念其实也是佛山这个明清时四大名镇之一经贸发达形成的特色。年画逐渐地从纯粹过年才贴的祈福装饰品到寻常就使用的欣赏画作,满足着人们各种愿望、信仰和装饰的需要,成为这个时期影响佛山乃至岭南社会最为广泛深刻的民间文化和民俗事象。木版年画的题材涉及佛神想象、民间传说、古代圣贤逸事等诸多有趣的故事。据说门神的来历,源于唐太宗李世民的故事。虽说是开创了贞观之治,万人景仰的英明帝王,其治下繁荣而太平,谁知道文韬武略的唐太宗却也有内心的怯懦,他常常在夜里惶恐得不能入眠,满脑子都是鬼将侵扰的不安全感。鬼这个看不着摸不着的影子总是威胁骚扰着他。于是太宗派信得过的大将守着门户,才得以安心休息。他最放心的守门将军就是爱将秦叔宝、尉迟敬德,但时间长了,守门太辛苦。太宗于心不忍,于是想出将秦叔宝、尉迟敬德的画像贴在门上的办法,让画像为太宗充当门神,画像凌然而威武,同样把小鬼挡在门外,因此,门上的门神画便沿袭下来。

《门神》《紫薇正照》《文王访贤》等经典代表性作品,使得人的心灵与年画有了别致的话语倾诉,有一种生命与宇宙的投契感,随处散发着生春之美。中华民族就在千年长途的风霜中把乐观精神凸显出来,明白、淳朴、没有杂质,寄托着美好的祈祷,梦不泯、向往永存。

木与纸的交会

这些年画,基本上是由木版画制成,所以叫作木版年画。

木版年画首先要选好木材制作雕版。木质的纤维要细密而不脆硬,纹理平顺而不易破裂,吸水不变形,也不易被虫蛀。最好是选用北方优质板材,或是梨木或是杏木。而佛山一般采用荷木、粤北的桃木或本地杂木。

雕刻的刀法也是很重要的,那种艺术的"刀味"只可意会而难以言传,师傅带徒弟,身传更胜于言教,没有什么世代传承的理论模式,更没有教学大纲,全凭徒弟感悟师傅手艺和自身的灵气。木版画要求刀法线条流畅、盈尺不断,苍厚拙朴的刚劲与细腻婉约的柔秀相融相汇,神韵动人则是最终的要求。制作神像的雕版就愈发要求细密精致。就在雕制的过程中,保留与剔除,那种造化之诡谲、天地之秘密于是通过艺人手下的种种图案表现出来。雕版,是一种艺术与技术并重的作品。

　　然后就用涂好色的雕版上在定好位置的纸上形成图案。一次印制,纸总是备着一大叠,欲求批量生产。给纸定位就成了焦点,必须将每张纸与所需图案相契合,不能有丝毫移位,因为还要在另一个涂不同色的雕版上进行套色印制,才能最终形成完整的画作。

冯炳棠(右)和儿子冯锦强(左)

　　"艳色天下重",我在这里不是说美女,更不是讨论西施,而是仅仅说颜色,自从把自然的颜色搬到纸上之后,彩色的运用便成为人们追逐的艺术手法。所谓"丹青",便概括了美术绘画,可谓爱"色",不仅爱色,而且爱"艳色"。民间艺术在爱"艳色"上,可谓天下冠绝。对于木版年画的套色印制,这个程序就是注重色彩效果的追逐,是需要细心的重要环节。一般是用本地颜料,有黑、红、黄、绿,黑是乌烟,红是花红,黄是介黄,绿是片绿。艺人们还嫌这些强烈的色彩冲击不够,等从版上拿下来后,还要用笔去描金画银,将五官、须发描绘得更加生动和突出,如此一来,厚直刚硬的木版线条中增加了玲珑和飘逸的动感,增强了色彩的层次和装饰效果。然而这样,还是觉得缺点儿什么,于是将底色满纸涂上红色。这个红色不可小觑,它是一种佛山独有的、运用于画纸上的矿物质,也称丹红,涂在纸上能够长期不褪色,所以又叫"万年红"。那威武神勇同时又显现和气的门神倚在万年红的背景上,犹如沐在春天的霞光中,热烈幸福的氛围便弥漫出来，传递到整个街巷以至整个城市。木版年画与鲜花、春联、种种习俗合成风情无限的画卷，仿佛是色彩的大复活，充满着诗意梦想的奇色异彩。

我了解佛山的木版年画就是因为从门神处通过，走进这个挂满了各个时期、各种题材的佛山木版年画的冯氏世家的小小作坊，在这儿我认识了冯炳棠老先生。门神似乎是众神之外的二尊神，众神在室内，运筹帷幄，在冥冥中接受众生的供奉，而门神却栉风沐雨，日夜不眠地抵挡各种可能的侵袭。两位门神心领神会的神情实在令人玩味，大概只有两位尊神心有灵犀地联手，才能令一切破坏性的凶险因素不得其门而入内。于是年画便具有了思接千载的安详，消解着我们内心的焦灼和烦躁。它在那单纯的意境中，守望着游子的行踪，保佑平安顺遂。年画可以说是佛山父老乡亲的精神缩影，是一种心灵的港湾。随着深入了解，我知道这个港湾弥足珍贵。佛山的木版年画只剩下冯氏一脉传人。冯炳棠的父亲在当时木版年画相当鼎盛的时期，就是以"门神均"著称的。

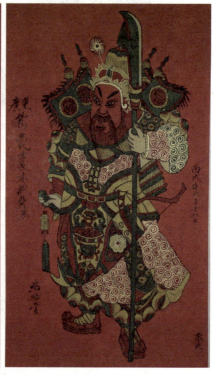

持刀将军门神

冯炳棠其人

我第一次见到冯炳棠,大约是在 2005 年或者 2006 年,当时就觉得他有一种雍容的气质。他长得相貌堂堂,神情凝重而举止从容,但在这种从容宁静中,我看到他一双有神的眼睛里含有几丝焦虑、怀疑和落寞。小巷深处的他,内心似乎有一种无法言喻的孤独。冯炳棠的祖父冯标于清末民初到佛山栅下细巷开设木版年画作坊。经过冯均的子承父业,发展到 1936 年,冯家第三代传人冯炳棠出生了,就在如今的普君南路 86 号这个百年老铺。这所老房子到如今已有 200 多年的历史,是炳棠的祖父冯标从亲戚手里买下的。当时,整条街都是印制木版年画的作坊,每个作坊进行着各自不同工艺的制作,比如制木、雕版、刷制、调色、手绘开相、描金、填丹等等,没有一人甚至一家能够掌握"整体流水线"。每一道工序都有独特的秘密而只能家族传承。至于那种特别精细的环节,大多数家族都是传男不传女的。

冯炳棠出生时,以"门神均"著称的父亲冯均从祖父冯标那里继承经营已有 18 年的积累了。炳棠从记事起,耳濡目染的就是木版年画门神的制作、门神的买卖过程。他总是看到父亲要么在指导工人,要么在雕刻木版。那时,一对木版年画只卖两毛钱,制作还是比较粗糙。因为有逢至年节家家都要贴门神的习俗,大刀门神在佛山街衢巷陌的人家门面上都张扬着威仪,表达着祛凶纳福的吉祥意义。这是佛山特有的民间景象。

炳棠记得小时候,买门神年画的人络绎不绝,城市里一户人家有要 5 对的,乡村一户人家有要 10 对的,每家所有门庭场院的门上都要贴到。家里作坊有十几个摊位,一溜排开,请了十几个工人,有的工人比炳棠的岁数还要小。工人们全年有 6 个月在紧张地制作年画,到了临近年关更要热火朝天地干活。因为一到春节,家家都要贴门神,每至年关可以卖出 10 万多对门神年画。正在读小学的 11 岁的炳棠由父亲向他传授门神年画的技艺,开始是在刷色时做最简单的翻纸张工序,然后从易到难逐渐学的技艺多了起来。高小毕业后,他听从父亲的安排,完全投入木版年画的制作中,并帮助父亲经营作坊。他凭着机灵和用心,还到周围的作坊里去"偷艺"学习。就这样,他基本掌握了年画工艺程序中的各门技艺。但随着现代文化潮流的推进,市场上木版年画的需求日渐衰落,到 1966 年左右冯氏作坊被迫关闭,对外营业完全停顿了。这以后的 30 年期间,他还会帮着父亲冯均为一些喜欢木版年画的亲戚朋友们悄悄制作门神画和其他木版年画。父子俩怕犯错误,都是在夜深人静的时候开料,印制成画,但收入甚少。为了维持生活,炳棠到处去做零工、苦力,建筑工地拌灰、扛水泥、拉大板车的粗活累活曾严重地磨损着他的艺术感觉。1972 年以后,他结了婚,有了一儿一女,养家的担子更重了。他用积累不多的资金开了一家小五金店,做小本生意维持全家的生活。

为木版年画的生存操心了一辈子的冯均 90 岁去世,那是 1990 年,当时作为改革开放的前沿地区珠江三角洲腹地的佛山,经济浪潮如每月十五的钱塘江潮般澎湃着。而木版年画等古老的工艺越发显得暗淡无光。冯炳棠忘不了父亲紧紧地拉着他的手,浑浊弥留的眼睛里射出执着的光亮:"儿子,你不要放弃木版年画,一定要继承下去,这是宝贝,千万不要丢掉……你答应我……你要是不答应,我死不瞑目……啊……"看着父亲衰弱而殷切的神情,他为父亲的执着而感动。他虽然知道这是很艰难的事情,但还是含着眼泪深深地点头:"爸爸,我答应,一定要做好年画!"

好在当时的文化环境变得越来越宽松,他再也不用偷偷摸摸地做年画了,而且也有一些人来寻求木版年画了。不论是节日的门神还是平时富有各种意义的风俗画都有人喜欢。那时他还不会填丹。填丹是佛山木版年画中特有的风格,就是在门神周围涂满红色,使门神沐浴在通红的色彩中,形成喜庆热烈的氛围,在春节间更加受到人们的欢迎。这种独特的银朱红色不会被风吹日晒所损伤,故名"万年红"。当人们寻找这样的年画时,冯炳棠为自己不能提供这样的红底门神而感到愧疚遗憾,看着客户失望离开的身影,仿佛自己犯了什么错误。这种情形维持到了 1997 年,炳棠不辞劳苦走访了仅存的填丹老艺人,一位名叫阿四的 90 多岁老太太。他花了 1000 多元的求师费,终于掌握了填丹技术,成为广东全面掌握传统佛山木版年画整套制作工艺的唯一传人。

1998 年 6 月,百年老作坊重新挂起了牌子,佛山市民间艺术研究社·冯氏世家木版年画作坊正式成立。我曾去过他们的作坊,那是个佛山古镇存留下来的典型的小四合院,前庭开辟了年画展示的专门空间,四面的墙上层层叠叠地挂满了品种多样、题材多样的年画,清代存留雕版印制的年画尤其珍贵。这些艺术品兀自散发着古色古香的意蕴。作坊在连通着繁华闹市、菜市场的小巷里,于拥挤之中营造着一方民间艺术的古典天地。

冯炳棠常常对生存的窘迫状态感到不满意,他抱怨过,但是一直没放弃过改变这种境况的努力。十多年间,虽然艰辛,但他还是取得了很大的成绩,近80高龄的冯炳棠焕发了创作的智慧和工作的激情,作品题材更加丰富、更加有时代感。传统与现代结合的《梅花童子》《引福归堂》《紫薇正照》等作品获得了不少奖项与荣誉。其中《梅花童子》获得了中国民间艺术的最高奖山花奖银奖。他一直以一种沉静、执着的精神守望着家园,最常说的一句话是:"佛山木版年画不能没有传承。"看着他专注而深邃的目光,我感到他本身也成了"门神"。为了扩大传播面,冯炳棠与儿子冯锦强还建立了佛山冯氏木版年画的专题网站。这些都折射着佛山人为之自豪的历史文化风采。木版年画在成为非物质文化遗产的过程中,各方媒体纷纷聚焦冯氏作坊,同时也吸引了不少外国友人,他们纷纷来到这个繁华拥挤的古老街头。

缺钱的老爷子竟然拒绝钱

那是2006年夏季的一个喧嚣的午后,普君南路的菜市场如往常一样,人来人往,妇女们手提装满各种蔬菜的塑料袋,小店门口有卸货的车辆,还有小型汽车缓慢地穿越曲折狭窄的街道。就在这种祥和安宁的氛围里,一位叫通田直人的中年日本男人,走进了佛山木版年画这个百年老铺,他的眼睛发亮了,仔仔细细地看了挂满老铺的年画,然后一下子买了十几幅。他不仅买回去装裱好,还在报纸上撰文,把中国佛山的木版年画介绍到日本。这些举动,老爷子见惯了,还没有表露什么,但是让冯锦强着实激动了好长时间,也使他重新考虑自己将要投入的事业重心。还有一位日本朋友很喜欢,想出高价买木版年画的雕版,原本冯炳棠对于木版年画有了销路感到欣慰,但是说到卖雕版给日本人,他犹豫了,沉吟了一下,还是委婉地拒绝了。在他的心中,这个技艺是他的"亲生孩子"，他实在舍不得放手，怕孩子流落他乡，失去原本的根脉。

放心不下徒弟们

　　冯炳棠把他的手艺传授给他的儿子冯锦强，这个唯一弟子的状态持续了多年，直到 2013 年才真正打破了僵局。冯锦强已成为省级传承人，冯老先生有了大学生、社会青年等嫡传弟子，使木版年画有了更大的生机。冯炳棠最活跃的弟子，是一位 1989 年出生的漂亮姑娘，名叫刘钟萍，她有着灵活的头脑和对木版年画坚定的热爱。她运用创意思维，以别开生面的时代语言，推进了木版年画的活态体验活动。短短两三年的冲刺，在佛山木版年画的传播上，她已是一位明星式的传承人了，得到新华社、中央电视台等媒体的多次报道。2018 年，她又被推选为《光明日报》年度非遗人物 100 名候选人之一。钟萍的进步除了有赖于师傅的教授和个人的努力，还有赖于到过文化部、教育部等主办的"中国非物质文化遗产传承人群研修研习培训计划"清华美院第五期非遗传承人群研修班学习，尤其是在研修班负责人陈岸瑛教授的悉心指导下，她不仅理解了有温度的传承，还开阔了视野，打开了思路，找到了传统的木版年画与时代流行语言的契合点，受到广泛的欢迎。她以年画女侠的名号开了"解忧年画"店，以"和合二仙"年画为"脱单"神器，以"状元及第"年画为"逢考必过"神器，既传播了木版年画的文化，又丰富了人们的文化娱乐生活。她期望自己在这条传承路上走得更远、更稳健。

　　近 40 岁都没有顾及婚姻的冯锦强还在为木版年画而忙碌着，冯炳棠老先生仍在自己并不明亮的老铺里，安静地进行雕版、刷制、开相、描金等工序制作年画，近来他的身体不太好，静坐休养的时候多。其实这些年，妻子也是他的好助手，木版年画的每一个流程都有妻子的双手在忙碌着，她同时还承担着家务。探访老爷子时，他从忙碌中抬起头，对我说："我就是放心不下徒弟们，主要是太昌、钟萍，还有我的仔（儿子）。"

　　老先生养猫也养狗，猫常常远远地看着，似乎总在端详年画或者沉思。

　　而狗多半蹲在老人的身边,似乎就是给老人伸手抚摸的。那是一只毛色纯白的狗,在一旁温顺地、沉默地陪伴着他,只有当老铺来人时,那只可爱的长毛狗才跳起来亲热地摇摇尾巴。

2015 年 8 月

2020 年 2 月修改

　　注:2019 年 8 月冯炳棠老先生因病去世,在最后的日子,他叮嘱儿子和徒弟们最多的就是要继续传承木版年画,把木版年画发扬光大。当时,徒弟们点头,他不满意,虚弱而固执地说:"你们要大声地答应我。"弟子们一个个说:"我们一定传承下去……"听到了弟子们包括儿子的回答,他的神情才有了放心的平和。

吉祥喜庆过大年

旋彩、呼啸的春节

春节,也叫大年。这个节日,是带着旋彩、带着呼啸而来。那种"席卷"之力似乎没有什么能与之相比。人们的行动失去了往日惯有的节奏,变得急促起来。每年一进入农历十二月,也就是人们常说的腊月,人们的内心便不由自主地去想、去做有关春节的一切事情。同事见面会问候:"今年回家吗?""订了什么时候的票?"不必解释,谁的心里都知道,这个家,指的是娘家、妈家,人们奔向的都是一个方向:母亲的身边。

这时,所有的有关交通的管理人员就要为如何开通更多的交通航线而运筹帷幄。专有名词"春运"不知是谁发明的? 春运,使交通极为繁忙,也让交通压力极大。所有的飞机、火车、大巴,甚至自驾车和摩托,都变得异常繁忙。不论哪里,看到的都是人,人,还是人。在飞机场、火车站、汽车站,说句玩笑话,几乎是"人满为患"了。这一切都是因为春节,人们心里都装着一个明确的目标,一个不用言说的目的地,那就是——家! 不论千里万里,都要回家团聚! 春节就像有一只神奇的点铁成金的手指,将家点成一块巨大的磁石,而远方游子的心就一个个铁了心往上靠。

请灶王爷吃糖

但是,我们也会因为种种原因留在佛山,过一个年。佛山的年,似乎是一个悠长的时光,很享受,很丰富,有接连不断的仪式、活动、艺术生活和种种祈望。从腊月开始,佛山的年俗,其安排、活动便如一列匀速行进的队伍,步调整齐有序,"号令"严明。佛山似乎对腊八这天不大关注。过年是从腊月廿三起,开始祭灶,持续大约 3 天的时间,据说,腊月廿三是皇家祭灶的日子,腊月廿四是达官贵人祭灶的日子,那么腊月廿五就是老百姓送灶王爷上天的日子。仪式是多样的,家家有家家的形式,但是请灶王爷吃糖,为灶王爷备上纸马、纸靴、利是是一致的。

给灶王爷准备的甘蔗和条糖

佛山的腊月廿七、廿八是洗邋遢的日子,也是贴挥春、年画、门神的日子。这些行动是为了请正在天庭上向玉皇大帝汇报的灶王爷"上天言好事,下界降吉祥"。挥春,就是对联,这是佛山给予对联的特殊称谓。挥春也是蕴含着中国文化最深入浅出的春节载体之一,像那些祝福的经典警句,一直流传至今,比如"忠厚传家久,诗书继世长""一年四季行好运,春满乾坤福满门""生意兴隆通四海,财源茂盛达三江"等等。

守岁,对未来的期待

每到年三十晚,最隆重的礼仪是全家一起吃年夜饭,这顿饭是全年最重要的饭,具有节点性和仪式性。传统的年夜饭不仅是一顿饭或是一次宴席,更是精神的大餐,是敬祖敬神,也是辞旧迎新。这顿饭是庄严的仪式。全家在一家之主的指挥下,恭恭敬敬地参拜祖宗牌位和神的牌位,然后才能够吃饭。而吃的饭菜也不是寻常的饭菜,因为每一道食物都是精心选出来的,充满良好的祝愿寓意。佛山人称之为好意头。比如,"猪手"就是一道必不可少的菜肴,佛山人一定要吃"猪手",要"发财就手"。所谓猪手,大有讲究,很多地区对猪蹄的认识是没有区别的,而广府地区说的猪手就是猪前蹄,猪后蹄被称为猪脚。我想这是一种拟人化的手法。而且过年时吃"猪手"不能吃左猪手,必须吃右猪手。这是取粤语的谐音:右手,佑手也,佑者,帮助保佑之意;左手,阻手也,阻碍障碍之意,怕的是遇事阻碍手脚。再比如,佛山过年要吃香肠,肠者长也,取长长久久之意;要吃葱、芹菜,意味来年聪明勤快。一般来说,糕在过年时也是免不了的,糕者即为高,取其谐音步步升高,直至平步青云。这些都是人们在过年时的祈愿,其中的深意不言而喻。

全国人民都追求勤劳的美德,但就佛山人而言,似乎更加殷切,这种意象在过年时体现得特别明显,大人们寄托的希望之大莫过于在孩子们身上的寄托。年三十吃过晚饭,家长就要给孩子们穿上新衣服,提上新灯笼,将煮好的鸡蛋染红了,让孩子揣上红鸡蛋出门。邻家孩子也一样。于是孩子们聚在一起,走街串巷,开始喊:"卖懒嘞! 卖懒啊!"这还不算,还要唱着儿歌:"卖懒! 卖懒! 卖到年卅晚,人懒我唔(不)懒。"还有复杂一点的儿歌:"卖懒,卖懒,卖咗过年卅晚。人懒我唔懒,从今唔再懒。卖穷,卖穷,卖到对面涌,呢便富贵又英雄。卖虱乸,卖虱乸,卖畀对面基个只大狗乸。"这些可爱的孩子期待着把懒卖出去,人就变得勤快了。把不好的东西卖出去,就变得干干净净了!"你的懒还没卖净! 你要再卖!""你才没卖净呢! 要再卖!"于是卖懒的声音继续响起来。孩子们奶声奶气斗嘴的声音和欢笑声就在喜庆的夜空里悠扬地回荡着,与越来越密集的鞭炮声连接在一起。没有了懒惰,人就可以健健康康地成长,成为独立自主、自食其力、受尊敬的人。这样的理念对孩子影响深远,佛山人吃苦耐劳,勤劳敦厚,沉稳踏实地朝着人生目标进发,与这个最初的体验分不开。这让我这个来自北方的人深有体会,看来这样的风俗熏陶对人的成长有着至关重要的影响。当孩子卖完懒,回到家里,把红鸡蛋分给家人,吃了这样的红鸡蛋,全家都会变得更加勤劳而幸福。

过年的各色零食也是说不尽道不完的,不管有多少缤纷的水果,不管有多少瓜子、花生等各色坚果,都比不上母亲灶台里出品的"年点"。这些过年的点心到了大年才有得享用,每每制作复杂,技术含量高,费工费时。米粉、面粉在女人灵巧的手里,加上各种食材,便成为形状特别的食品,比如用米粉制作的甜糕、九层糕等。俗话说"北方的饺子,南方的糕",步步登"高"等理念在这边是特别重要的。还有用面粉炸制的油角、馓子、油球,以及球形与饼形煎堆,用米粉打制的类似盲公饼的米饼,都是那样香甜可口,一口咬下满嘴生香生甜,那种少有的幸福、兴奋的感觉立刻弥漫全身。

过年的灯

没有"灯",年就不是年。过年的灯,不是普通的灯,而是十足的艺术品,以及寄托祥瑞的吉祥物。过年时,早早就有了灯,一到年十五,更是满街的璀璨。光,是神的眼睛;灯,是老百姓借神仙的眼睛看世界的道具。我相信百姓心中的神仙有多少,彩灯艺术家可以制作出来的彩灯种类就有多少。灯无比灿烂绚丽,样式变化多端,谁也不知道过年的灯到底有多少。反正,灯会上一盏盏灯亮起来时,就是一幅幅画卷,又仿佛是一幕长廊般的电影视频,有游动着的《三国演义》《精忠岳飞》《红楼梦》的场景。游动着的《老鼠嫁女》的走马灯常常是人们追捧的灯。此外,在佛山还有特制的各色灯,如茶灯、灯芯灯、鱼鳞灯、瓜子灯、针口灯等手艺灯,手工之细之精之美,令人叹为天作。在灯会上,妙龄姑娘能够放飞心灵,放任渴望,放飞少女在闺阁中长久的梦想,在人群中用一双感性而多情的眼睛寻找自己的如意男子,如果这个男子也对她一见钟情,那么就有了爱的萌芽,结下珍贵的世间缘。

同时,灯还有一个令人向往的寓意,灯与"丁"谐音,有灯就有"丁",所以往往添丁之喜,就会有挂灯仪式。当一盏预示着添丁喜悦的灯出现,街坊邻居就会喜洋洋地祝福,同时还能够喝到添丁的喜酒。所以,璀璨、光明的灯总是人们渴望的,似神祇一般。长街汇流的灯展,如彩色的歌,带着春节的祝福,总是让人们流连忘返,享受着那一派民间和乐的气息。这种气息,是盛世里的欢歌,唱在每个人的心里。

只要没结婚就能收"利是"

拜年是过年必不可少的节目,孩子们跟着大人走亲访友,不但吃点心,还会得到利是,这利是就是装着压岁钱的红包。孩子们当然是喜不自胜的,可以有自己的零花钱甚至小金库,这使他们有种被认可的自豪感。利是里面的钱虽然不多,却承载着老人们对孩子们真诚的祝愿和殷切的希望,希望孩子们成长为健康、上进、通情达理、对社会对国家有用的人才。在佛山还有一种比较特殊的讲究,如果没结婚的人,即使是 30 多岁或更大岁数,也被当成孩子,长辈、同辈都要给利是。当然,大龄青年得到这样的待遇,都觉得这是对自己婚姻的一种催促,每年都会得到这样善意的提醒。

剪纸表现的佛山年俗（作者：孙颖茵）

如果说,过年是欢天喜地的,那么真正能将这个词用在春节上的人,还得说是孩子们。孩子们的心里,那种对世事开始的认识,对于过年的感觉是神圣的、神秘的、庄严的,更是异常欢乐的,更令孩子们激动的是所有的一切都让那小小的心,充满新鲜与好奇。春节的环节之繁多,人与神际会时刻之深邃,衣食形式之广泛,人与人交流之密集,可以这样说,由家乡习俗演绎的春节这个平台,是世界向孩子们展现出浩瀚面目的开始。

2015 年 3 月

年味：油滚富贵花

腊月的油香

进入腊月，便渐渐闻到油炸面食的香气，那种弥漫在空气里的香气，不仅弥漫着让人垂涎的味道，还弥漫着人们喜庆的心情，那种喜庆的心情与食品的香味的混合其实就是年的味道。一进入腊月下旬，年味便愈发浓郁，人们将一年积攒的油拿出来，支起油锅，拉开架势，在滚热的油中放入各种形状的面制食品，油锅里形成中间升起的花朵。人们把它叫作"油滚如花"。

佛山人都知道开油锅炸的年点中有著名的煎堆，还有一个好意头的谚语，即"煎堆碌碌，金银满屋"。且不说腊月的祭灶送灶王爷上天，用象征长长久久、子孙繁衍、年年有余的腊肠、慈姑、鲤鱼等好意头的东西压米缸，年三十晚的熬夜迎神放鞭炮，年初一的接财神与拜年迎客；也不说正月里的行祖庙、醒狮舞龙、花灯会和行通济，单说年前的开油锅一事，就有无限趣味，而在开油锅煎炸中，有一种令佛山人不能割舍的油炸食品——煎堆，更是殊为别致。煎堆，是一种春节祈盼的载体，体现饮食制作技艺的巧慧手艺以及年节食品的入口美味，蕴含南方独特的敬神文化和饮食文化的精华。

腊月，一定要烹炸各种面粉点心、米粉点心，其所炸种类之多，不胜枚举。不说煎炸，只说那热油一滚，由下向上的翻滚，已是如花盛放，这就是所谓"油滚如花"，为兴旺富贵之意。正如清代诗人何淡如写道："粉团搓出售轻便，付与油花火烈煎。姐爱薄皮贪大个，妹心只好望团圆。"将煎堆的制作过程和寓意都写得清晰而富有情趣，甚至拟人化地以小姐妹俩的心思解释煎堆新年的意义。

"年晚煎堆，人有我有。"煎堆的制作有很多种，有的是里面包上大馅，馅是由爆谷、花生米拌糖浆搓成圆球形状，再用糯米皮包起来，周围滚满芝麻，放到油锅里炸制金黄而成。有些圆球形煎堆会在上方加上面制的花，形成一朵盛开的花，有点像菠萝。这类煎堆十分香甜可口，可当零食、茶点、甜点。我们曾经到禅城区附近的乡村去看过炸煎堆。那是一个晴朗的早晨，我和一群热爱民间文化的伙伴们来到这个小村,走进一户何姓人家,看到他们家里已经有四五个妇女在进行煎堆的制作了。这些妇女是自愿组成的互助小组,在一家做完后就转到另外一家去做,这样既省了劲,又增进了友谊,同时也享受一种过年的热闹氛围。她们和面的和面,制作圆球的制作圆球,准备热油锅的在准备油锅,一切都在忙碌有序中进行。我们进去后,受到他们的热情接待,之后,我们就静静地学习、观察、拍摄。

吹面的绝招

和面是很有讲究的,要在前一夜和好面,使得面团具有很强的柔韧性,也就是我们常说的"筋道",第二天一早再用力揉搓,将面的韧性完全发挥出来,然后上案板继续揉搓。用手将面团均匀地分成煎堆所需的小面块,将小面块捏成均匀的中空圆袋形,留有小口。制作人向小口里徐徐吹气,面团便随着吹进去的气体鼓起来,渐渐变成一个半透明的有小孩拳头大的圆球状。这时封上吹气的口,便成为一个名副其实的有一个小小尖头的面制圆球,制作人将圆球一个个摆好,等待下油锅。做好这样一个圆圆薄薄的面球,大约需要50秒到1分钟。

吹好的空心面球

伙伴们看得起劲就上手学习,但是发现难度很大,做那种中空的面团时,不是扁了就是长了,气吹得不是快了就是慢了。而且小孔周围的面壁无法均匀,一吹,准是一些部位漏气、一些部位仍旧厚重。几番下来,大家都甘拜下风,摇头认输。听旁边一位热心的外来妹说,这种功夫必须是童子功,她嫁到这个村里好多年了,尝试了很多次,还是没能学会。

在油烧热的初始,并不急着炸煎堆,而是用染上红色的粉丝扎成花状,放到锅里炸开,形成一朵一朵具有艺术范儿的、红色的花朵;再用多个虾片写好字,每一个虾片上面写一个字,最后拼出来的大多是"花开富贵""吉祥如意"等字样,放到锅里去炸开,形成花与字的组合后,在盘里摆好,放到"灶王爷"的面前供起来;之后才能将面球下到油锅里去,进行煎堆的炸制。油锅里的油要热度适中,油太热了容易炸焦,油不够热,煎堆不仅颜色偏淡,而且缺了爽脆,还要多费油。煎堆在滚开的油锅里调皮地滚动,越发浑圆可爱,金黄色之后便出锅放在大盘里,晾凉后压扁,再一层层顺次摆在陶制的坛子里保存,随时可以简单加热后吃。这是一种可以当主食吃的煎堆,在里面夹上各种想要的菜蔬,像是带馅的夹菜油饼,只是这油饼皮脆软适度,柔韧绵长,油香满口,的确别有一番风味。

著名的九江煎堆

佛山的煎堆样式丰富,最著名的要算"九江煎堆",用现在的营销观念,这算得上是煎堆的一个品牌。九江煎堆是扁圆形的,直径10厘米左右,中间厚度二三厘米,边缘逐渐变薄。"邹广珍·邹记煎堆屋"是九江煎堆最有名的作坊,是上百年的老字号。

九江煎堆

现在的代表性传承人是胡伯伦,她的母亲技艺高超,母亲的技艺是由胡伯伦的外祖父传授的。胡伯伦现在继承的依然是邹记传统。我去过那个小村里的作坊,纯粹是家族式的,每年的生产时间是过年前的两个月。订单来自广东各地、东南亚的九江人以及珠江三角洲的乡亲。那是一种味觉的乡愁和春节的习俗。做法是先煮开糖水,糖即珠三角特有的条糖;将糯米粉和成面团放入滚开的糖水中煮熟;煮熟后捞出和匀做成小面团,再擀成薄薄的面皮,待用;在煮面团的同时要煮焦糖,待糖熬成糖浆,倒在糯米爆谷花和脱了皮的花生米混在一起的米堆上,迅速搅拌,让米花、花生米与焦糖彻底拌匀;然后将这拌匀的馅放在小碟子里按捺成圆球形,之后放在备好的面皮上;脱开碟后,上面再蒙一张面皮,包好,按成椭圆状,上面再裹一层芝麻,就可以入油锅炸制金黄而成。热油锅也是有讲究的,热油用的是柴烧,不断地往灶膛里添木柴,油既不能太热也不能不够热,一定要掌握好。出锅之后,此煎堆颜色、形态都十分诱人,入口格外爽脆香酥。当今人们的生活好了,不喜欢有太多油,就增加了一道脱油的程序,将油甩出去,将煎堆甩干。这样吃起来,爽脆甜酥,不流油,不粘连,不黏牙,十分可口。煎堆除了年俗之用,平时也可作甜点、佐餐或零食之用。如果做茶点,在饮茶时,偶然吃一两口,更是满口生香,香不可言。

我的眼前,那在油锅里的煎堆,不断地呈现着金黄色,一个又一个在油锅里滚沸着,周围环境弥漫着香喷喷的、油炸的味道,煎堆习俗就在女人们欢笑声中升腾起春节的祈愿与欢乐神圣的序曲。

入阁"油角"

油炸一族,"成员"众多,接着炸煎堆之后还要炸一些点心类。油角是其中之一。开油锅所炸的第二个重要之物,要算"油角",这种甜食也是油炸食品。在粤语里"油角"与"入阁"同音,因此格外受到重视。家家都希望自己的子弟后代能够"入阁"封侯入相,进入国家重要"机关"或"高层面"的单位,成为吃皇粮的显赫人才,从而光宗耀祖。

油角是用糯米粉加小麦面粉擀成圆形薄皮,包上豆沙或花生碎、芝麻、白糖和油调和起来的馅,包成饺子形状,捏上荷叶边,投入油锅即炸而成,入口绵酥香脆。还有一些下油锅炸制而成的年宵品是油炸点心的延伸,比如"笑口酥""茶泡"等,都有祈福的用意。

炸油角

"油滚富贵花",大年就在这飘荡的油香中,祈祷美好生活的热情如花开放。

2015 年 2 月

求嗣灯会话乐安

一条温暖多彩的长街

如果你在正月初九来到南海罗村乐安的话，一定会被热闹的乐安圩所吸引。整个街头弥漫着各种小吃、美食的香味，丰富的手工艺品小摊，琳琅满目，然而最让人目不转睛的奇观，还是那满街的花灯，沿着街边弯弯曲曲，长达几里。远处有遍及两岸的鲜花，而花灯在集市上形成的是一条五彩缤纷的河流。逛街的人们都成了这条河里的愉快的、带着祈愿的泳者，悠闲而又充满信心地顺流而行。从四乡八镇赶来的人们手里提着灯，眼睛望着灯，与路边的卖灯者讲着价钱，走在这样的街头，人们心境欢然，心里被一种祥和的气氛氤氲着。

乐安花灯会（彭飞　摄）

制作乐安花灯的人

乐安圩市的花灯很别致，周身是莲花瓣儿组成的，大致为上小下大如鼓状，粉紫色、绿色和白色居多，下面悬挂着粉嫩颜色纸扎的莲藕和慈姑。这种灯叫乐安花灯，以地方命名，独特而新鲜，看到这样的灯，让人似乎脑洞大开，看到一种新鲜的创意，既古典又时尚，既古朴又花俏。据当地的人们说，这种繁复的莲花瓣儿具有祝愿家族繁衍的意义，可以说，乐安花灯会，是求嗣的灯会，充满着对生命的期冀。

乐安花灯在乐安几乎家家会做，可以说是这个地区的产业。听说，过去做灯的地方主要在夏滘。而乐安在乾隆年间已是商业和农产品的集散地，每每到了年初一至初八，乐安花灯要拿到佛山古镇上、广州街市上，还有盐步、大沥等地方去卖。这个重要的副业给乐安带来了吉祥如意和富裕，如今来乐安逛花地买花灯的人越来越多，来自越来越远的地方。

罗村村民周雁崧是一位心灵手巧的女人，她近些年迷上了扎花灯，她的手艺是小时候从家里长辈那里学来的。

周雁崧在扎花灯（彭飞　摄）

传说中的"生仔石"

生育是人类最深刻的课题之一，最初的远古传说中，就有生育神女娲的传说，千百年来，生育让人类生生不息，绵延不绝，于是有了亲情温暖，给了世界一座意味深长的亲情框架。而乐安花灯会正是来践行这样的祈祝。祈祝最强烈的人要算期待孩子的年轻夫妇。乐安花灯会这个求嗣主题的民俗，除了莲花灯，还有一个重要的"道具"——生仔石。"生仔石"的传说，影响广泛，在民间具有巨大的感召力。据老人们讲，那是在清朝光绪年间，有一对很恩爱的麦姓年轻夫妇婚后多年没有孩子。他们在正月初九逛乐安花灯圩的时候，买了一盏莲花灯，高兴地提着灯，边走边说笑着。妻子突然感到肚子痛，脸色苍白，丈夫扶着妻子小心地照顾她坐在一块就近的大石头上歇息。坐了一会儿，妻子的脸色渐渐红润起来，她对丈夫说："我好多了，而且还感到肚子里有一种热乎乎的流动感，很舒服。"丈夫看妻子好起来，也非常高兴，扶妻子起来，两个人相携提着这盏莲花灯就回去了。不久，妻子有喜了，经过十月怀胎，生下一个白胖小子。第二年，小两口专门到乐安圩买莲花灯还愿。这个消息传播开去，从此，人们将花灯地称为"圣地"，莲花灯又被人们称为"观音送子灯"，而那块石，每到灯圩，就会有很多夫妇争相去坐。后来这石头就被称为"生仔石"，据说很是灵验，至今那块大石还躺在那里，在为众多夫妇服务呢！只是我不能肯定现在摆放在花灯会中的生仔石，是否就是传说中的那块灵验的石头。乐安花灯会因此越来越兴旺却是事实。

从古到今的乐安灯圩

据南海地方文化的研究者、作家冯植老师说，乐安花灯之所以长盛不衰，主要取决于"乐安"二字，古时候四处的花灯匠都会聚集此处，每年都给售灯、观灯者带来"快乐安康"。明清时代，乐安靠近"总排"这个地方，总排古时靠近江边，是花灯的集散地。那时，有许多外地船来观灯、购买灯，把船停泊于此，有竹木排长达数里，所以有"总排村"之称，好不热闹。那时的乐安花灯圩市真是显赫一时。

虽然在 20 世纪六七十年代，乐安花灯度过了一段沉寂的岁月，但是如今的乐安花灯会，已经恢复了原先的热闹气氛，且有了现代特色。这里的自然环境免不了有所改变，但不变的是民俗的内涵与人们对传统文化生活的热情。乐安花灯会是佛山本地人气最旺、知名度最高的新春民俗活动之一，具有强大的吸引力。人们纷纷从周围赶来买一盏"送子发财莲花灯"，把好运气带回家，挂于厅堂,让喜气盈满家中。为了使庆典更加让人回味,罗村的父老乡亲们还要举行乐安体验宴会,食物清淡,讲究营养健胃,缓解一下人们过年所吃大鱼大肉的油腻。吃饭时,还伴随着猜灯谜、赢礼品的活动,笑语欢颜,情意浓浓,不论是海外友人还是归客,不论你来自本地还是外乡,都能在这里找到一份浓厚乡情和家的感觉。

2015 年 11 月

行通济　无闭翳

正月十六行通济

"行通济"习俗是在正月十六，但是在元宵节这天的下午，人们已经开始往通济桥的方向集结，期望着及早加入队列，像除夕等到大年初一的零点要烧第一炷香的寓意，正月十五晚上就去等着正月十六走桥。佛山人走的这座祈福桥，名字就叫作通济桥。

"木棉花谢鹧鸪鸣，通济桥头春水生。"就在这种充满诗意的氛围里，通济桥蓬勃着春天的生机，于是成为一座通向幸福、通向美妙、通向广阔未来的桥。老年人期望着后辈出色，少年人向往着成功的途径。人们扶老携幼，礼让地拥挤着。就在这种精神的向往之中，还要人为地再加一些物品助力，那就是人们拿着自制的风车、生菜、彩灯等具有好意头的小小吉祥物。这是一种简单而快乐的幸福。"行通济，无闭翳"已成为佛山的名言俗语，是一种祈求健康的信念。行通济，古老却新鲜。

李待问身世传说

说起行通济，就不能不说到李待问。关于李待问的身世及后来的功名都有不少传说，李家第五子之说更是无从考证。但是李待问得中举人、高中进士，回到佛山做了县官以及修筑通济桥这件事是真实的。

话说一位名叫李畅的富户，家中奴婢成群。七十岁的李畅喜欢上了一个十七岁的婢女陈氏，并使女子怀了孕。可是不久，李畅生了病，生命垂危。陈氏暗思，我在这个家里无名无分，倘若主人不在了，孩子生下来，可如何是好？于是她含着泪，对李畅说："主人，我已身怀你的骨肉，以后我母子的生计怎么办？"其实，李畅早就想好了。他命人取来自己喜欢用的白绸扇子，颤抖着手，在上面题诗一首："八十老公公，临老入花丛，生子名待问，生女李芙蓉。"然后他让陈氏好好保管扇子："如果孩子出生后，家人族人对你不好，你就拿出扇子找族长当众证明，可保母子平安。"不论陈氏怎样祈祷，李畅还是因病离开了人世。几个月后，陈氏产下一子。这一下，惹恼了李家人，一个婢女竟然未婚先孕，这不是败坏门庭是什么，于是不问青红皂白就要把这母子赶出门去。陈氏赶紧拿出扇子，请族长看了，族长认得这是李畅的亲笔字迹，评判要李家人承认母子身份，掌门兄弟要以陈氏为庶母，男孩取名待问，为李家第五子。

谁也没想到，这个李家第五子李待问，生性聪敏，天资过人，受到私塾老师李维仁的赏识，后资助他参加会试。待问果然不负期望，在万历三十一年（1602）得中举人，第二年殿试高中进士，回到佛山做了县官。

李待问修桥

一次偶然中，李待问发现人们在等候依次从一座又窄又破旧的木桥上通过，不但十分不便而且存在危险，他觉得这样的桥实在应该修得更宽更结实。于是，他发动乡民募捐，将破旧的桥改为崭新而结实的石板桥，通济桥自此而始。行通济的习俗也就随通济桥而产生了。

旧通济桥

《佛山忠义乡志》里有记载：桥多次修建，在明万历九年（1581）重修后，木桥可以走马车，但毕竟是木桥，经过天长日久的风吹日晒，腐烂致毁。明代天启年间，便有了李待问修建通济桥的故事。通济桥被修建成三孔木石拱桥，桥长120尺，桥面用潭州红石铺砌，桥中间有巨大的石柱作为支撑，桥两边有大木做桥墩,稳稳当当的桥就这样修建成了,起名"通济桥"。李待问是个做事周到的人,为了让人们来往歇脚,在桥的一侧还建了一个凉亭,成为人们聚集休息的地方。从此,在佛山这片温馨的土地上永远刻下了李待问的美好形象,官员爱民的风习久为流传。

"通济"得名

对于此桥起名"通济",则还有一个有趣的传说。

在佛山涌旁边有个小茶馆,来来往往的人们都喜欢在里面坐一会儿,喝上一两杯热茶,体会一下茶馆亲切的氛围。有一天,茶馆里来了一个道士,他手里拎着一个红色的包袱,坐下后,买酒来喝,他一大碗一大碗地喝下去,一会儿就喝醉了。原本并不被人们注意的道士,反而由于他特殊的举动被关注了。人们的目光聚集到他的身上,看着他摇摇晃晃地起来,边走边反复念叨着:"通吾困,济吾贫。通吾困,济吾贫……"人们都听清楚了,并都看着他摇摇晃晃地走远了。突然,只见远去的道士的身影一闪,化作一道金光向高远方向飞去,瞬间不见了。人们吃了一惊,这才感到异样,尽量寻找什么,他们发现道士留下的那个红色的包裹,打开看时,发现包裹里是白花花耀眼的银子。众人认为这道士一定是神仙变的,便决定不负仙人指引,以"通吾困,济吾贫"的理念在此地修桥,解决人们行路不便的苦楚。人们用道士留下的银子建成了桥,取道士话中最重要的两个字起名,称"通济",也有"先通而后济"的寓意。

于是,人们一说到通济桥,仿佛能感受到道士曾经留下的仙气,行通济的习俗就更加深入人心了。

"通济"时尚行

在人们的心里,通济桥就是一座神桥,充满了安康祥乐的寓意。

其实,对于通济桥还有许多传说,但不论何种传说,通济桥都是充满祥和,驱除烦恼,带来健康、温暖的桥梁。正是因为这个桥梁,行通济的民俗才源远流长。如今,每年的行通济人数都达到40万至50万人次。为了保障人们安全、顺利通过,佛山禅城的警力十分到位,每年此时公交车都要改道,从远离桥头的1公里多沿路摆了"水马",也就是路面移动护栏,人们必须步行,不能通车,到了桥的附近更是不能插队,形成一人巷,人们只能鱼贯而走,形成良好秩序。近年,更是每隔1米就有一位警察维持秩序,保护人们的安全。行通济,人们尝到了被保驾护航的幸福,尝到了拥挤而有秩序,充满兴奋、期待而幸福的行走。

行通济盛况

我印象最深的一次走通济桥,是因为工作需要的关系。中央电视台首次来佛山拍摄行通济,和佛山电视台联手制作,这对于佛山非物质文化遗产的民俗是一次极好的宣传。当时,佛山电视台与我联系,要我在镜头前讲一讲佛山行通济的民俗文化,但是我觉得对行通济的内涵远没有多年研究这项非物质文化遗产并热爱家乡民俗的梁诗裕老师理解得那么深刻。于是那个元宵的晚上我请了梁诗裕老师一起走过通济桥接受采访,就在那喧闹的背景中,梁老师接受采访。一开始,他就谦虚地说了一句:"我的普通话很普通。"对面央视记者微微发愣。梁老师的这句话,是佛山人常说的一句俏皮话。他们认为"普通"是令人不满意的,很普通,就是不大好。这也体现了佛山人事事要强、事事要做到出色的性格。记者明白了这个意义后,用欢悦的神态说:"这样好啊,您知道吗,在北方,'广普'就是广东味的普通话,很受欢迎的。"

我避开镜头,在旁边听着梁老师讲述,对通济桥的习俗有了更深的认识,心中不由得回味着通济桥石牌坊两侧石柱上的对联:"通七堡之游行,逸客寻春,任得渡头饮马;济万人之来往,曲桥跨水,艳称村尾垂虹。"这是我辗转地从一位老人那里知道的,词语十分精致经典,立意更是清新大气。我行走在人流中,看到抱着孩子的或漂亮或不太漂亮的年轻母亲,看到搀扶父亲的强壮或不太强壮的中年男子,看到牵着手满脸幸福的或年轻或不太年轻的恋爱中的男人女人,他们笑容满面的脸庞都是那样好看,愉悦具有强大的感染性,此时的人们都超越了金钱财富,忘记了俗世烦恼。我深深地感到自己也是在浩荡人群里寻春求福的逸客,经过垂虹村尾,通过跨水的通济曲桥,心中充满自豪。人们对美好生活的济世情怀,不是身份,也非财富,只要那种扶老携幼的踏实康乐。

佛山有竹枝词云:"烛花火荨缀琼枝,一派笙歌彻夜迟。通济桥边灯市好,年年欢赏起头时。"字字珠玑的诗句,生动着萌萌春意,充满诗情,焕发在人间,火荨、笙歌、灯市,映着通济桥头的春水,欢快愉乐的心情漾走一冬的寒气,带来大地回春的温暖与对新一年的期望。

2016 年 12 月

青翠翠"生财"盛宴

　　民俗的意义在于一种对家园的热爱,对父老乡亲的忠诚,每至一个特殊、特定的日子,它便如约而至,来践行一个从诞生之日起就立下的承诺。官窑生菜会就是这样一个民俗活动。

　　来到生菜会举办的广场,有一眼望不到边的餐桌,餐桌旁有一圈红色塑料凳。一个挨一个的大圆桌上,很讲究地铺着一次性的塑料桌布,摆着一扎凉茶、一个烟灰缸和一包包未开封的碗碟筷,热切地等待着人们的来临。而广场的一侧,或祠堂的后面,是忙忙碌碌、热气腾腾、甚为壮观的临时露天厨房。

　　生菜会广泛存在于广府地区,很早就受到西方文化影响的珠江三角洲地区,对于发财不但不避讳,而且还以赚钱盈利追求富裕生活为荣,所以生菜会的谐音就是"生财"会,这是一个比较普遍的民俗活动,有求财、联谊、畅叙、慈善、谈生意的意图。每至当日,四处充盈着欢声笑语。从几百年前一直传到现在,生菜会上不变的是永恒的笑脸,每一代人都是既陌生又熟悉,那是一种家人聚会的符号。筷子与碟盘的碰撞之声,带着喜悦与依恋撞击了人们的胸怀。

官窑生菜会

　　在佛山举行的生菜会活动中,尤以官窑生菜会最为著名。官窑的地理位置

民国杂志上的官窑生菜会

十分特别,它位于南海、三水、广州花都的交界处,水陆交通都十分发达,曾享有"百粤通衢"的美誉。官窑生菜会已有400多年的历史。

每个农历新年的廿四晚上官窑圩都会"做大戏",作为祭祀仪式,也就是进行粤剧表演,表演的剧目是《六国大封相》《天姬送子》《八仙贺寿》等,祈求新的一年风调雨顺,人寿年丰。这看大戏,座位的安排是极有讲究的,原来必须分男女席位,左为女,右为男,中间留出不设座位的空地,以示间隔。这是一片开放的地方,有许多没有钱买座位的穷兄弟们,想看戏,就来这个中间空地,站着看,俗称"打戏钉"。散场后,许多有钱人家派车来接女眷,那是一个很热闹的场面,嫁到有钱家的女人们,甚至在这个时候暗暗较劲,比谁的日子过得更风光。廿五日晚上,前来进香的人们已经云集在官窑的各个客店里。这些善男信女纷纷购买蒲团,到了廿六日,在白衣庙附近把蒲团放在地上席地而坐。正月廿六是观音诞,那时还有凤山观音庙,善男信女们要去庙里向观音菩萨借库,当他们进香祭拜观音之后,就到庙前吃一种特制的生菜包,这种生菜包包裹的菜都是有讲究的,充满了吉祥祈福的寓意。

生菜会

大师傅将所有的祈福都巧妙地注入菜式里,每一种食材都承载着深刻的含义。比如酸菜炒蚬肉,在粤语里,"酸"音与"孙"音相同,"蚬"同"显",寓意为子孙显达;慈姑煮猪肉,寓意为生个胖小子;粉丝虾米,寓意为长寿富贵。这些菜系,在佛山地区被视作斋品。这些精心制作的菜肴,不但寓意吉祥,而且口味独特,鲜美甘香,确实为众多的香客所喜爱。

过去抢头炮的荣耀

生菜会开始时,依赖舞狮推出热烈的气氛,锣鼓一响,狮子多彩,雄风腾跃炫舞,围观的人们已是里三层、外三层。最热闹的活动是游神和抢大炮。廿六日当天要游神,像是仪仗队般,用仪仗、罗伞开道,接着,被抬着的天后、观音、北帝等便出游了,沿途人头攒动,人们争相一睹菩萨的"圣颜"并膜拜,以求得福禄。廿七日,也是生菜会的最后一日,要进行抢大炮活动。大炮大如竹筒,中间拦腰套一个铜圈,一口气点燃六个这样的大炮,人们纷纷来抢。那场面令人血脉偾张,青壮男子踊跃抢夺,随着震天响的大炮爆开,如潮水般奔跑抢炮的人群发出阵阵呼号声。六炮分为头炮、二炮、三炮、润三炮、四炮和尾炮。人们以抢得润三炮为佳,这个炮代表着丁财,又名"丁财炮"。后来,这个抢炮活动常有伤人现象,渐渐减少,传承至今的生菜会,已经没有了这个项目。但是放鞭炮的习俗依然保留着,鞭炮之长,炸响声音之长久,怕是有几万响的爆竹。

林世荣火中救人

关于官窑生菜会,还流传着一个黄飞鸿的爱徒林世荣奋勇救火的故事。生菜会的项目自然还有不可或缺的醒狮,那一次,林世荣受邀前往。当夜色降临,处处火树银花,白衣观音庙前粤剧的大锣大钹、大袍大甲演出正热闹,观看的人们也聚精会神,叫好声阵阵如潮。突然,一阵浓烟之中,从尾棚腾起熊熊烈焰,一时间,人们惊叫四散,互相拥挤踩踏,眼看就要酿成大祸。关键时刻,林世荣赶来了,他与人们反向奔去,一方面拆竹棚,一方面扶起老人和孩子,护送他们走出险地。由于林世荣将自己的生命置之度外、奋勇救人的义举,只有十几个人受轻伤。官窑人感激林世荣,特摆酒向他致谢。当时一名叫谭茜的有名拳师钦佩林世荣的见义勇为精神,两人结成莫逆之交,传为美谈。

后来白衣庙被毁,生菜会有一个时期停止了活动,但由于生菜会是当地民众特别喜爱的民俗活动，最终还是被延续下来。有一段时期为了更加热闹，人们将这个日子改为正月十五、十六日，与元宵节合并举办。几年下来，当地的百姓觉得既然是传统习俗，还应该尊重传统文化的内涵，便又改回到正月廿六日。如今的官窑生菜会，已经成为省级非物质文化遗产名录，被家乡人特别珍视，四面八方的乡亲和亲朋好友都来参加。

北村生菜会

我还参加过大沥北村的生菜会，幸运的是，那里的观音庙还在，经过一些规模不大的修葺，在香火的熏烟下，显得格外壮观、神秘。这里保留着各路醒狮队都来拜庙的习俗。那是一种非常动人的场面，在锣鼓与爆竹声中，起舞的醒狮从村头穿过村中熙攘的街巷，一直舞到观音庙前，同时狮子还要表演采青，生菜是采青的道具。狮子与大头佛采青表演的过程十分精彩，憨萌的大头佛和狡猾的狮子吸引了大量的村民。狮子队沿着人群闪出的一条细道，鱼贯而行，来到庙门口，每一个狮子在庙前都要跪拜，很多狮子还是跪着上台阶，进庙上香，然后才恭敬地推着出庙门，之后离去。

狮子采青

在焚烧观音纸花塔的大炉旁，有一个圆形的水池，旁边围满了人，在里面认真地捞着什么，捞起来却又放进去。我不由得好奇，难道这也是一种仪式吗？

当地的村民热心地告诉我,这是一种祈愿行为,人们到水里摸螺,尤其是新婚的年轻人,拜完观音之后,观音就会降福送子,摸到螺生儿子,摸到蚬生女儿。总归是快乐幸福的事情!

如今,不论哪一个生菜会举行时,旅居海外的宗族亲戚往往要回来,探望亲人,探望故土,以解思乡的饥渴。

2016 年 3 月

月圆之夜话秋色

中秋节，应该算是人们一年之中劳动的驿站。回首，是丰收的喜悦；当下，是圆满的团圆；而前瞻，则寒肃的冬季隐隐前来。这个交替的日子，有人们喜庆丰收的热望和对进入冬季的储备。

秋色传说中最初的模样

就是在这个金色宜人的季节，佛山，这个民俗生长的沃土，总是迎来秋色大巡游。秋色是佛山的传统民俗，据说起源于明朝永乐年间。那是在一片丰收后的旷野里，孩子们嬉戏的笑声清脆地回响，他们快乐地奔跑、玩耍，不知是哪个聪明的孩子突发奇想，用废弃的秸秆和长了一个夏天的茂盛的秋草，编出了一个类似龙形的东西，然后举起来，手舞足蹈，模仿龙游走的模样。孩子们前前后后举着，好玩极了，田野上童声朗朗，欢腾的景象引起了人们的注意。人们越集越多，以至形成浩荡的载歌载舞的队伍，这应该就是秋色的雏形。

舞龙图

由防御的以假乱真获得正式定名

真正定名为"秋色"，至今可考证的，是在正统十四年（1449）。当时的大明王朝正处在一个岌岌可危的状态，9 岁登基、好不容易熬到 23 岁，急于想建立功业的正统皇帝明英宗，面对统一了蒙古各部的瓦剌首领也先在边境的挑衅，不顾大臣们的反对，亲率明军前往攻打，完全不知道险恶的境地正在张开血盆大口等待着他。缺乏实战经验的明英宗尽管勇敢，结果还是在土木堡一战损失惨重，二十万精锐明军全军覆灭，朱皇帝率亲兵突围却被也先擒获。堂堂大明天子被擒，国何以堪？朝廷动荡，不可一日无君，当年秋天，兵部尚书于谦辅佐郕王即位，第二年为景泰元年。实际上当年的秋天已是景泰帝执政。那一年黄萧养起义，一路攻城略地，所向披靡，在攻打佛山时却遭到失败。原来，正值中秋的佛山，将要举行规模盛大的秋色民俗活动，机智的佛山士绅集合起队伍，将计就计，以演绎各种故事为内容，假扮兵马，举着刀枪剑戟，造成金戈铁马之势，加以鼓乐锣钹，喊声阵阵，一时间声震天际，完全是列阵迎战之势。敌人哪知此为以假乱真，真以为有千军万马，顿时惊悸慌乱，指挥者无心再战，下令撤军，狼狈败走。这场战斗传到京城，此时，瓦剌也先攻打北京城的惨烈一幕、大明江山差点倾覆的经历，还在景泰皇帝眼前萦绕，况且他初登大宝之位，太需要国家的稳定安宁了。佛山这一案例，虽然是小案例，却意义重大。对朱祁钰来说，这无疑是一副兴奋剂和安慰剂，对维护地方稳定十分重要。于是龙颜大悦，他大加褒扬佛山城团结一致、机智勇敢的精诚精神，下令敕封灵应牌坊，从景泰二年（1451）始，祖庙便成为灵应祠官祠。秋色与佛山的安宁繁荣息息相关。"秋色"因而正式定名，成为佛山人热爱的具有保家卫国意义的活动，以后就成为固定的民俗活动，承载着佛山特有的地方性。

秋祭是巡游的开场大戏

祖庙秋祭是秋色欢乐节的开场大戏。秋祭举办的时间往往是秋色举行当天的上午，一大早就在祖庙内设立专门的祈福区域，向市民提供祈福签名、祈福彩牌、祈福彩条、祈福树等多种祈福项目，为市民表达美好心愿和祝福提供场所,弘扬和谐幸福的传统文化。秋祭有严格的传统仪规,强化着庄重神圣的仪式感。其时,整个城市沐浴在秋天的金色里,阳光下树影斑驳,树干的枝丫和阳光倾泻下的剪影,落在古朴的庙宇和华美的飞檐上,而上空则是湛蓝的天空。当湛蓝的天空有了谜一样晚霞的时候,乡饮酒礼仪式就开始了。作为现代社会的祖庙乡饮酒礼,并非简单的"复古",而是在传统的仪式中融入了更多的时代内涵。尊贤敬老,礼乐教化,一批庄重、和善、风度翩翩的长者和各界人士,聚集于万福台前,把酒执盏,先是敬重地礼拜,再是给予大家一个温暖的祝福与问候。气氛优雅而又其乐融融。

乡饮酒礼结束之后,秋色便拉开了帷幕,在开幕仪式上,启动的号令声音响起时,秋色队伍应声而动,正式出场,盛装巡游!这时,沿着巡游的线路,旁边已经站满了等待观看的群众,他们很多人早早就来到路边,占一个视觉无阻的位置。当巡游起步的时候,人们已经翘盼多时了。

绚丽的开幕式

依传统佛山秋色巡游的表演程式,把唢呐、火把、头牌灯、罗伞、幡旗、马色、鼓乐等表演项目汇聚在一起,作为秋色巡游开篇项目,渲染传统秋色的庄重仪式感。四个大大的白色传统纱灯灯笼,上面分别写着"佛山秋色"四个红色大字,这白底通红的大字格外引人注目,在夜空里发出不同寻常的古典信息。

佛山秋色巡游

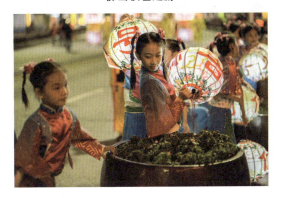

信号灯（彭飞 摄）

璀璨的秋色由"七色"承载

随着时代的演变,秋色形成经典的"七色",有地色、灯色、马色、飘色、水色、车色、景色。

"地色"主要是行进中的节目,人们做出戏剧的扮相,主要是粤剧脸谱和功架,展示行进中边走边舞边唱边演的功力,与观众形成愉快的、近距离的互动,简单地说,是演员行走于巡游路上进行的各种表演。

"灯色"是灯的表演,是各种灯竞相争艳的巡游。人们举着各式灯盏,炫耀技艺和匠心。佛山灯色是最为出色的一项,除了一般的彩灯,还有宫灯、走马灯、针口灯、瓜子灯、豆子灯、鱼鳞灯等。这些特艺灯制作巧妙,原料多是生活中司空见惯的或是作为废料的东西,经过精心考量设计加工制作,便成为精美的工艺品。

　　"马色"是表现勇士骑马挥鞭的英武造型,猎猎战马表示马到成功之意。有机缘的时候,人们骑的是真正的骏马,而在南方马并不普遍,况且人流太多的街道也不适于马的行进,所以使用扎制而成的马头和马的半身套在人的身上,象征性地模拟马,也是常有的事,表示一个好的寓意。

　　"飘色"是用钢架巧妙地让小朋友坐上去,将其高高地举起来,再穿上各种古装角色的戏服,扮演各种故事中的角色,常有《天姬送子》《观音菩萨》《白蛇传》等民间故事。

　　"水色"是表现地处珠江三角洲的佛山以水为生、以水为乐的生活场景,如旱地划船、采莲女舞蹈等,营造热烈气氛。

　　"车色"是以装扮得五彩缤纷的彩车为主,可以有人站在彩车上表演,也可以单纯地展示彩车的造型色彩魅力,佛山装扮的彩车大部分是传统彩扎。

　　"景色"是仿真制品,表现丰收的喜悦,与一些特异灯一样,也是化腐朽为神奇的巧手制作,用废旧的刨花、蜡等制作出花朵、瓜果。"担头"和"台面"是秋色赛会的"景色"项目,表演者用竹箕、方桌等盛上各种鱼类、点心、蔬菜、瓜果等,担在肩上或推上小车沿途叫卖,其中均是以假乱真的工艺制品,其惟妙惟肖让观众难辨真假。

秋色活动全景图(彭飞　摄)

　　七色活动一旦形成秋色巡游,则是气象万千。每一种"色"都展现了平时难得一见的风采。如民间舞蹈属于水色的"陆地行舟",长达15米的扎作花舫式龙船,装上滚轮,船上旌旗飞舞,金鼓雷鸣,在《赛龙夺锦》的音乐声中,表演者精神抖擞,意气风发,表现佛山人"赛龙舟"奋发图强、力争上游的精神。精彩的陆地龙舟赛,不在水中胜似水中,以技艺高超的"炫技"表演彰显民俗文化魅力。

如20世纪70年代别出心裁表演的"单车龙"项目,以竹篾和鲜花扎成龙身,分成数段插于单车之上,表演者骑在单车上进行表演。表演不但需要出色的车技,把花龙舞得生动灵活、四面生风,最重要的是相互配合,要最终达到炫技的整体性,谁也不能个人逞能。还有鼓乐队项目,运用独具岭南特色的南狮鼓点,以威武震撼的气魄烘托出现场氛围,在前进中表演,通过声、色齐炫效果以突出喜悦欢快的情绪。

秋色中,醒狮与大头佛是必不可少的助兴节目,也是别具特色的项目。醒狮,雄壮威武,欢快热烈。大头佛是孩子们戴的大大的头罩,头罩是一个笑呵呵的佛像,也是一张孩子的笑脸,所以给人以特别喜庆幽默的感觉。谁看到大头佛都会情不自禁地绽开花样的笑脸,让人们享受着生活的甜蜜。

"赛秋"就是炫技

民俗的形成充满了不断演变、完善的过程,因为它寄托了人们的期望。既然是庆祝丰收,向北帝汇报自己的成绩,那么在巡游中把自己最精彩的拿手好戏展示出来,也就成了人们的共识,于是诞生了秋色赛会的形式。这秋色赛会赛的是智慧、赛的是手艺。"秋色赛会"环节,征集内容包括各类型的表演形式及秋色扎作艺术品,由观众投票和专家评分结合,设立奖项和奖金。

纸扑工艺仿青铜龙盘(作者:何信)

"景色"部分是赛会的主要内容,表现能工巧匠的造诣。有特别才能的人们拿着自己亲手制作的、别出心裁的作品,在巡游中亮相,展示智慧和匠心。这些千姿百态的手工艺品,要接受市民的评价和投票。待浩浩荡荡的巡游队伍,从祖庙出来,最后返回祖庙,向北帝汇报成绩的时候,也就是在这里,赛会的奖项也评出来了。人们通过观看,给自己心仪的作品投上一票,得票最多的就是冠军,其次为亚军,依次推下去,人们就知道自己的水平。然后,人们将成绩告诉北帝,以示汇报。这种汇报是虔诚的,绝不敢有半点虚假。而那些得了大奖的人则是兴高采烈的,那一刻的满足,像是拥有了全世界。

"景色"工艺的传承人何信大师

何信大师一直从事秋色工艺品制作,他有一双巧手,巧得让人难以置信。

何信大师在给孩子们讲手艺

申遗工作启动不久,我第一次跟着几位专家去他的工作室,看到桌子上摆了许多鲜艳的水果,特别诱人。那时我与何信大师并不熟,心想何信老师真是客气,还买了许多水果招待我们,后来才知道,原来那是秋色艺术作品。何信老师能够将各种普通生活材料甚至废料魔术般地变成精巧的艺术品。制作秋色艺术品的工艺手法主要有粘砌、注蜡和纸扑,其代表作主要有蚕茧桃花。注蜡是秋色巡游中担头内丰收的瓜果蔬菜和包点食品类,主要是蜡制作品,用的办法是筑模灌浆法。纸扑作品也是像生作品,用纸通过"扑"的手法制成,常常模拟沉重的物件,如大件铜器,做出来却是很轻。

2015 年 12 月

第二章　赛龙夺锦

佛山功夫·咏春拳

神勇的功夫

武术对于我来说，一直像谜一样——人体中的潜能到底有多大？这是我无法理解、更无法体会的。小时候，听父亲说，我的家族世代武将，在清末民初，我的舅爷是城里有名的武师，能够飞檐走壁，培养了很多弟子，这些弟子都成了武功高手。那时的我想象的就是《济公传》中穿着夜行衣，穿房跃脊如履平地，来去无踪的陆云龙。这是我对武术最初的认识。后来我看了不少古典武侠小说以及金庸的武侠小说，更感到武术有万夫不当的能力。

后来与习武之人有过一些交流，他们练功夫多半是为了强身健体、修炼素养，他们崇尚谦虚低调，戒逞强斗狠。中国的"武"字，很有意思，将"武"拆开来看，是"止戈"，被人们理解后，更是一种追求和平的本意，而不是打打杀杀。武术的脚步追逐着文明的方向，大概武魂魅力正在于此吧。而练功夫确实能激发人的潜能，习武之人比普通人更能够灵活运用身体，动作在气力与速度上，有极大的过人之处。许多师傅经过多年的浸润，创出不同流派的武功与拳种，或侧重内功，或擅长搏击。

名气最大的咏春拳

在佛山，我所知道的拳种就有十几个，而咏春是名气最大的本地拳种。

咏春拳从进入人们的视野之日起，就充满了传奇与神秘色彩，随着电影、电视的传播，显示出越来越神奇的色彩。而咏春拳的真正诞生之源又是众说纷纭、莫衷一是。从镌刻于历史的痕迹来看，咏春一路走来，无数的武人勇士将这个拳种注入了更多的英武、悲壮以及可歌可泣的、彪炳于史册的传奇，以震撼人心、深邃强烈的形态冲击着人们的感知。

神秘的咏春拳起源

咏春拳神秘而迷离的起源之说，竟有多种，拣最主要的讲，至少有三种。

第一种起源说，清代福建有一位美丽的习练武功的女子，名叫严咏春。这个传说，充满了诗情画意，充满了尽可能想象的优美。在不断的习武过程中，咏春姑娘苦恼于自己的功夫总不见大的进展，苦于无计时，却在偶然的时机看见蛇与鹤的殊死较量。那实在是不容易见到的情景，一定是上苍特意对这位女子的眷顾。严咏春发现蛇是柔软沉静的，有着内在的凝重力量。这种柔软，有致命的力量；这种沉静，有窒息的技能。而鹤，飞舞轻盈，上下自如，可攻可守，对于毒蛇的进攻有着举重若轻的化解之力，那种轻逸与巧妙，有着无法言说的奥秘。于是，顿悟加苦练的咏春姑娘，以自己的心得创造了新的拳种，她以自己的名字命名了这个拳种。

第二种起源说，该拳为南少林五枚师太所创，这位严谨的五枚师太，谁也不知道她的名字，她来自何方，像是从一个完全未知的能量世界走来的。她的功夫高深莫测，晚年时将平生绝技传于弟子严咏春。师太像是仙人一般，隐匿于浩渺莫测的江湖之中。她交代弟子，以咏春之名传此独门功夫。

第三种起源说，也是与现代佛山咏春拳的本地传说最为接近的说法，对于众多的练功夫的人来说，既亲切又有说服力。清雍正年间，有潜藏佛山的京剧名伶"摊手五"，这位"摊手五"名张骞，又名张五，湖北汉口人。孟瑶的《中国戏曲史》载："张五因故不能在京师存身，逃亡至佛山，时间在雍正年间，此人绰号摊手五，是一个'文武昆乱不挡'的好角色，尤其精于少林技击。"由于当时"摊手五"受清廷追捕，不得不隐姓埋名一路南下，逃至佛山落脚。他来到了佛山戏班红船做了一个艺人。红船戏班堪称粤剧大早期形态。然而，红船戏班在江湖上生存颇为不易。摊手五原打算做一个不显山、不露水，不被人注意的普通人，然而在一次红船弟子受欺负、眼看就要受到严重伤害的时候，情急之下，摊手五出手相助，暴露了他非凡身手。佛山刚刚形成的粤剧本就以武功戏见长，艺人尚武，这下戏班内的人纷纷要求拜师。红船弟子黄华宝、梁二娣就是他的两位出色弟子。至今佛山民间还有"一只摊手，独步武林"的说法。20世纪60年代，我国著名的文学大家郭沫若曾赋诗："昔有名伶摊手五，佛山镇上立戏班。

至今革命唱传统,少林武艺传红船。"广东粤剧博物馆藏清末伶人船上练桩旧照和民初粤剧八和銮舆堂叔父演绎的木人桩 108 法,与现行咏春拳木人桩 108 法完全相同。自此,咏春在佛山的起源脉络已经清晰可见。

这三种起源说,皆出于清朝时期,预示了咏春拳种的流传有着很强的民间性和神秘色彩。

佛山咏春拳的奠基人必推梁赞

佛山咏春的起源,不论如何,都离不开一个人物:梁赞。

1826 年出生的梁赞来自鹤山古劳,自小随父母到佛山谋生,不料父母双亡,他只能靠乞讨度日。有一天,他看到祖庙门前有一群表演拳脚的人在卖艺,小梁赞非常兴奋,主动接近他们,每次演出后他都帮忙收拾东西,他的勤快与机灵得到这些卖艺人的喜欢。小梁赞见时机成熟,便求着领头的师傅收他为徒。起初师傅不肯,这个卖艺班虽然每天都在拼命,可是收入并不好,多一个人就多一张嘴,而且辗转各地人多了就没有那么利索,可是梁赞的诚心最终打动了师傅。不幸的是,小梁赞跟随师傅不久,师傅便得重病而逝。

清同治年间,梁赞居于佛山清正堂街,经营药店"赞生堂",至今仍有后人。梁赞善书法,熟习少林诸多拳种,得友人梁锡佳介绍礼聘梁二娣、黄华宝二人为师。有了红船咏春的深深烙印,热爱武学且品格超拔的梁赞,在综合南派功夫的基础上,根据南方人身材、气力的特点,运用前人短桥窄马和摊、膀、伏手法,一反少林之道,常用腰桥马贴身搏击,以静制动、借力打力,以快打慢、后发先至,达于化境,创造和定格形成的一套练习套路和实战理念,经不断调整定型为现行的咏春拳。其特点为简单、直接、反应快,强调中线防守,没有花哨招式,对场地适用性强,并在徒手搏击中融入太极四两拨千斤意念,以阴柔内力,连消带打,改变对方力向,卸除对方攻击,出手阴柔敏捷,发力无形无声。百余年来民间一直盛传其"咏春拳王,佛山赞先生"之誉。与此同时,他用毕生所学,扶贫助弱,行医授拳,焕发着忠勇义诚之气,传扬着咏春精髓。

咏春蓬勃的支脉

梁赞的传人经数代传承、繁衍,遍布珠江三角洲、港澳、东南亚及欧美各地。其中出现过叶问、李小龙、彭南等著名人物。至今有佛山的五大宗支和梁赞晚年回鹤山形成的古劳分支。

在这个流行图解、视频的时代,动作片尤其突出,武术是闪亮的主角。所有在图片、视频中出现的历史故事,武术都是重要的元素。那些惊心动魄的打斗场面,在影视的演绎下,人们觉得热闹过瘾,拳脚飞舞,呼啸的飞镖,眼花缭乱的身影,似有说不出来的刺激与快意。可是,当深入了解武林界时,才知道,那表现出来的应该只是武术的皮肤,或者是外观,连武术的肌体都说不上,更不要说是灵魂。武魂的魅力,是一种人生境界。而这种境界是多层面的,由表及里,什么样层面的人就会选择什么样的层面。武术是一种敞开的状态,又是一个在技艺上独立的世界。据不完全统计,咏春如今已在60多个国家和地区设立机构,分会达4000多个,门徒达数百万人。咏春拳成为世界上流传最广的武技之一,并为当今世界上多个国家和地区高级警官和特警部队所使用。

武术分南派、北派,咏春属于南派。咏春拳以实战时贴身搏击见长,招式灵活、借力打力。应该说,咏春拳是极好的紧急防身功夫。

有人说,咏春属于"温文尔雅"的拳种,一直在社会上层深受青睐。其实这样的说法是不完整的,咏春拳与中国武术精神一样,均焕发着强大的武德力量,挖掘身体的极限,讲究深厚功力,抑恶扬善。

据说当年梁赞在赞生堂收徒,只授武于其子梁春、梁碧,以及陈华顺、梁奇、猪肉桂等六七人。其中,真正公开的徒弟只有陈华顺一人,因陈华顺所做的是钱银找赎的生意,世以"找钱华"称著。师徒相传,从此,咏春拳在佛山有了确定的名分,形成岭南武术一大门派。咏春拳的传承也有了文字的记录。饮水思源,我曾听说,很多咏春的弟子希望祖师爷梁赞也能在当今的影视中大展光彩,让他的美名永世传扬。

梁赞首徒陈华顺和小徒叶问

梁赞首徒陈华顺,祖籍是顺德杏坛东马宁乡,拜梁赞为师习咏春时已 39

岁,后来干脆在赞生堂内协助梁赞做业务,坐堂诊。清末,他在佛山西便巷设馆授拳,成为第一个以授咏春拳为业的拳师。对于出生于南海罗村、成长于佛山古镇的叶问,可谓近水楼台,是千载难逢的机会。于是,他向师傅磕了头,成为师傅最年幼的徒弟。叶问后来又得到吴仲素和梁碧指点。他1950年赴香港,在港九饭店职工总会传授咏春拳术,改落地桩为挂墙桩、横担桩,改五行八卦为三角几何,革新拳理教学,传授在港各籍留学生甚多,其中就有名扬四海的影视武打巨星李小龙。电影《一代宗师》使咏春拳和叶问的武术故事走红大江南北,广而传之。

令人感兴趣的咏春套路

咏春拳的拳术第一个套路是"小念头",又叫"小练头",运用到力学的原理,与人体运动技能进行有机结合,后臂如曲柄,前臂如连杆,由人的意念推动往复直线移动和圆周转动。第二个套路叫"寻桥",其锻炼简单、直接的打人技术,"桥"是桥手。桥手是指两个人手的接触好比一条桥梁把两者连在一起。如果说小念头好比打定靶,那么寻桥就好比打活靶。

咏春拳(吴子洲 画)

咏春拳的器械套路有三种。有一张照片给我印象最深,上面是叶问站在木人桩旁练功夫,他穿着白色的衬衫,清瘦干练的样子。木人桩是咏春拳最重要的器械,是为了在小的空间也能够练功而发明的。而叶问更是在木人桩的数理改造方面进行创新,对于咏春拳的传承和在海外的传播功不可没。

练习咏春拳木人桩器械也分为三个阶段。学会整套木人桩套路为第一阶段,这一阶段是基础,需要反复练习,理解桩法,深刻体会,确保达到熟能生巧。最高阶段是把木人桩当作真人对打,融合咏春拳的拳法、手法、步法、脚法,运用黐手所获得的元素,模拟实战练习。

第二种套路为八斩刀套路。八斩刀是咏春拳的短武器,与一般南派短刀相似,双手各执一柄。全套刀法划分为八节,由咏春拳三套拳术的招式演变而来,例如刀套里有耕刀、摊刀、滚刀、问刀,包括斩、刺、摊、径、捆等,每节开首均有八个主题动作,各有不同形式的斩法,因而名为八斩刀。

第三种套路为六点半棍法。六点半棍是咏春拳的长武器,与八斩刀一短一长,应不同场合的需要而使用。六点半棍为单头长棍,棍法从南少林棍法中借用,非咏春本门所创,但融合咏春拳理演变而成。使用时要手握棍尾,使尽全棍长度。棍法包括枪、挑、钉、弹、冚、拦六下,以及消棍半下,因此合称六点半棍法。

力和意念,先天客观的身体条件,后天主观的精神力量,如何融汇成为咏春拳不懈的探索。李小龙的"截拳道",则要在无规则限制下,用现代理论解释随意对抗的规律性。他以对寸劲、短距离发力的深刻理解,曾写下22封亲笔信,反复申明所创是"截拳道",而不是"折拳道",是一截一截发力的意思。通过对力和速度的理解并上升为意念,支配其借势改变对方力向和短距离发力的寸劲反击,这正是李小龙令人折服的原因所在。可见咏春拳的拳理蕴含深刻的哲学道理。

咏春拳清末始由阮济云带到越南,随后在不断的劳工输出中推广到海外华人社会。近几十年,岑能、叶准、彭南等陆续设馆海外。彭南(1911—1995),性情刚正,为人诚恳,脸上有块黑色胎记,被人们称作"黑面南"。他是新中国成立后深得咏春门人敬重的著名拳师,1924年习武,20多年后师从招就,又10年后得黎叶篪真传,1994年被授予广东武林百杰称号。叶准,这位出生于1924年的老人,像极了他的父亲叶问,瘦小、精悍,只是他比父亲更加内敛含蓄。他常常从香港回到南海罗村授徒,两地跋涉,不见倦意,身体之健,得益于咏春功夫,令人无不钦佩。据说,他与徒弟们在60多个国家组织了咏春拳会近3000家。几十年中,全球形成了数百万人的咏春拳从习规模。

叶准在传授武功

咏春,从历史的烽烟中穿越而来,却依然血脉充盈,生机饱满,有一种脱颖而出的俊逸气质,让众多的热爱武术的人喜爱。南海罗村曾经3000人同场操练咏春拳,演绎了旷世宏阔气势,3000人整齐划一的每一招一式,都携着强劲的风雷闪电,观者无不动容。后这一壮举被载入世界吉尼斯大全,传遍世界。

2016年1月

蔡李佛拳的"红色基因"

上山拜青草和尚的传说

一说蔡李佛拳的起源，业内人士便想到一种情景——在18世纪中叶，广西八排山上，一位17岁的英武少年，独自一人走向目的地闸建寺。山路崎岖，山峰高耸，绿萝满眼，蝉声如噪，少年挥汗如雨，脚掌早已打起了血泡，一路上常常饥肠辘辘，餐风饮露，但要拜青草和尚为师的信念始终激励着他。这位来自广东新会的少年名唤张炎，他自幼习武，曾拜李友山门下，后随陈享习武。

接触了有关蔡李佛拳史料之后，我曾经想从地图上寻找张炎宗师的足迹，也曾在网上卫星图显示的茫茫山林处搜寻过，却没有找到名叫"八排"的山峰，这确实让我有点儿困惑，难道这只是一个传说？后来在一次与鸿胜馆掌门人黄镇江偶然的接触中，才知道，原来在那崇山峻岭的苗家之地，到处是被苗家人称为"八排"的山峰，上面小庙建了很多，闸建寺却找不到了。据说是反清复明之士聚集于此，成为一个隐蔽据点。小庙众多，为了隐蔽，那些庙宇的名字早已被更改，现在无从找寻。

话说张炎在山路上行进，心里装满离别陈享的情景。远近闻名的陈享师傅当然也遵守着当地风俗，不收外姓徒弟。可是他看到天分极高且人品厚道的张炎，便留下他在自己身边做一些杂活儿，张炎便趁大家都不注意的时候偷偷学艺，其实这也是陈享留下张炎的目的。陈享看到张炎即使在偷艺中也进步神速，便打心里喜欢，于是决定在夜里将武功传授给张炎。但是，陈享的其他弟子欺负外姓的张炎，有一天陈享不在，那些弟子们实在欺人太甚，张炎忍不住还击，陈享传授武功的事情被弟子们看透，议论纷纷。陈享迫于压力，无法继续教授张炎，便介绍他上山寻找青草和尚并拜其为师。陈享亲自送别，张炎含泪拜别了陈享，毅然踏上了遥远的征程。

当风尘仆仆的张炎入得山门，少年看到一位长须飘然、仙风道骨的大和尚，心里便认定了这个师傅。说也奇怪，像是注定的缘分，这位让张炎一见便崇拜的和尚正是青草和尚，而青草和尚也对这位清秀俊逸的少年喜爱有加，一看到陈享的推荐信，便欣然收其为徒。他尽其所能将功夫悉心传授给少年张炎，两人结下8年的师徒之谊。张炎向师傅学习了佛门的内外八卦拳，这8年，正是人生吸收营养最好的年龄，对于他一生的影响举足轻重。临走时，青草师傅赐给张炎一个名字：鸿胜。原来，青草和尚是一位反清义士，眼看清廷腐败，各地反清呼声渐起，他在心里支持洪秀全的天帝会的起义，所以将洪隐喻成"鸿"，暗喻"洪"胜。他希望张炎能够从事反清事业，振兴国家。所以，张炎又名张鸿胜。

张炎与陈享深厚的师徒情

张炎回到新会后，首先回来拜见陈享。

可以想见，陈享多年未见这个心爱的弟子，如今见他气宇轩昂，神态俊朗，果然不负自己的期望，心下尤其欢喜，于是摆下酒宴，真诚款待。酒酣之际，张炎高兴地讲述自己学艺的过程，说着说着兴奋起来，便不由自主地站起身以拳脚示意……突然他意识到自己在师傅面前演示似乎有炫耀之嫌，十分造次，不由得立刻收了招式，满脸通红地请师傅原谅。但是，开朗的陈享不但不介意，反而哈哈一笑说："看来你学到了真功夫。以后将此功夫也传给我如何？"

张炎看着师傅毫无芥蒂、可亲的脸，激动地说："那太好了，我演示给师傅，师傅功底深厚，一定会有大的突破。"

陈享举起酒杯："张炎，以后你也别叫我师傅了，你我兄弟相称吧。"

张炎摇着头说："使不得啊师傅，张炎怎敢妄自托大？"

陈享摆摆手："兄弟相称，有利于我们切磋武学，我们不必为一些繁文缛节所限制。你是年轻人，更要思想开放。"

"但是……但是……这……"张炎觉得师傅说的也有道理，但仍然犹豫不决。

"那就这样。咱们在外时还以师徒名义相称，而在内，我们就以师兄弟相称吧。"陈享一语定音。

于是张炎将从八排山所学的佛门拳法全部传给亦师亦兄的师傅陈享，之后两人将蔡、李、佛门三种拳法经探索、切磋、整理，形成了一种独有的拳术。1836

年,以陈享为代表创立了新会洪圣始祖馆,名称取自"洪材定取文章事,圣算还推武略通"之句。后来在蔡李佛拳发展的道路上,由于陈享和张炎两人擅长的武功底子不同,因而所携蔡李佛拳的招式、风格也略有不同。

张炎一直不忘师傅陈享的嘱托,不断地追求更高的武学境界,于咸丰元年(1851)拜别师傅,离开新会来到佛山,创办了佛山鸿胜馆。

鸿胜馆和红色行动

鸿胜蔡李佛拳有实战性强的特点,可用四句话概括:腰灵膊活飞铊劲,偏身出手快如风,腾挪闪避进退稳,横标直插腰腿功。蔡李佛拳术讲究腰、膊、腿、手的合力,出手要力贯拳、掌、指,要像飞铊打出一样,步法灵活,进退自如,手随身转,长短并用,善于在手处攻防,同时乘其不备下盘出腿。蔡李佛拳的主要器械有鸿胜大刀、六点半棍、伏虎大扒、双刀飞鼠扑壁、单刀藤牌碟等。张炎创办的鸿胜馆,其经历充满传奇,最鼎盛时有分馆20多家,成员超过一万人,直至1949年闭馆。百年鸿胜,在血雨腥风的岁月里,为中国革命的胜利立下了赫赫功勋,产生了许多令人敬仰的名人义士。在太平天国运动、辛亥革命、抗日战争中,鸿胜馆弟子的鸿胜大刀所向披靡,如清末刘忠在香港打败外国大力士,民国刘锦东在广州、胡云绰在佛山打败外国拳师,皆轰动一时。尤其是鸿胜弟子们在十九路军中教授抗日大刀术,令敌方闻风丧胆。此刀,显示了民族的气节,展示了中华武学的精神内涵。鸿胜弟子也曾组成特别护卫大队对国民党二大的中共代

单刀藤牌牒

表和国民党左派人士进行有效的护卫。其成员在各个革命历史时期都投身革命事业，表现极为出色，如吴勤、梁桂华等烈士。1994 年在香港举行的世界拳王大赛中，鸿胜蔡李佛拳手打败泰国冠军阿里，开中国功夫打败泰拳王的先河。

令人振奋的是 1998 年，鸿胜弟子重整旗鼓，举行了复馆仪式。如今的鸿胜馆以一座古建筑为馆舍，习武授徒，蔡李佛优秀弟子辈出不穷。鸿胜子弟在馆长、也是省级非遗代表性传承人黄镇江的带领下，无数个日日夜夜都在勤学苦练，让人欣喜地看到，一代代蔡李佛弟子在成长。

现任鸿胜馆馆长黄镇江演示"平拳"

鸿胜蔡李佛弟子渐渐辐射至广州、广西、香港、澳门、台湾地区以及欧美、东南亚等地。从清代走出国门起，蔡李佛拳经过一代又一代人的努力，已传遍世界五大洲，如今成为世界上最流行的中华传统武术之一。

2016 年 1 月

举世闻名的佛山黄飞鸿

街头卖艺的孩子

时间推至19世纪60年代,广州繁华街头,一位约莫12岁的孩子,正在街头卖艺,同时推销自家祖传的跌打药丸。只见这位少年眉目清秀,出口成章,他朗朗地高声说:"各位叔伯婶母,家有千金积玉楼,不如学艺在心头;日间不怕人来借,夜晚不惧贼来偷;风吹雨打无伤损,两手握拳踏九州;功夫,家家有好,派派有妙。小子从父习武,只因家贫街头卖艺。万望列位叔伯大哥,多多包涵,多谢多谢。""好!""好!"街坊们看着孩子彬彬有礼,而且武功动作利落,且柔中带韧,都喜欢看他表演,喜欢这个孩子,对他给予关爱,使他和父亲得以在广州立足。这位少年,就是后来的武术名家黄飞鸿。他的"无影脚"几乎成为神勇莫测的中国武术的代名词。

解读黄飞鸿

我读着黄飞鸿的故事,试图透过岁月的烽烟,看到他清晰的面目。所有的资料都是静态的,那时没有电视、电影等视觉动态艺术的记载,然而在我的脑海里形成了一种连续活动的状态,他虎虎生风般地鲜活着,他的事迹被人们广泛传颂,他的人品被人们敬仰。黄飞鸿出生于佛山南海西樵禄舟村一个习武世家,祖父、父亲皆是当地名师。飞鸿自小勤学苦练,武功尽得父亲真传。他5岁就能诵诗文,12岁便跟随父亲到广州卖艺为生。13岁的一天,飞鸿在佛山的快子路豆豉巷卖艺,遇到晚清广东武坛十虎之一铁桥三的弟子林福成。飞鸿暗下决心,跟林福成师傅学艺,他一直跟随到林福成在普君墟的住处。林福成说,我不收徒,你走吧。飞鸿不肯离开,苦苦请求拜师学艺。林福成冷眼观察,见他身材高大壮实,性情温和,谈吐不俗,便收了徒弟。飞鸿经过苦练,终于学成了铁线拳和飞铊等,成为铁桥三的传人。

飞鸿父子卖艺十年之后,在广州第十甫设立务本山房武馆,后又开设宝芝林药局。他招徒传艺，不仅传授武功，还行医济世，因为制服了不少前来挑衅的高手而声名鹊起，求医者与日俱增。有一年，农历二月二，香港举办隆重的酬神活动。初春的天气格外宜人，人们对年俗的享乐还未散尽，走上街头沐着春风，凑些热闹，人山人海，比肩接踵。一个富商在三楼檐下挂青，离地数丈，悬赏采青，声势盛大。许多醒狮队伍闻声而来，看到高高悬挂的青菜，犹豫却步，围观的人也越来越多。这时黄飞鸿的醒狮队"务本山房"过来了，黄飞鸿最得意的弟子、击鼓的梁宽打量着青菜，以疑问的眼色投向师傅。早有准备的黄飞鸿看了梁宽的眼神，毅然地一挥手："采！"黄飞鸿接过狮子，猛烈地舞，锣鼓杂以爆竹声，众人看得入神之际，只见狮子飞上众队员头上顶着的藤牌，在上面几经翻腾，运力将飞铊从狮子嘴里扔出，正好缠住高青，轻轻一拉，飞铊与青菜闪电般地坠入狮子口中，紧接着青菜不偏不倚地飞进了富商的门口。"好！"叫好声、掌声顿时如雷鸣般响起。此绝技令人们大开眼界，令同行钦佩，黄飞鸿声誉日隆。他擅长单双飞铊、铁线拳、无影脚、伏虎拳、子母刀、罗汉金钱镖、七星连环扣等，尤其是单、双虎爪和工字伏虎拳，得猛虎之威势，因此黄飞鸿有"虎痴"之称。如今，大江南北都熟知黄飞鸿的"无影脚"，确实是声东击西，快如闪电，变化无穷，令人防不胜防。据黄飞鸿的四夫人莫桂兰说，尽管当时黄飞鸿身壮高大，但他走路时，两手总摆在后面。他总是笑脸迎人，为人谦逊低调，从不逞强好胜，在担任广东民团总教练以及在刘永福军队任职期间，常幽默地调侃自己为"豆腐教头"。

黄飞鸿曾于1894年随刘永福大军到台湾抗击日寇入侵，后清廷腐败，飞鸿感到失望，不愿再卖命，于是离开军队，只身返回广州。他和四太太莫桂兰，在仁安里开设宝芝林医馆，一心一意出售药品，悬壶济世。医馆门前有醒目的对联："宝剑出匣，芝草成林。"他常常送医赠药，周济贫民。说起莫桂兰和黄飞鸿，当时这两人神雕侠侣般的爱情颇为引人注目，他们以武为媒，刚柔相济，相知相爱。一个成熟稳健，一个纯真灵秀，老夫少妻谱写了一段流传长久、被多种文艺形式演绎的武林佳话。具有跌打武学根基的莫桂兰，成了黄飞鸿的得力助手，也给了黄飞鸿人生莫大的慰藉，为他人生中增添了一抹绚丽的玫瑰色。

将痛苦埋在心底

说起黄飞鸿的人生低谷期，也颇为令人心酸。他虽有盖世武艺，却公开表明再也不传授功夫,只一心行医,再无授徒。原来,飞鸿四子中的二儿子汉深自幼向父亲学习武功,显示出良好的武术天赋,颇受父亲的宠爱。飞鸿看着他渐渐成长为一位武功高手,放手让他去独自谋生,在西江航药的船上找到一份当护勇的差事。事情坏在汉深爱喝两口小酒,喝多了便忍不住炫耀武功。初生牛犊的汉深做梦也想不到危险已经逼近了他,江湖险恶在他身上得到印证,他被不明不白地杀害了。这件事给了黄飞鸿很大打击,成为他心中无法治愈的创伤,于是发誓从此再也不传授功夫。作为武师,心中的那份丧子之痛和心酸,恐怕世人难以体会。

即使如此,在那动乱的年代,厄运依然没有放过晚年的黄飞鸿,1924年10月,在广州国民政府平息广东商团叛乱时,宝芝林在战火中被焚毁。黄飞鸿眼见自己毕生的心血毁于一旦,积郁成疾,药石无效,黯然离世。莫桂兰在黄飞鸿逝世后,开设忠义堂授拳为生。抗战胜利后,她在香港高士打道挂起"黄飞鸿授妻莫桂兰精医跌打"的招牌,为人治病,后组织了"黄飞鸿国术社"。莫桂兰活到90多岁,大家尊称她为四婆。

黄飞鸿的铜像

黄飞鸿的一生侠肝义胆,充满传奇,被后世广为传颂。从20世纪40年代起,以黄飞鸿为题材的小说、粤剧、电影及电视剧就在海内外广为传播,受到人们的喜爱,尤其是黄飞鸿的无影脚,更是具有神话般的传奇色彩。在弘扬武术传统文化的今天,佛山这个城市与黄飞鸿血肉相连,现已在黄飞鸿故居附近的黄氏宗祠原址上建成了黄飞鸿武艺狮艺武术馆,佛山祖庙旁建起了黄飞鸿纪念馆。一进馆,迎面是一座黄飞鸿的铜质坐像,只见这个坐像的两个膝盖和手的部位金光灿烂,显然这几个位置是常被人们用手抚摸的,尤其那些年轻的小伙子们,每每前来,不仅要与铜像拍照,还要摸一下铜像的膝盖,显示对黄飞鸿浓烈的崇拜之情。这座铜像就那样静静地端庄地坐着,伴着庭前的花开花落,供世人前来参观缅怀。

2010年2月

龙之祥　舟之济

如果在端午节那天,有一双凌空飞翔的眼睛俯视大地,将会看到千艘万艘的龙舟密集地遍布于佛山水域上。龙舟,有的飞渡于浩淼宽阔的江面上,有的竞技在弯多水窄的河涌上,还有的游弋在半亩鉴开的水塘里。无论如何,在凌空飞翔的眼里一定是场面宏大,蔚成奇观。

我无法飞翔,却能把视觉的焦距调近,我站在北江大堤看过龙舟赛。大江浩荡,数不清的龙舟争相飞渡,形成一条条彩色的飞练。整个江面被生命的激情鼓荡着,随着振奋人心的鼓点,生气勃勃、血脉偾张的精壮汉子们,裸露着黝黑结实的臂膀,仿佛有神秘的指引,挥桨击水,动作整齐犹如一人。两岸观者如云,比肩接踵。无论多忙,他们都会放下手里的活计赶来,与其说是观看,不如说是参与,每一个人都与某条船有着紧密相关的命运。于是,岸边的掌声、喝彩声、助威声此起彼伏,鼎沸的声音充满火热的激情,观者与划船健儿的热血早已融合在一起。来的时候,我是一个旁观者;走的时候,我已经算是半个龙舟人了,因为深深的感动,心中种下了龙舟情结。

佛山龙舟渊源久远,但真正起源的时间仍是扑朔迷离。偶然听到一位老者讲古,虽不算根据,却也有驳不倒的道理。先民与水环境共生共长,与珠江三角洲丰盈的水域结下深厚的不解之缘,舟船成了赖以生存的工具,出则非舟不能行远,入则非船不能归来。他们深知水能载舟亦能覆舟的道理,希望水为己用,近水利而远水患。于是,历来受尊崇的龙就成了膜拜对象。龙,上天入海,呼风唤雨,能使大地五谷丰登,也能使世界暗无天日。龙是掌管水的大神,能为人们带来福祉。于是,龙与舟结合了,龙舟诞生了,这是一个划时代的结合。

"节分端午自谁言,万古传闻为屈原。"佛山与全中国一样,端午的习俗起源于那位心怀忧患的诗人,他峨冠博带,却惆怅憔悴。他孑立的身影,焦虑的神情,几千年在中国百姓的脑海里挥之不去。于是在世世代代的纪念、祈祷中,人们渐渐将此种行为演化成充满祈福纳祥寓意的习俗。

由于历史上中原人几次大小规模的南迁,五方杂处的居民,融合了更加丰富、更加具有岭南风采的佛山民俗。我所知道的佛山龙舟的最早记载,见于南宋名臣文天祥的诗句:"南海观元夕,兹游古未曾。人间大竞渡,水上小烧灯。"透过这简短的四句二十个字,我们看到了一个盛大的场面,见多识广的文天祥竟然说佛山龙舟是"兹游古未曾"的"人间大竞渡",可见在广大的苍茫的水域上,百舸争流的大场面是多么宏阔奇妙。"鼍鼓动时雷隐隐,兽头凌处雪微微……"引人神往的龙头,昂首奋进如穿云破雾,御风乘空而行……龙舟就是以这种浩然之气的姿势划过千年历程,完全不被岁月所遮蔽,反而被风雨濯洗得更加壮丽动人。

佛山龙舟

按寻常的逻辑,这样争夺荣誉锦标的竞渡,注定会产生赛者之间的敌视,至少会有些许抵牾吧?但奇怪的是恰恰相反,村落族群之间由于龙舟而形成了谦让和谐、友好邻里的祥和局面,这就不得不令人好奇和惊叹了。应该说,这就是龙舟精神的升华。

那是在南海盐步发生的故事。

明朝万历年间,规模盛大的竞速比赛在珠江举行,四乡八邻的龙船汇聚于此,夺锦的渴望又有谁能不强烈呢?比赛紧张激烈,水浪拍着船舷啪啪作响,水花飞溅。远远领先的盐步与泮塘龙船如水上飞般,紧紧相随不分伯仲。在接近终点时,盐步船优势渐显,领先半步。可就在即将夺得锦标的一刹那,只见泮塘船中飞起一个灵巧的身影,抢在盐步龙船之前夺下锦标。可万万没想到的是,当获得了冠军的泮塘年轻船员喜气洋洋地领了烧猪等奖品回村时,看到的却是泮塘父老乡亲们的冷脸,村中一位德高望重的老者更是厉声喝道:"送回去!"

年轻船员的表情从兴高采烈变得异常惊愕,接着是满脸委屈地问:"为什么?"

"冠军应该是盐步。你坏了龙舟规矩!这冠军夺得不光彩!"

年轻的船员开始想不通,他气愤、伤心,认为老者不通情理。最后还是在村民们的帮助下,认识到自己的错误,他流着忏悔的眼泪恭敬地把奖品和金猪送到盐步。可是温厚的盐步人认为谁夺得锦标谁就是冠军,又将奖品送回泮塘。反复数次谦让,直到金猪变质、霉烂,奖品丝毫未动。

面对如此挚诚礼让,陷入僵持的双方都发了愁。思忖良久,一位老者拍案决定:"既然我们都这样忠肝义胆,不如我们结亲吧!"此计一出,村人先是一愣,继而掌声雷动,赞成!

盐步老龙(彭飞　摄)

按龙舟年龄,两船以隆重的仪式结拜成"父子",盐步龙船做了干爹,泮塘龙船为干儿子。此后,两地人年年省亲。直到如今,每岁农历五月初五,"契爷"(干爹)盐步老龙先到广州探望"契仔"(干儿子)泮塘龙船;次日,"契仔"到盐步回访"契爷"。两地将省亲作为最高的年度盛事,给予对方最尊崇、最隆重的礼遇。两船不再比赛,而是父在前、子在后,以半步之差的礼数欢快地相伴相携戏水巡游,父老乡亲踩着鼓点,喊着号子,向岸边招手致意,以示亲情礼节。无论是船手还是观者,感动的热泪一直湿润在眼眶里。最后两"父子"恋恋不舍,行往返三送三别礼方才分手。

这就是龙舟特别的魅力,君子好胜,而取之有"道",道即规则。目标的实现，要有众人捧柴的公平法规。推而广之，正是国之有梦，取之有法。

后来，龙舟习俗便演化成一种有别于赛龙的游龙。龙舟往往以"竞艳"概念进行打扮，打扮得十分古典，龙头上戴着大红花、红飘带，龙嘴里含着结了果实的龙眼叶，龙身上竖着五彩丝绣罗伞和大锣鼓，或欢快地巡游，或进行弯道激流的技能表演。各船交相穿梭，往来戏水，泼水致意。

但是，不论是竞渡还是游龙，祭祀仪式是免不了的。仪式才是龙舟习俗的重要支撑，是敬畏天地的理念，是和谐祥乐的祈祝。

起龙，是龙舟活动的第一个仪式。如果说赛龙是一项热闹的活动，而起龙则是一个寂寞的事业，完全听不到雷动的喝彩声。选好吉日，专事龙舟的领头人，带领村中强壮的汉子还有稚气未脱的兴奋少年参加起龙。这一仪式对于少年具有特殊意义，甚至可以看作是成人的开始。他们来到藏龙船之处，恭恭敬敬地燃香、祭拜，宣读祷文，擂鼓点爆竹。各村各地都有自己崇拜的神，所拜之神为海神、水神，祭拜最多的神是北帝神。这也是佛山特有的习俗。待吉时一到，强壮的汉子们一起下水，先把位置找准，喊着号子，铆足了劲，"起"声未落，只见巨大的水花泛起，一条龙船在几十双手臂强力的托举下"哗"地冲出水面。这堪称对理想充满希望的一举，酣畅而虔诚。出水的龙船淘洗干净后晾干、上漆。沉睡了一年的龙舟张开惺忪的眼，焕然一新。

人们常说"画龙点睛""点睛之笔"，殊不知龙舟把这"点睛"之意发挥到了极致。"龙点睛"堪称穿越古今与神对话的仪式。眼前，小庙古宇，袅袅香烟；远处，云蒸霞蔚，汤汤江水。请出龙头、龙尾，敲锣打鼓"请"到龙舟旁，安装好后，请德高望重者，用笔尖蘸着朱砂，凝聚千钧之力，这一下笔，瞬间点出神韵，点出吉祥！炯炯有神的龙睛随着欢呼声赫然出现在人们面前。曾有传说，南朝大画家张僧繇画龙后没有画眼睛，说如果点了眼睛龙就飞走了。人们不信，张僧繇于是将龙点出眼珠，果然雷电破壁，龙腾空而去。我想给龙船点睛其实寄托着让理想破壁腾飞之意吧。有了神韵、有了灵魂的龙舟，当然要朝着既定的目标出发了！

龙之祥，是一代代人对龙的仰望，对梦想的仰望；舟之济，是实现梦想的路径，要越过时空的风霜雨雪。梦想是绚烂的，这不是一两个人的梦想，而是一个民族的梦想。实现的路径却不简单，山长水阔，更隔蓬山一万重，必须万众一心,同舟共渡。

龙舟活动有摆酒庆功的"龙舟饭",还有体验吉祥的"洗龙舟水"。孩子们吃了龙舟饭,就会成为勇敢坚强的人;洗了龙舟水,就会身强体壮。他们会像父辈一样,挥洒生命的能量,以宽广的胸怀,展现人生"直挂云帆济沧海"的壮美豪情。

最后的程序是藏龙。喧闹归于平静,紧张工作之后的龙舟也需要休整了,龙舟缓缓沉到水底,再次与神州大地融为一体。

夜色如水,新月如钩,古榕如盖,小桥如歌。万古如斯的南粤大地呈现出深沉的静谧。

2015 年 8 月

浪遏飞舟九江龙

秋高气爽赛龙舟

南海著名的侨乡九江在每一个秋光灿烂的时节,迎来乡间盛事——赛龙舟,这与其他在端午时举办的龙舟有区别。

国庆节一大早,长长的水道两旁就已披红挂彩,两岸挤满了兴奋的观众,其中白发老者、少年童子毫不示弱地挤在人群中,他们或坐或站,在岸边的围栏旁翘首而望,热切地等待着飞驰的赛艇。

远远就听到隐隐的鼓声,拐角处龙头刚一露出,两岸的欢呼声便如潮水般响起。线条优美流畅的九江传统龙舟威武潇洒地破浪而来,龙头气宇轩昂。只见几乎并行的龙舟,你追我赶难分伯仲。船上,中间有鼓手奋力擂鼓,鼓声铿锵,而船中从船头到船尾排成两行的船员分别在两边奋力划水,水花溅起,给勇士们添加了勇敢神圣的光环。随着向终点的继续前行,有时两条船距离被拉大,前后分明,而有的时候两船仍紧紧相随。比赛是激烈的,震撼人心,令人激情澎湃。

九江赛龙

壮观的起龙

龙舟活动的举行有一个完整的过程，在前一个星期左右，九江龙的条条大船就要从水塘的泥里取出来，这叫"起龙"。起龙的场面十分壮观，令人震撼。只见几十条汉子一起潜入水里，配合默契地每人摸准龙船的一个位置，在水底将淤泥刨开，然后喊着号子一起用力，随着气势雄壮的猛一声吼，船被举出水面。众人将污泥浊水洗干净，待船晾干。赛龙舟的前一天，需在庙里或祠堂里祭祀，之后才能装上雕刻精美的木质龙头龙尾，并将龙头龙尾簪红戴花。

采青打扮龙舟

举行龙舟的当天早上，龙船采青就是很重要的一个环节，采青必须在凌晨进行，在天亮前完成方可趋吉避凶。采青要用吉祥树的叶子，大多为龙眼叶和黄皮叶，而且最好是结过果的叶子，将这些青翠的绿叶放在龙船头，再用龙眼叶和柚子叶水将龙船洗得焕然一新。如此龙船就整装待发了。然后，最重要的、历时最长的活动环节——龙船会开始了。龙船在九江涌或西江穿梭游弋，按桡掌舵张旗打鼓者服饰统一，虾公帽、白笠衫、绸纱带，船身饰以彩旗、帅牌、罗伞、七星旗等物，像仪仗队般威武。

绝招"中州锣"

河面上锣鼓喧天，两岸爆竹声声，喝彩如潮。

九江龙舟大致可分为游龙和赛龙，其中赛龙分竞速和竞艳两种。

游龙，要有宛如蛟龙的神韵，龙舟上的龙筋部位十分柔韧，游动起来飘然而有仙气。著名的"中州锣，杉桥舸"一直被九江人广为传颂。"中州锣"，是指号称"中州"的龙舟，敲锣者有一手"飞锣过桥"的绝招。飞速前进的龙舟，穿过横跨河面的小桥时，敲锣的汉子就把直径一尺左右的铜锣凌空抛过小桥，等急速行驶的龙舟穿过桥底时，眼疾手快的汉子又把铜锣准确地接住，继续敲打。这种技艺必须掌握龙船的速度，克服船上颠簸摇动，必须将自己的身体动作精准地稳住,以免大幅度晃动龙船,如此船才能稳健地过桥和继续前进。可惜这样的绝活现在已经失传,无法再看到如此精彩的表演,赛龙舟的队员们都说,这个绝活难度实在是太大了。

赛龙分竞速和竞艳

赛龙竞渡,重在欣赏速度之美,竞速时,簪花戴绿的龙头似在水面的上空飞翔,引领着船只快速前进。赛到酣畅时可以不分龙头、龙尾,随时可反方向而行。赛龙,随着开始令下达,则百舸齐发,千桡劈浪。那种速度的奇观,在于看船中竞赛的人。这些强健的汉子们,往往上身不穿背心,肌肉显示着无比的健美,因为汗津津而折射着太阳光。重要的是,在鼓点铿锵中,他们的动作十分整齐,一起举桨,一起用力划水,连水花都是均匀地飞溅。九江赛龙,河涌的河面宽度不一,免不了有弯道。龙舟往往身长数丈,拐弯时要权衡弯度大小、水流缓急,熟知转角的角度,如若遇上急弯激流,危险就相当大。前面说的"杉桥舣",就是名"杉桥"的龙舟,由于舵手技术高超,龙舟遇急弯时仍能进退自如,飞速而过,为人们所传颂。

打扮漂亮的龙头

竞艳的彩龙也叫艳龙,是一种专门用来比美竞艳的龙船,充满了娱乐活泼的格调,越是有特色、越是漂亮的艳龙越能赢得观众的喝彩。在赛龙的现场,我还看到,龙头的下颚处常常有黑胡须和白胡须,且长短也不一样。人们告诉我,黑胡须表示年轻的龙船,白胡须表明是老龙,像是老爷爷一样。现存龙舟年龄最大的要数下西村"翘南林溪"龙船,这个船的龙头,有着长长的白胡须,象征着资历深厚。

比赛之后,就要吃龙舟饭了。这对于孩子来说殊为重要,传说吃了龙舟饭,孩子们可以健康且强壮地成长,可以在人生中不惧任何困难,从而取得成功。

传说九江龙舟敬奉"周将军"

九江龙舟还有一个他处没有的活动,那就是龙船出海。龙舟出行西江,到大将庙拜祭,祈求风调雨顺。所有出海的龙舟,都要由六社村的"周将军"率领。相传周将军即汉朝周亚夫,他是有功的名将。九江六社的村民把"周将军"作为龙舟的名字,认为可以威镇龙王,使海不扬波,保群龙安然无险。龙舟按辈分高低排列,一艘跟着一艘穿过沙口水闸向下游方向前进。到下东大将庙附近,穿过海中的龙门然后调头。龙船调头后,靠岸边领彩旗,接过彩旗,再调头穿过龙门。等所有龙舟都领到彩旗后,到大将庙拜祭,祭拜后按原路返回九江,出海才算大功告成。

收龙,等待来年赛事

收龙也叫藏龙,赛事完成后,要择吉日把龙船沉放塘底,等待来年赛事。如此,这一年的龙舟活动才算圆满结束。

九江龙舟盛行于清代,遍布大小村落,每逢盛大喜庆之日,这里总要举行龙舟竞渡,参加竞渡的龙舟少则四五十艘,多则逾百艘。乡人、港澳同胞以及邻镇群众扶老携幼前往观看,万人空巷,热闹非凡。九江有竹枝词生动描绘这一盛况:"五月龙舟逐海游,兴来直闹到寒秋;一声鼓响如飞去,人力让他沙咀头。"九江龙舟的节日民俗活动具有强烈的地方特色,重在祈福,也有参与娱乐的意味。直到现在,每年只要锣鼓一响,人们便从四面八方涌向九江,像是迎接一个盛大的朝圣集会。

2016 年 1 月

人 舞 龙 腾

状元郎的喜讯

光华村,这个水乡小小的村落,美丽宁静,水网交织,绿树葱茏。

道光十年(1830)的金秋时节,报晓的鸡鸣刚刚啼过,从顺德县衙一路行来的锣鼓声便惊醒了全村的人,原来是村中子弟梁耀枢参加科举,高中了状元。这是何等天大的喜讯!人们历来把杏坛镇光华村视为风水宝地。这个小村的男人都是品格敦厚,体格强壮且喜爱读书。村中自古有崇文尚武之风,汉子们个个锤炼得健壮强悍。而生长在光华村的梁耀枢自小受到这样的熏陶,从小上西樵山,拜朱九江为师,成为岭南大儒朱九江的得意门生。他最终学得满腹诗书,以出众的才华,成为万人敬仰的状元郎。梁耀枢眉清目秀,举止斯文,为人温和,原本就深得街坊邻里的喜爱,何况如今又高中状元!

怎样迎接状元郎

以状元的身份回归故里,村中受到的震动可想而知,阿爹阿妈自不必说,村中朝夕相处的乡亲奔走相告,人人脸上有光,整个村子生辉。人们激动之余自然想到,当状元荣归时,将怎样迎接这位出色的子弟,这倒是颇费踌躇的事情。进行什么样的迎接仪式,成了全村人热议的大事。

过去,人们将学子高中状元比喻成鱼跃龙门,成为人中之龙;又认为这是朝廷教化有功,状元是皇上的学生。龙,成为他们寄寓的图腾与理想。于是,村中武功高手林生辉,想了又想,认为在这个龙舟发育、龙崇拜的家园,只有龙才能表达最高的敬意。因此,他与村中好汉发起了人龙舞的编排和演练。

人龙舞的诞生

为了表达心愿,全村所有的汉子都踊跃参加,唯恐落后。于是这个融武术和舞蹈于一体的由 180 人组成的"人龙"诞生了,队伍规模巨大,长长的队列随鼓点震响,随吼声一起,在舞龙珠者的带领下,亮相雄壮的步伐和队列,组成龙形。人龙一出,全村以及四乡反响热烈,从此成为保留项目,是逢年过节必演的节目。人龙所到之处,附近村落万人空巷,洋溢着满世界的喜庆气氛。据说,这 180 人的表演队伍,是历史上人龙人数最多的一次,后世再没有超过 180 人,历史性纪录就在第一次奠定下来。

既然是龙,必有龙的气势,何况是 100 多人组成的龙队。尤其当这条巨龙舞动起来的时候,如浩荡的疾风,如驰骋的旋流。即使农收繁忙的季节,演出时也要保证人员不少于 100 人,如果没有 100 人,人龙的气势便展现不出来。人龙的长度要有几十米,组成人龙的每个人都有相当的武术功底,尤其是龙趸。人龙主要分龙趸和龙身,龙身也叫龙面。龙趸由孔武有力的壮汉担任,龙面一般由身轻灵活的孩子组成,龙趸是地面行走的支撑,龙面连接龙行的链条和舞动的龙爪。为了使龙更具有喜庆色彩,这些队员们的服装主要用了红色、黄色、金色,展现给观众的是一条闪闪发亮的红金龙。"龙身"穿金红色且印上鳞片的龙服。"龙趸"穿一身黄色武术服,脚穿武术鞋,头戴英雄巾。

人龙舞气韵呈祥

表演时,龙身与龙趸配合默契,动作一致,随着手握龙珠杆的指挥挥动神奇的龙珠时,龙身随着锣鼓声的节奏时坐时卧,或急或缓,翻动手中彩带起舞。晚上演出时,龙身还常配以红绿灯光,犹如彩龙在夜空中上下翻飞。光华人龙舞分为整队待发、猛龙出世、人龙起舞、跃出龙门、翻江逐浪、人龙翻飞、双龙出海、盘龙昂首、叩门入洞、胜龙归海等 10 个章节进行表演。这 10 个部分,呈递进状态,动作越来越激烈,队形的变化越来越出人意料,呈现的舞动越来越漂亮,使观看的人们情绪越来越高涨。刚开始时,整装待发的队伍整齐严肃,意气风发,跃跃欲试,一旦猛龙出世,迸发出强大的爆发力,似随风猎猎起舞,卷起了巨大的旋风。100 多位汉子发出节奏整齐的"嘿哟"声,他们变换队形,搭起龙门架,冲上高处,像不朽传说中的著名鲤鱼奋力一跃,跃出龙门,从此翻江逐浪,人龙翻飞,遨游大海,来到广阔的世界,展现勃勃的雄姿。人们热血沸腾,舞者与观者合二为一,激情四射。人龙在舞动中,迅速调整队伍,形成盘龙之势,高高将龙头昂起。此时,传统的"三星"锣鼓响起,和着鼓点伴奏,节奏更加铿锵激越,高潮迭起,突然人龙叩门入洞,穿越时空,巨龙归回大海……这些表演风格刚健粗犷,表现形式古朴自然,保留了百越族先民舞蹈的雄健遗风。

光华村人龙舞

这一切高度协调的动作,现场全赖舞龙珠者的指挥,人与人才能左右转动,活灵活现地进行表演。人龙舞的训练相当辛苦,龙趸身上的孩子有一定的重量,既要注意保护孩子,又要按节奏舞动,因此必须有严谨一致的节奏和步法,不能有丝毫偏差。前后衔接的龙趸和龙面,只要有一节出了错,上面的孩子就可能掉下来摔伤,因为这些孩子都是仰面朝天地躺在后一个人的肩头,双手还要不停地舞动,训练强度可想而知。但是光华人有顽强的毅力,高昂的进取精神,他们热爱着龙的精神,期待成为龙的永恒的传人。

人龙舞

人龙舞需要高强度体力

秋色巡游,邀请了人龙舞进行表演。这只庞大的队伍,展现了非凡的气势,每一个定点表演都是一种考验,龙身演员必须整齐划一地上到龙趸的肩上,然后迅速链接成龙。我当时很牵挂这个人员众多、表演难度极高的队伍。我知道这个队伍参加秋色巡演,连演三天,队员们要付出高强度的体力,况且这样的传统舞蹈,队伍中有不少是中老年人,甚至有不少已年过六十岁。但是他们仍然将队伍舞动得猛龙生风,真是太不容易了。当没有表演的行进中,我跟在他们后面,催促着队员们紧紧跟上。走在队伍最后的老伯,很让我担心,因为我闻到了强烈的酒气。我问:"这位师傅,您喝了酒不会影响表演吧?"

让我想不到的是,他回答说:"你不知道,表演人龙舞这功夫要有很强的体力,我们岁数大了,要凭酒壮力才行。"

"原来这样,真是辛苦你们了!"

"我们很高兴来表演。你放心,我们好多人都喝了点儿酒,这样表演起来才有力量,效果会更好。"对我来说,真是长见识了。我想,真应了那句话:酒壮英雄行色,浑身是胆是力!

人龙舞的这种勇往直前其实就是中华民族精神的一部分。不论是人龙舞还是其他的传统文化样式,根本的意义是一致的。

2015 年 12 月

南狮：吉祥雄风

在佛山，狮子舞的雄风，勇猛而欢乐，是一种吉祥的化身。在广东，狮子舞统称为广东醒狮，属于南派狮舞的代表。

摸一摸来到近前舞动的狮子，幸福感满满

在佛山，看醒狮是极开心的事，不说那整场精彩的表演，单是演过一段，狮子在欢快震耳的鼓点中来到跟前，那雄壮又可爱的毛茸茸的大狮头乖巧地摇动、点着头，就令人惊喜万分。狮子像是致谢又像是要与人玩耍，常常让一些观众兴奋得大喊大呼，乐不可支。每次观看时，当狮子来到我的眼前，我都忍不住伸手去摸一摸，那种感觉，好一种心弦颤动！

佛山醒狮的爆发力

佛山醒狮，俗称"南狮"，是南派醒狮的代表，应该说是狮子舞中最具影响力的一种。舞狮一起，万众欢腾。舞狮是一个过程丰富完整的演出，狮头、狮被及与之配套的锣、鼓、钹的运用，构成氛围、色彩十分浓厚的热烈场景，在舞动中又由舞者的意念、体态、技巧、爆发力形成狮舞的若干程式，满足各种喜庆场面的需要。我虽不敢说见多识广，但见过不少地方的狮舞，我感觉其精彩程度，不论从传说还是包含的武功技艺，都赶不上佛山的狮舞。印象很深的是著名作家舒乙老师来佛山看完醒狮表演时，曾兴奋地大声说："佛山醒狮世界第一，绝对世界第一！"

从明代就形成的"采青"套路

醒狮技艺从传统的地狮、凳狮发展到高台狮、高杆狮，再由高杆狮发展到桩

狮,现在又创新出一种水上桩狮,难度更大。据民间相传,从明时起曾经形成的表演套路有150多个,可惜至今大部分已经失传。现传套路大致有拟人化、含有情感色彩的"狮子出洞""狮子吐球""桥底采青""飞铊采青""狮戏蜈蚣""毒蛇拦路""悬崖夺宝""青云直上"等,以及传统的既活泼有趣又动作别致的"生蛇青""盆凳青""蟹青""地青""水青"等。我们在调研时,对醒狮有深入研究的谢中元老师说:"我在资料中发现,采青在明代就已经有了,这是非常确凿的证据,与春天的祈福、踏青有着密切的关联。"后来在民间活动的醒狮里注入"踩清"的意义是在清末,岭南曾有一股反清复明的力量,人们对当时的社会现实强烈不满,隐晦地表现了这种情绪。随着历史的发展,已经不存在反清复明的理念,所以将"踩清"又恢复了"采青",赋予了采集"吉祥"的意义,"青"代表着青春、青葱、生长等吉祥祈福的意义。尤其在生意开业时,醒狮常常被老板请到门前进行开业祈福,也成为预示财富旺盛的象征。

民国时期香港舞狮所用的黎祥新狮头(吴文轩 提供)

狮子和怪兽的传说

狮头的用途主要是用于醒狮表演,南派舞狮正是以佛山为代表的。关于佛山舞狮的由来,据民间传说,明代初年佛山出现一只独角怪兽,眼大口宽,发出"涎涎"(粤方言中"涎""年"发音相似)的怪叫,佛山人称之为涎兽。涎兽一发出声音,竟然大得像是打雷。而且,这种怪兽时常出现在田间地头,残害农作物,甚至伤人。村里的人们都不敢出来干活,小孩子更是被家长管着不能出门。村子里变得毫无生气。于是村中的长老与几位管事进行商议,怎样才能驱赶或消灭怪兽。人们七嘴八舌地出主意,想了很多办法。其中一人的主意被大家认为可行而采纳。他说,狮子是百兽之王,如果有狮子出现,还怕制服不了怪兽吗? 于是,顺着这个思路,一个周密的计划诞生了。

在一个预计怪兽将要出现的夜里,人们初次使用了模仿狮子形状的头套。这个狮子头套的诞生是值得铭记的历史性印迹。这个头套是用竹篾和纸制作成的"狮头"架子,再在上面画上像狮头的图案,以夸张的色块表现威严,然后套在头上。当怪兽出现时,埋伏的人们在周围奋力擂鼓,喊声震天,那头威武的"狮子"在鼓点与呐喊声中猛地跳出来,模仿狮子进行耍舞。凶猛的怪兽见状呆愣了一下,然后大叫一声,吓得拼命地逃跑,一溜烟就不见了,从此再也不敢来了。

这就是醒狮和狮头来源的第一个传说。第二个传说是在清代。有一年佛山流行瘟疫,开始是牲畜死亡,后来流行得厉害,人也纷纷倒下。一时间,医药起不了什么作用,眼看一家家的人病倒或死去。佛山二十八铺的铺首们聚在一起商量对策。商量的气氛是沉重的,二十八个胸有韬略的人物,此时却充满无奈,烟袋的烟雾弥漫在周围,烟雾轻柔宁静,却让人感到整个佛山镇危机四伏。其实这已经不是第一、第二次聚首磋商了。但是,全城就那么几个郎中,真是徒唤奈何! 正在大家唉声叹气时,突然有人打破了寂静,他献策说,狮子是百兽之王,威力无比,民间一贯将之视为驱邪纳福的吉祥之物,我们何不试一试呢? 大家决心试一下,于是挑选了一批熟习武艺的青壮年男子,敲锣打鼓,鸣放鞭炮,穿街串巷耍舞"狮子",为百姓驱邪纳福。说来也怪,"狮子"欢快的鼓点、威武可爱的舞蹈动作,不仅振奋了人们的精神,而且瘟疫渐渐地被奇迹般地控制住了。"狮子"的驱邪纳福作用让人们深信不疑,从此,人们纷纷聚集起来,建立群众性的"狮会"组织。加上清代的佛山商贸富庶,买卖兴隆,"狮子"便越发兴盛起来。每逢新春佳节、祠堂落成、盛大庆典、开市试业、新居入伙,必喜舞狮游行、鸣放鞭饱、破阵采青。

惊险的高桩狮

如今醒狮除了传统的狮舞,还发展创新了"桩狮"表演。对于"桩狮"的高桩表演,观众的观赏需求在不断提高,舞狮的技能难度被不断探索,桩的高度也越来越高,有的已经接近 3 米,惊险刺激感不断加大。一头狮子在桩上面走钢丝、腾空跳,难度极大,需要狮头、狮尾天衣无缝地配合,对舞狮人的武术功底、心理素质、协调能力的要求都非常严格,否则完全不能进行。有一次,一头狮子在桩上表演,一位摄影者跑到桩前蹲在地上,冲着在瞬间高高腾跃起来的狮子按动了快门,闪光灯的强光使腾在空中的舞狮人视线瞬间变成一片漆黑,一刹那间,脚下的桩看不见了,舞狮人从高桩上掉了下来,造成了严重摔伤。由此可见,腾跃中对舞狮人的要求很高,一定要全神贯注。这件事发生后,摄影者为自己开闪光灯后悔得要命,如今摄影师们在拍摄狮子舞时都自觉地不开闪光灯。

高桩狮

狮子演剧

佛山醒狮在其演绎的程式和套路中,人格特征反映在节奏、情绪、神态、心理的表现上。狮子采青之际,都有一段生动的心理活动过程,十分细腻和敏感。锣鼓的节奏、轻重与锣鼓手神情姿态的配合,都会成为狮子饱、饿、喜、怒、惊、疑的音乐语言。狮子与人一样的生活细节运用在程式和套路之中，或刷牙，或洗脸，或玩耍，以轻声、短促出现的锣鼓令气氛变得温和并饱含顽皮与稚气。佛山醒狮表演矛盾心理犹如一场具有感情的戏剧。"狮子出洞"的套路，说的是狮子睡醒之后出洞观望、舔身。接着"下山觅食"，狮子几个跳步下山，然后缓步慢行，经过密密丛林。随后，狮子在行走中发现了"青色"的食物，特别高兴，猛地扑上去，就在要扑住的瞬间，它又突然停住了，警惕地抬头四处观望，唯恐是猎人所设的诱饵。它矛盾着，犹疑着，通过表情、动作表现得惟妙惟肖。它小心翼翼地接近，再大胆试探，发现没有危险了，这才下嘴吃食物。这个环节就叫"采青"。当狮子吃饱后，坐地斜卧，惬意地舔遍全身，它觉得有点困了，眼睛支撑不住了，那大大的眼睛渐渐被睡意笼罩，它打起盹来……睡醒后它吐球玩耍，最后起身回山，这时锣鼓欢快响起，表现狮子满足的喜悦和潇洒。整个过程心理刻画极其细致，其起、承、转、合的手法与戏剧基本相同。

"桥底采青"套路是用两根树枝插在简易的木架上，木架之间相距两米左右，当作是丛林出口。顺着路径架设两座桥墩，中间横一个竹梯当作桥梁，梯子中悬挂一捆青菜，谓之为"青"。此套路表现的是丛林卧狮醒来，感到饥渴难忍，外出觅食，见清流之上有青菜漂浮而过，狮子便想将这个青菜捞起来吃，但是又无法探到。狮子苦思良久，跃上桥头，小心谨慎地走到桥中间，在桥上呈"倒挂金钩"的姿势，俯下身子去"采青"，几经周折，终于食青尽兴，果腹而归。在表演中，狮子经过山、岭、岩、谷、溪、涧、桥等，寻青、见青、惊青、疑青、踏青、撕青、食青、醉青、吐青的种种形态，出现在采青程式和传统套路中，令醒狮的表现更符合人的观念。我们看到的是人的经验和智慧，是舞狮人自身品性的演绎，不同的演绎者具有不同的细节表现，狮子只是佛山舞狮者手中的道具或符号。

"飞铊采青"是清末民初佛山著名武术宗师黄飞鸿最擅长的采青技艺，飞铊类似武术中的绳标，前为一个有棱的尖铁锤，后拴一根长绳。采青时，飞铊从狮子口中飞出，缠住悬挂在高处的"青"，然后被迅速拉回到狮子口中，让狮子将其吃掉。"飞铊采青"是采青中最高难度的技艺。传说，黄飞鸿曾在香港表演的"飞铊采青"使舞狮活动名声大振。

佛山街巷里拟人化的狮头

醒狮,道具有狮头、狮被、舞狮人的服饰,还有高杆、高桩、旗子、锣鼓等,其中最重要的道具就是狮头了。

我第一次见到佛山狮头,便有一种被震撼的感觉,说不上来是具体被哪一个部分强烈地吸引,而是一种整体视觉的冲击。先不说那种造型的神武、气质的强悍、可爱的夸张、有着强烈祥瑞感的斑斓色彩,都显示着仙奇神妙和鬼斧神工的状态和寓意,单是凭感觉就像是有一张强悍的近乎武将的英武面孔。后来证明我的感觉是正确的,这种英雄式的脸谱竟然就是佛山狮头要表达的拟人化信息。

佛山拟人狮头

随着对狮头的了解,我更感到这种传统手工艺术的精妙,它是长期岁月的积淀,是普罗百姓期望的叠加,是千百人的智慧结晶,是生活之光的艺术再现。据《佛山忠义乡志》记载,清乾隆年间,"狮头行制品精良,省垣及外洋均来订购"。狮头生产成行成市,"多在石路铺"。到了20世纪40年代,以黎祥兴(纪纲街)、黎祥泰(水巷口)、黎祥新(福贤路)、忠诚泰(福贤路)、德泰祥(水口巷)、麦荣记(纪纲街)等几家为主,以黎家狮最为著名。

我第一次与几位非遗专家一道,在密密麻麻的住宅楼群中,气喘吁吁地爬上 8 楼,来到这个看上去与其他人家并无二致的黎伟师傅家,热情接待我们的除了黎伟师傅,还有一位从屋内坐轮椅而来的和蔼的老妇人。原来这位老妇人是黎伟的母亲,也是黎伟学扎狮头的师傅。祖传了 200 多年的享有盛名的黎家狮已完全没有了当时的盛况,只是大大小小的摆放得密密的狮头蜷缩在几口之家的小屋里。但无论怎样,狮头仍以顽强的生命力,穿透岁月,绽放着芳华。我陪同著名画家李延声先生和他的老伴儿来到这个小屋,不仅与小屋的主人合影留念,还和小屋的狮头们合影留念。最后,李延声老师还给黎伟师傅画了头像,寥寥几笔,黎师傅热情的性情神采跃然纸上。黎师傅拿着这幅画,乐得合不上嘴。这幅画像成了李延声老师的力作《神工》中的一页。黎伟的妹妹黎婉珍也是黎家狮的传人,他们的手艺主要是由母亲传授的。现在黎婉珍有了自己的工作室,和女儿一道从事传承事业,小小的工作室摆放了造型、尺寸各异的狮头,充满了豪放、华美的气概。以狮头迎客的吉祥寓意,更增添了人们的愉快心情。不少家长带小朋友来这里,接受传统文化的熏陶。

狮头的英雄情结

做狮头的手工艺逐渐兴盛起来。那些能工巧匠们见人们需要这项工艺,便纷纷进行狮头的扎作。这个行业随之兴起。在佛山,因粤语"狮"与"输"近音,为图吉利,也把狮头称为"圣(胜)头"。为了与皇家宫廷式的北狮相区别,南狮特意在头顶加上一只笋角,象征瑞气吉祥,并称之为"瑞狮"。这种头上有一个独角显示祥瑞的造型也是佛山狮头的一大特色。其实,佛山的狮头扎作在明代中叶,已经有专门制作的地方以及制作狮头、锣鼓的能工巧匠。佛山狮头扎作精致、牢靠结实,款式多样,其形象在舞狮中逐渐变得精美,融入了更多的文化内涵,花纹、装饰愈加富有深意。其艺术刻画着色,始终以最具民间传统的红、黄、绿三色为基调,根据狮头所要制作的角色需要,进行黑、白、灰、深赭、金、银等诸色的搭配。佛山狮头的最大特点是拟人化,而且极度雄性化,但不是模仿一般人的脸谱,也不是某个美男子的脸谱,而是模拟三国英雄的脸谱,赋予狮头鲜明的性格。

"刘关张"三圣狮

三圣狮系列,即桃园三结义的英雄刘备、关羽和张飞。这里面包含着富有智慧的拟人造型。刘备狮脸谱的刻画大多以白脸或粉红脸为主,深咖啡色的前额、唐草眉,显得忠厚、智慧、稳健、公正而冷静,同时还要在脸谱狮的两边腮处,加上一个会震动的"帽球";前额正中装饰一块明亮的圆形金属亮片,表示镜子,以彰显明镜高悬之意。这一切的装饰都是为了突出刘备知人善任的智慧和正气的形象。关公狮脸谱的刻画主要以红脸为主,配绿花纹,突眼梳仔眉,额上有"如意纹"和三条额纹,上面加一个"福"字,平口唇,脸谱显示仁义、忠勇、宽容的性格。张飞狮的脸谱是以黑脸为主,整体以黑色调表现张飞的勇猛、粗犷,有灰白花纹、青鼻,表示张飞性格粗中有细,黑牙短须同时饰以黑色绒球,表示他的忠勇顽强而威猛异常。

"三圣狮"模型狮

"关张赵马黄"五虎上将

五虎上将系列,即关羽、张飞、赵云、马超、黄忠。赵云和马超的脸谱主色调为白色,象征着年轻俊秀的少年英雄。赵云狮是白色加红色,马超狮是白色加蓝色,脸谱显示的性格骁勇、机智、俊逸而威武。黄忠狮的脸谱主要为粉红或黄色脸、灰花纹,脸谱显示的性格勇敢而不鲁莽,有锋芒而又冷静沉着。这些不同色彩的脸谱,装配不同颜色的装饰物,显示骁勇、威武、强悍而隐藏大智。民间则选用不同脸谱造型的狮头,体现舞狮者不同的人格取向。舞关公狮者,则处处表现仗义、宽容。舞刘备狮者,处处表现贵气、祥和。很多时候,都是刘关张同时出现,喻示三兄弟的深情厚谊。赵云狮和马超狮多用在白喜事上,必须是忠勇之人,现在已出现得不多,大多数人没有见过赵云狮、马超狮。但不论怎样,各醒狮队均以各自的选择作为英雄崇拜的倾向,更以之作为区分门派的标志。

有几次,我带着来自不同地方的团队去看醒狮表演,他们都特别高兴地对我说:"太开心了,我们也有了那种吉祥的感觉。"醒狮是那样令人难忘。

2016 年 11 月

诙谐妙趣大头佛

笑喷的"大头佛"

在秋色的巡游队伍花团锦簇的舞蹈中,有一队戴着面具的舞蹈人伴着矫健的醒狮,他们手舞足蹈,边走边舞,惹得观看的众人喜笑颜开。他们所到之处,处处是欢声笑语和开心的笑脸。原来这些面具是满面笑容的佛像脸,体积比常人大两到三倍,套在头上,尤其是套在孩子的头上,让人感到十分滑稽诙谐而可爱。这种舞蹈是根据大头佛的基本动作进行编排的。

秋色巡游的大头佛(彭飞　摄)

"大头佛",看名字就知道,这个"佛"是一个大头。原来"大头佛"有一个很有意思的传说。很久以前,有位寡妇的独子名叫佛山,佛山头长得特别大,被街坊邻居戏称为"大头佛"。大头佛很喜欢热闹的秋色,但母亲不愿让儿子夜里出门。有一年出秋色,大头佛趁母亲没注意,偷偷溜出家门,兴高采烈地跟着巡游队伍沿途蹦蹦跳跳地边走边玩。母亲很快追上来,手里还拿着乘凉的葵扇,追着儿子,用葵扇照头打去,边打边骂,大头佛则左闪右避,在秋色队伍里左穿右插。群众见到这幕"寡母当街打崽"的闹剧,感到非常有趣,不禁在旁喝起彩来。负责排演的人则非常高兴,将此编成节目。从此,秋色里的大头佛成为固定项目。秋色的七色原本与大头佛无关,这个传说说明了大头佛出现在秋色里的原因。

　　据前辈回忆,大头佛最早的创始人是广东狮王冯庚长,后传至周家。1955年,福军总教练周彪的徒弟关铁、陈伟雄来到九江古滘村开武馆,"大头佛"得以在九江流传。由此可以看出,大头佛表演绝非一般的民间舞蹈,而是与醒狮一样,有着坚实的武功做基础。最后固定下来的四个完整套路,演绎了四个令人忍俊不禁的有趣故事。

有趣的系列故事

　　第一个故事,其实是表现和尚在扫地中练武功,充分显示佛山是一个功夫之城,武功与人们的日常生活息息相关。在某一个清新的早晨,这位穿着破旧邋遢的大头佛,以衫刷当牙刷,锅铲当舌刮,饭勺当耳挖,污水当茶喝,然后起床,开门,装香,搬凳取盆,似乎在颠倒慌乱中完成,动作极度夸张,表现了日常生活的细节,但是在表现的过程中,他神情得意,拍拍胸脯,给自己竖起大拇指,像做了很了不起的事情。接着他敲起木盆、饭盒、锅铲等,假装是开工的钟声,此时的大头佛开始干活,他动作夸张地用扫把扫地,洒扫厅堂。节目中扫地的部分很重要,表演的是与少林扫地僧人一样在耍练武术。我曾看过大头佛在粤剧传统例戏《香花山大贺寿》中的表演,戏中人穿着一身旧和尚袍,脖子上挂着夸张的念珠。他起床洗漱后,清扫寺院,然后前去拜佛,时而端庄稳重,拜佛一丝不苟;时而活泼滑稽,逗哏诙谐,与观众用眼神交流,虽是无语,胜似有声,让观众喜爱至极。

洒扫厅堂的大头佛(彭飞　摄)

　　第二个故事，梦中耕锄。这个故事实质是表演和尚修行的过程，大头佛睡觉时以凳作床，葵扇当被，似乎有济公风格的影子。大头佛为人勤劳单纯，把耕作视为人生最重要的事情，每天要抱着锄头睡觉。有一次睡到半夜，不小心一翻身从短小狭窄的凳子上摔到地上，迷迷糊糊地惊醒，这半梦半醒之际，他以为天亮了，马上拿起锄头敲打洗脸盆，通知大家开工。他睡眼惺忪地去开门，被凳子绊倒，挣扎着爬起来，又被横在地上的锄头绊得身子弹了出去，然后被门反弹回来。迷迷糊糊的他弄不清发生了什么情况，反复摔倒。大头佛纳闷不解的狼狈憨态，滑稽可爱。当他终于来到田间，猛然间被大地黎明的美景所振奋，一时兴起耍起锄头，一会儿练武，一会儿耕锄，弄得大汗淋漓，感到很渴，就趴在田边饮水。大头佛折腾得累了，倒地便睡。天亮了，有人下地干活，发现了大头佛并叫醒他。大头佛还没从刚才练功夫的状态下清醒，竟来了一个大幅跳跃，站起来作防御状，动作纯熟连贯，以逗眼的方式展示了高超的武功。

　　第三个故事是拜四门，表现的是大头佛与秋色巡游的结缘故事。母亲到庙中上香，带上大头佛帮忙拿些贡品，在这个故事里，大头佛是个小孩子的角色。母子俩正在礼拜之际，忽闻庙外秋色的巡游鼓乐震天，大头佛不禁心驰神往，他一直想做巡游"车心"的表演。母亲见他魂不守舍，斥责他，要求他专注敬香。他做着鬼脸不得不上前插香，心想：满天神佛，拜到何时才能拜完啊。于是他偷吃用作贡品的鸡，然后用砖块代替鸡放到原位置；喝祭神酒，用符纸贴在母亲身上，先贴背部，再贴左右。当跪在神像前面双手合十、闭目念经、受到干扰的母亲想看个究竟时，他又煞有介事地朝拜，分别是拜东、西、南、北四门。当拜到北门时，大头佛机灵地用符纸遮挡母亲的眼，母亲忍不住，拿起大葵扇追打儿子，这时的大头佛撒花儿似的跑入街中。他见母亲追不上，便站住回望母亲，那意思是：妈妈，您来呀，我在这儿呢！等母亲追至近前，他又机灵地闪身跑远，挤进秋色队伍之中，场面滑稽有趣，引得观众一阵阵喝彩。由此可以看出，佛山人的民俗，虽然处处祭拜，但是对生活的热爱更重于对宗教的信仰，这也反映了佛山人乐观、务实和富有情趣的精神特质。

　　第四个故事是采灵芝，这个故事演绎了大头佛与舞狮的渊源。大头佛的母亲得了病，大头佛进深山采仙药灵芝，但是仙药有灵兽神狮看守，狮子腹内有金珠，要靠灵芝粉保养。传说神狮好酒，酒量也特别大。大头佛救母心切，带锄头、绳索、酒壶等工具就上山了。大头佛走到一转弯处，见全身毛发金光闪闪的狮子眯着眼蹲伏在一块大岩石上，守着采药必经之路，颇有一夫当关、万夫莫开的气势。大头佛看溜不过去，便在不远处从怀中取出吃的，从腰间解下酒壶，大吃大喝，并故意让酒流出，不一会儿满山满谷都被酒香充满。原本警惕的狮子，禁不住垂涎欲滴。大头佛看准时机，从腰间解下放了迷药的酒，邀狮子来饮。他举着酒瓶，嘴里似乎说着："神狮啊，美酒好香啊！你不喝，我可就一个人喝光了。"然后他假装喝上一口，还显出陶醉的样子。神狮终于放松了警惕，忍不住走过来接过酒瓶，豪饮起来。大头佛见狮子上当，暗自欢喜。待狮子醉后，大头佛从狮子身上解下金铃，冲上山顶，以"铛铛"之声诱出灵芝。正当大头佛手持灵芝得意下山之时，神狮酒醒，发现中计，怒气冲冲地拼命，大头佛最终不敌，被神狮踢下山去。此时发怒的狮子并未因此而放过大头佛，穷追不舍。大头佛知道打不过狮子，心想，这下完了，我大头佛笑对人生，却要落得命丧狮口，不禁泪如雨下。狮子见此情景，不屑地说道："贪生怕死之辈，还要盗我灵芝，早知如此，何必当初。"大头佛自知躲不过，也不答话，跪倒地上，仰天大哭："母亲啊，你不要怪儿子不孝，我没本事，无法把灵芝采回来，您的病无法医治了。就此拜别，您老人家以后多自珍重。"灵兽听了之后，问清原委，才知道大头佛是为了给母亲治病，才冒死前来，于是深感其孝，不但没杀他，而且吐出灵芝以及金珠，给了大头佛，并告诉大头佛，灵芝配合金珠其效百倍。神狮亲自护送大头佛回家。大头佛和神狮从此结为好友。节目的结尾是，大头佛骑着狮子，挥动手中灵芝及金珠，兴高采烈地向家中走去。这个故事说明大头佛与狮子在一起表演的来历，因而我们在秋色巡游中看到大头佛的表演都是与舞狮在一起的。

武功了得的"大头佛"

"大头佛"集武术与舞蹈表演于一身，表演时有明显的南派功夫底蕴，表演者要有麒麟马、吊马、独立脚、蝴蝶马和前弓后箭马等功夫。这些武术基本功要求严格扎实，看似插科打诨，动作简单，其实难度很大，学习、训练起来相当辛苦。不仅如此，大头佛还是一种丑角形态，又戴着面具，既没有潇洒俊秀的风度，又没有真面目示人，这样的表演让很多年轻人望而生畏，致使"大头佛"的传承出现了师傅愿教、徒弟却不愿学的现象。

令人欣慰的是,在这几年的秋色巡游活动中,西樵镇民乐小学表演的《佛宝戏秋》就是根据大头佛的基本动作编导的舞蹈。秋色中大头佛和醒狮形影相随,表现得稚气灵动。孩子们在老师的带领下,勇敢地走进秋色巡游队伍,演绎了独特的风趣。我每每看着孩子们舞动的可爱动作,挥舞着带表情的小手,真希望他们中间能走出大头佛的传承人,让这种民俗舞蹈的身影一直舞动在佛山这块既古老又年轻的土地上。

2020 年 2 月

第三章　巧夺天工

石湾陶　甲天下

陶的情调

在有些古籍记载里,佛山的石湾窑素有"石湾瓦,甲天下"的盛誉。其所说的石湾瓦,就是石湾窑烧制的陶品。位处南国珠江三角洲的石湾,应该说它从来不是华都巨埠,只是一个小小的水湾形成的地方。但由于它盛产陶器、陶具和独特的陶塑艺术,却使得这个小小的地方成为天下闻名的重镇。究其根本,不但有地理原因,还因为这里盛产陶艺家,这些心灵手巧的能工巧匠和陶艺家们,经过几代人的呕心沥血,成就了石湾陶塑的拙朴、传神、形神兼具的艺术特点。

来到佛山之后,熟知了佛山的友人和风俗,就会常常看到这样的情景——在凉风习习的檐下,摆一台圆桌,两三位同好将一件件陶塑新作放在桌子上,各自跟前可能摆着茶盏茶杯,也可能是一壶玉冰烧酒。他们的目光都落在那一件或若干件作品上,细细品鉴,眼里闪着兴奋的光芒,几多赞许,几句感慨,几回摇头,几乎不易察觉的叹息,都是这些陶艺家或者陶艺鉴赏者的美好生活享受。如果再细一点儿观察,我们会发现,他们眼前的茶桌,手里式样别致的茶杯茶盏茶壶,乃至他们就座的鼓凳,都是陶瓷制品,种种造型与古色古香的图案述说着种种与欣赏者相通的情怀。

陶艺中所表现的题材是多种多样的,除了常见的生活和生产用具,以及所谓佛山陶器的二十四行之外,那就是令人震动、充满情感的艺术了。陶艺里凝固了煌煌文脉,那里有唐诗宋词和元曲,也有谚语俚语和方言;有鸟语花香,也有名山大川;有仙人神祇,也有市井百姓。不论是什么样的造型,均流溢着不可言说的美感,古雅朴拙到了极致。

石湾是从珠玑巷向南寻找可居住之地的有手艺的先民,首先发现的可避风雨的河流弯转之处。由于一块巨石佑镇,河水即使泛滥,在此也成静流,顺风顺水,风止浪静,石湾是一块风水宝地。石湾有丰沃的泥土,借一把文明的火,泥变成了陶,就成为古镇的支撑产业之一。陶塑必须经由泥土塑造成型之后,经过上釉,再经窑火煅烧等种种程序才能完成。于是陶品的美便有了特别的色泽和质感。釉色表现十分关键,十分讲究。有一种称为"窑变"的釉色,神奇似梦,充满魅惑,据说极难把握,烧窑中的偶然变化形成,每每出现即成珍品。

煌煌陶塑屋脊

陶塑屋脊是一种奇景,应该说是陶塑技艺的登峰制作。蔚为大观的陶塑艺术品在古建筑脊顶上铺排着,成为古朴巍峨的殿宇花冠般的装饰。这种艺术品有一个特别的名字——瓦脊,出自清朝时期的佛山石湾,主要塑造于广州陈家祠和佛山祖庙这两座著名的宗祠古建筑之上,极具岭南特色。如今在香港、澳门地区以及越南、老挝一带都能找到陶塑屋脊的踪影。

这些陶塑因规模的宏大显示了其煌煌如戏剧的场面。反映的内容虽说是古代传奇故事,其实却是佛山当时市井生活的情形,而人物形象又明显地受到了粤剧戏曲舞台的影响。瓦脊的美实在惊人。在这雅致繁茂、以青绿为主调的色流中,人物生机勃勃,呼之欲出,似乎其声可闻。他们或三五成群或两两而行,所有的神态都体现着祥和、满足的生活状态。瓦脊几百年来承接着天风瑞气,将千人万相凝固于岁月中,人们风雨兼程地从容走来,身上的衣袂依然翩翩飘逸。

瓦脊

　　石湾陶塑有着悠久的历史,陶塑瓦脊均塑造于清光绪二十五年(1899),那时是石湾陶塑的鼎盛时期。如今的石湾陶塑艺术依然是现代陶艺园中的奇葩。"石湾公仔"已成为一种风格、一脉流派。石湾陶艺的魅力在于,不论是罗汉、寿星、诗人、仕女,还是各类动物,抑或是现代题材,都涵盖着陶艺家们欢畅饱满的情感、漫游广阔的想象。它与其他形式的艺术有着相同的内涵,没有固定的模式,而是一种美丽的造化、心流的激越。比如仰天长问的达摩,他的眼睛里为何包藏着一种无法排遣的沉郁,从容的唐太宗虽然开创了盛唐的贞观之治,却仍是谨慎沉思的。艺术家们用自己的思索和制作,表现多种人物的心路历程。

廖洪标　　　　　　　刘泽棉　　　　　　　黄松坚

深沉的人物塑造

　　人物堪称石湾陶艺扛鼎的题材。在佛山,石湾陶艺的另一个说法叫"石湾公仔","公仔"就是模拟小人偶的代称。神态各异的人物俯仰长吟,即使表现一些罗汉造型,也是满怀悲悯与泰然,在降龙伏虎时是那样和谐圆融,阐释着天人合一的婉约禅意。不论是神、佛、罗汉的状态,说穿了,就是人的状态,更进一步说,折射着陶艺人的状态。他们将人物的某种重要的时刻、激动人心的状态,定格在陶塑中。人们的种种心性表达物化了,以其阔大的人文关怀,安慰着长夜里孤寂的心灵,将思绪延伸到更广袤的时空,与不同时代众多知音结下不解之缘。莲花在绽放,乐音在传响,不舍昼夜,漫展四季。其风骨厚道,独具佛山之魂。

"翠羽"釉的传说

石湾"翠羽"釉最为著名,色泽不是晴空的全蓝,也不是春草的嫩绿,而是极像翠鸟羽毛的绿彩。传说中蓝釉"翠羽"的成功是一个名叫锦珠的女孩用生命换来的。

故事说的是:皇上责令完成蓝釉酒瓶的烧制,这一任务十分艰难。眼看父亲和陶工们的心血就要化为乌有,大家命悬最后一窑。那个繁星满天的夜晚,美丽孝顺的锦珠穿上蓝衣蓝裤,围上翠绿的颈巾,顺着山势蹬上沿山而建的龙窑。此时的龙窑凝聚着陶工们焦灼、疲惫、几乎绝望的目光。火光熊熊,映亮夜空,也映着锦珠如花的美貌和含泪的笑容。"爹,我去了,祝愿这一窑烧得成功……"她用尽生命所有的力量说出的这句话,声音通过莽莽苍苍的原野漫山传响,就在久久回荡的声音中,她纵身跳入滚滚烈焰之中。

且不说这个作者的用意是要控诉皇帝的残暴、冷酷无情等等,也不说这种蓝釉形成之苛刻竟要人血灌溉,我都不愿相信这个传说是真实的。我对这种生命被迫毁灭的悲剧性的传说常有不堪承受的心理脆弱,甚至很不喜欢编写这一传说的最初那个作者。我宁愿认为那是为了戏剧而戏剧,为了震撼人的"悲剧"而创造的强烈戏剧性的传说。但是,这个故事却使我深悟这样一种理念,那就是:每一件稀世珍陶,每一种旷世美釉,得来而又流传于世间,是多么的不容易,往往渗透人们的心血甚至生命。同时,我也理解讲述和编写这个故事的作者内心充满了无奈,那一定是一种凄凉的无奈。

陶的兴旺与当年佛山的发展背景分不开。比起中国大部分地方,珠江三角洲可谓偏安一隅,较少有战争阴云,"天涯静处无征战,兵气销为日月光",古镇生活呈现着文明的气象。水系交通发达,手工业、商业繁荣,财力、物力富庶,导致娱乐走俏,艺术兴起,粤剧、陶艺、版画、剪纸、扎作等均充溢着人情味和亲和力。"四大文明古镇"给了佛山永不磨灭的荣耀。自从知道了南风古灶的"公仔街"和美陶厂的珍陶馆,我便三番五次地去,带亲戚或被我说得心动的朋友去。每次去,友人们都不会空手而归,总会看中几件特别喜欢的陶公仔或陶器,然后放进行囊里带到祖国甚至世界的四面八方。末了,他们都会感谢我让他们认识了佛山石湾陶艺。

陶工们与其他行业一样，也有自己信仰的祖师爷，那就是舜帝。建造于石湾的师庙就是供奉舜帝的庙宇。庙宇上有壮观的石湾瓦脊，讲的是舜帝南巡的故事，舜帝率领着浩浩荡荡的队伍，阵势颇为壮观。庙前，古木森然，让人感到岁月穿行的足迹和陶窑神秘的烧制。

艺术具有相通性

艺术都是相通的。石湾陶塑的优秀艺术家灿若群星，代代相传，从黄炳、潘玉书到刘传，从刘泽棉、庄稼、曾良到廖洪标、黄松坚、梅文鼎、潘柏林、刘国祥……再从他们到今天年轻的一代，从仙佛塑造到古典人物，从灵动的动物到现代的创新艺术，无数的佳作、独特的创新意识孕育着佛山人。美，总是喜欢乘着文化艺术的车船遨游于更为广泛的生活中，作品题材在不断地扩展，在陶艺家们沉默的思绪中、在灵巧的手指中，石湾陶塑呼之欲出……多种流派艺术和西方现代意识的手法在大量作品里显现，给了传统的石湾陶艺或新颖或迥异的风格渗透，祥和、宁静，古朴中蕴含着精致。

吻（作者：潘柏林）

传统艺术手工艺都有相通之处。日本万古烧（陶器）的传承人清水洋在创作时的体会是，万古烧不变的是它之于生活的作用，之于使用者的感受，之于创作时"留下技艺"的初心，而变化，是外衣，是自由，是更能让人赏心悦目的色泽和形态。这与石湾陶在当今的传承与创新中的理念如出一辙。石湾陶作品正在不断地创造着更为广阔深邃的内涵，雕塑着这座城市的新颜丽貌。

心流回旋,石湾陶塑是现实与理想、梦幻与期待的相融,连接着历史与未来——历史的骨骼和血脉,现实的呼吸和疼痛,在艺术家们的心流里激扬成更为美丽的浪花,而对于我们,则是延伸着更为恒久的旖旎景观,镌刻于丰富生动的感悟里。

2016 年 8 月

纤毫毕现石湾"山公"

微塑绝技

石湾山公是石湾陶艺中一个格外特殊的分支——微塑艺术。在佛山,"山公"是对石湾微塑的独特称呼。一说"山公"便是那纤毫细腻、造型灵动的微小造型的人物,或者是山水树木。

小巧玲珑的山公是石湾陶艺的绝技,这种捏塑技艺,若不是亲眼看着在艺人的手中形成,简直令人难以置信。指头大小的泥团,可以塑出几十或者上百个陶塑人物。有一个流传着多年的说法,一个火柴盒放得下100多个山公。显然,对火柴盒的认识早已是长一辈、长两辈的事了,可见那时"山公"已经非常盛行了。

大千世界尽在"毫末"

记得初次见到山公那种惊喜的心情,得到允许后,我小心地用指尖,拿出一个山公,惊奇地端详,生怕从指缝中漏出掉下去。我仔细观看,便发现其中暗藏着绝美的风景,如果用放大镜,就有最好的视觉效果。小小的人物塑像形态逼真、神态各异、栩栩如生。这是一个特殊的、来自远古微观世界的群体。这些陶塑微人物用泥塑造出来之后,不上彩釉,素胎烧制,而在眼眉、须发上饰以石墨。这种浑然棕色中点缀墨色的手法,既古朴奇拙又现代简约,在充满乡土的气息里,闪烁出时代的气质,让人赏玩之余感到妙趣横生。可贵的是,山公作品不像大陶塑,需要批量生产时,可以设计制模、脱模进行制作,微塑不可以进行脱模复制。微塑的每一件作品都是艺术家的原作,最初创作的作品没有一件可以简单复制。只见微塑家左手捏泥,右手拿着一把小小的竹刀,几下子的捏、贴、捺,一眨眼的工夫,在灵巧的指尖,一个黄豆般大的泥塑渔翁就出现了。如此,每一件微塑作品都布满着指纹的温暖和印记,每一个细小的零件都是搓捏出来的,那种细腻别致,实在是纤毫毕现。

微塑不仅是人物,还有造型准确的亭台楼阁和树木山川。那么,这些微小精致的陶塑主要用来做什么呢?原来,这些山公主要是用来做盆景进行观赏的。在一个小小的空间内,天地饱满,青山绿水,亭台楼阁,密竹婆娑,然后将各具形态的小型精巧人物镶嵌在预设的位置,摆棋局对弈的仙人,悠然吹笛的书生,闭目打坐的菩萨……山的上面还有翠鸟飞翔,营造出一片脱俗的仙境。也或者是幸福的人间,村舍、茅屋,屋檐下童稚拉着母亲的手,迎着背柴回来的父亲,远方有金黄的田地预示着丰收的景象。这是一个别开生面、精致而广阔的舞台,上演着仙佛道天庭的剧目,也上演着百姓平凡生活的场景。著名的山公盆景有《八仙过海》《百舟竞渡》《松林小憩》等。在这样的景观前,我们都拥有了上帝视角,大千世界似乎在我们的视野中一览无余。我不禁有些恍惚:是不是当初盘古开天辟地、女娲团泥造人,创造世界时,也是这样设计的呢?

刘国祥作品

微塑大师

我熟悉的刘国祥先生,他是石湾陶塑技艺的省级代表性传承人,就是主攻山公微塑的。他的代表作之一是《花果山》,一个完整的微塑盆景。那山的形体占据了整个景观的七成之多,险峻葱茏的山峰,山形俊雅,巍峨清幽,尤其是那山体嶙峋的表面质感,塑造得惟妙惟肖;一脉瀑布飞下,形成山下水色碧绿,看得出用釉十分巧妙,恰似一汪碧水环绕。最妙的是用微塑塑型的小猴子,灵巧活现,生气勃勃。几百只猴子却无一个动作相同,或顾盼,或吃桃,或嬉戏,或眺望,隐约的山洞,遍布在山坡、水涧、树丛,真是一个美妙隽永的欢喜乐园,更是显示了天然的生态景观。

　　微塑造型塑造得惟妙惟肖的物品有小船、渔翁还有垂钓的鱼竿,那白色的渔网制作真是绝技。一直以来微塑陶艺家多为女性,女性以特有的细腻的心思、温婉的性格,营造出富有生活情趣的清雅环境造型,绿松、红桃和袅袅的竹,似乎有风吹过,有鸟啼鸣,一花一世界……罗雪微、廖娟、冼艳芬、霍秀银和廖婵冰等都是造诣深厚的微塑家。廖娟、廖婵冰是两姐妹,她们的传承正是石湾陶艺家族式传承的缩影。从眼下的情况看,微塑的传承比起大陶艺的传承,面临的情况更让人担心。

2020 年 1 月

火借南风龙窑烧

窑为土完成梦想

石湾陶塑产品如此丰美,闻名天下。而它的诞生则必须经过一个环节——烧制。陶土,可以在匠人的手里成型,可以在艺术家的手里千变万化,然后,就要靠一把合适的火将其烧成硬质的陶器。而石湾龙窑这个火的载体,给了陶土化为陶的神奇的火,所以石湾窑也同样闻名于世。

陶窑之所以被称为龙窑,是因为窑的形状。龙窑一般傍在河边、依着山岗而建,从低到高攀缘而上,又是圆拱形状,短则 10 米多,长可达 100 多米,与想象的龙身颇为接近,所以得名。最鼎盛时期,龙窑有一百多座。窑建于河边,是为了取水与运输方便;建于山岗是为了借山岗之势,要让火焰自然顺畅地上升。石湾的镇岗、老鼠岗、章岗等九个山岗,成为陶工聚居点。龙窑因为灶口向南,所以又名"南风灶"。如今,南风灶只剩明代正德年间建造的一座,人们称之为南风古灶。南风古灶在佛山有着特别尊贵的地位,像是在吹着江风、捋着胡须的飘然长者,为人们讲述着曾经"炉火照天烧"的故事。

龙窑与榕树的奇观

南风古灶名气之大,除了悠久的历史,还仰仗一个不可思议的奇观,这一奇观堪称奇迹。沧桑的南风古灶,灶身斑驳,岁月风雨的痕迹很重,古灶的旁边还依偎着一棵巨大的榕树。细细看去,会发现榕树的枝藤已然穿行盘结于古灶的砖砌墙体之内,墙体已有变形,与树的形状柔软地连在一起,似乎古榕与古灶已成为共生体。这个发现令人难以置信、惊叹不已,并由衷生出敬畏。这个树灶相连的旺盛共生体,二者你中有我,我中有你,完全是一种缠绵的关系。人们猜想,难道窑火的热度竟让榕树生长得更好,而不被烤坏? 难道榕树不断地生长竟让龙窑垒砌得更结实,而不被损毁? 难道树与窑真的是传说中的情感相依?

至今人们还传颂着古窑的神奇与吉祥,摸一摸古窑上的某一部位,有祈福健康平安甚至富贵的意义。古时建窑一定要选择良辰吉日,传说这座窑第一次点火的时候,正是状元伦文叙祠堂落成"入伙"的时候。第一窑不仅十分顺利,而且有"宝物"烧出。有经验的窑工说:入窑千件,只有宝物一件。可见窑之"宝物"殊为难得。传说,就是这个古灶,曾经烧出一套具有特别气质、堪称完美的"八仙",其八仙的形象鲜活气韵,呼之欲出。

让思绪穿行往昔的岁月,可以想见,在方圆三公里之地,一百多座龙窑夜以继日地烧造,窑尾的火舌向外伸出,此起彼伏,使"陶窑烟火"成为石湾六景之首。梁照葵在《石湾六景记》中这样记述:"烧窑工从下而上轮烧至窑尾为止,烧时火光烛天,远望者初讶为火警。"清代光绪年间的抄本《南海乡土志·矿物制造》记载:"……缸瓦窑石湾为盛,年中贸易过百万,为工业一大宗。"清代屈大均的《广东新语》记载:"石湾之陶遍二广,旁及海外之国,谚曰石湾缸瓦胜于天下。"龙窑适应大规模的生产,长长的龙窑内产品有序而巧妙地放置,一次可装几千件,三天一窑,产品源源不断。这是一个多么壮阔的景观!

烧窑图(作者:霍流芝)

烧窑大有讲究

清代的龙窑有了窑灶分类,有边钵灶、糖缸酒埕灶、大盆灶、绿釉花盆灶、黑白釉古玩灶等之分。石湾龙窑烧制的产品达到了一个前所未有的历史高峰。

因为泥土在火中会收缩、变形,泥坯体量越大,烧制的难度自然就越大,而清代的产品越来越趋于大体量。登峰造极的产品是古建筑屋脊上的装饰,在佛山称作"瓦脊"。瓦脊的产生,不仅体现陶塑家的技艺高超,也极大地考验烧窑师傅的技术水平。瓦脊兴起于清代中后期,保存最好的是光绪年间祖庙三门上的瓦脊。瓦脊装饰覆盖整个屋脊,长30多米,造型有人物、花鸟、亭台楼阁等繁多的内容,烧制时必须分段来烧。瓦脊的高度最高处可达1.2米,平均有1米左右,瓦脊的长度最长80多厘米。分段烧制不仅对每一个部分都有要求,更重要的是还要将每一部分能组装对接得严丝合缝,形成完整的屋脊。同时,在釉色的操控上也极为讲究,丰富的釉色为瓦脊提供了极强的观赏性。石湾窑在发展过程中的确善仿善创,在仿名窑的基础上,创烧出许多釉色,尤其是窑变釉,千变万化,如三稔花釉、雨淋墙釉、紫钧釉、石榴红釉、翠毛釉等,依然充满着神秘的意义,为人们所推崇。这时艺术性就需要仰赖于高超的技术来实现,烧窑便是极其重要的实现手段。

龙窑的构造没有那么简单

龙窑的构造,也是饶有趣味。龙窑主要分为窑头、窑室和窑尾。窑头,又称"炉头""龙头"。炉头位于龙窑最前最低的位置,主要由火门、通风口、火床和火膛等组成。炉头开有火门,用以投放木柴,火门下面有通风口,火门与通风口以一块大铁板相隔。火门再向里就是火膛,火膛为券顶,呈半圆形的空间,是烧柴的地方,又称为燃烧室。燃烧室的底部有炉栅,炉栅是以黑生铁铸成的,炉栅下面是灰坑,木柴在火膛燃烧后炭灰通过炉栅之间的空隙掉到下面的灰坑里。历史上石湾龙窑的火膛没有炉栅,称为火床,炉底只砌起一些垫子架着燃料来烧。

火膛与窑床连接的位置是火梯,火梯顶就是龙窑窑床的开始。为了避免窑腔前部分的产品过火,砌砖时中间会留下许多空隙,使热气经缓冲后进入窑室,避免炉头忽高忽低的火焰,以致产品骤热而开裂。大部分木柴都是在炉头里燃烧。炉头作为全窑高温使用最长时间的部位,炉头的耐火性能最为重要。对龙窑"一年一小修、三年一大修"的维修多指炉头部位。

窑室,是放置泥坯的地方,由窑床、窑墙和窑拱顶组成,又称窑腔。窑床一般为曲线斜坡形,建龙窑时挖好适当的坡度,然后将泥土夯实,表面再覆盖一层河沙。河沙的颗粒直径必须大一点儿,如果河沙颗粒太细,在烧窑时会扬起粉尘,被釉粘连,就会影响釉色质量。窑墙分为外窑墙和内窑墙。外窑墙紧贴内窑墙,多用石块、夯土、青砖墙砌成。人们在外窑墙顶上修筑小而密的步级,以方便在窑上工作。外窑墙因不与火焰接触,基本不用维修。内窑墙,墙体向内倾斜,壁厚约25至50厘米。过去用砂砖砌筑,也有只用泥坯砖,后来用了耐火砖。内窑墙中间方向弯曲的结构,有利于向两边火眼丢木柴,使下面有足够的空间让其燃烧。

模拟窑内

灼热的窑火

我曾在窑拱背上行走过,那时刚刚烧过一炉窑,窑背发烫。烧窑的师傅说,烧窑的时候必须穿草鞋。灶背分为筒瓦形和鸭嫲背形。筒瓦形窑拱背的弧度可以大一些,结构较稳固耐用。鸭嫲背形状平缓,这种窑腔温度比较均匀。

窑拱背上开设着一排排的投柴孔,即火眼,用于在烧窑时投放木柴。火眼真像是灶背上的眼睛,尤其在夜里,放射着奇异的红光,灼光闪闪。我们可以尽情地想象一下,那是一种怎样的又寂寞又热闹的景象呢!在烧窑过程中将木柴条通过火眼投到窑内,木柴投进去时会自动燃烧,自前往后从一排一排的火眼投入木柴,每排火眼下就是一个火膛。这样,窑内的每个位置都可以达到煅烧所要求的温度。这种"火膛移位"的方法是龙窑烧窑的重要特点。

窑尾是龙窑末尾的位置。窑尾称为"栏尾",主要有烟井、烟囱和一个尾端的门口。这是龙窑最末尾的门墙,这个门也是整条窑最大的灶口,大件产品的装烧都是从这个门进出。花栏墙是用沙砖或烧坏的缸瓦砌成门,门上留下许多空隙,所以称为"花栏墙"。空隙与炉头的通风口相呼应,使窑内有一定的自然抽力,为木柴的燃烧提供充足的空气。

烧窑的工序是先点火,再挤火。晚上气温低一些,便于观察火的颜色,一般安排在傍晚或晚上投柴,所以点火时间就要把握好。挤火是烧灶的升温阶段,主要作用是继续延长火焰长度。这一阶段操作是最显示烧制功夫的:窑头温度未能在预定时间达到应有的温度或炉头温度过高,都会影响下一阶段操作。

开灶也是重要一环。熄火后的龙窑经过一天一夜的降温,就可以开窑了。即使如此,窑工们还是必须穿上草鞋、戴上揸布进入窑内,以免烫伤。开窑门时也要十分小心,窑门是用砖和砂浆砌成的,要先轻轻搞松一块砖,再慢慢拆开其他砖。

窑工祭拜火神(李燕娟 提供)

古老的窑是一首悠远的歌,一直唱到今天

我们可以想象,在当时那种条件下,没有电力、没有机械,全凭人力,窑工的劳动强度是多么大,生活是多么的艰苦。就像一首《窑工苦》的歌谣所唱:"装窑烧窑心打鼓,汗水伴泥土。好货交官府,要钱遭拘捕。茅草当被铺,衣服补又补。餐餐无油水,谁知陶工苦?"这首歌,浑厚、苍凉、惆怅,想必是哪个作曲家听到窑工自吟自唱的歌声后受到感动,依窑工的心声创作而成的。于是,就有窑

工眼睛里的泪光映着窑中的火光在独自吟唱，或者集体合唱。久而久之，这首《窑工苦》便在窑工中广而传之……现在陶瓷的烧制几乎都是使用电窑，早已解放了劳动力。

这种传统的龙窑在烧制陶艺品上确有独特之处，比如不完美的落灰，恰会形成完美的质感；釉色会发生不可掌控的天然般变化，器皿因为在窑中的不同位置而发生魔幻般的变化。于是，在保护非物质文化遗产的前提下，龙窑这一古老传统的技艺得到保护，很多陶塑艺术家有意地追求龙窑的烧制效果，所以有些艺术家直到如今依然宠爱着古老的陶窑。

千百年来，龙窑就是这样周而复始地劳作着，在吐故纳新的烧制中，吞吐着艺术、技艺水平不断提升的陶制品，见证着岁月的更迭，见证着石湾从设计、制陶、上釉、烧制的过程，成为一个城市的经典传说。

2014 年 11 月

一纸剪刻大千世界

千线不断的纸雕

剪纸不仅是工艺美术品,而且是一种能够称得上真正艺术的艺术。剪纸不仅来自巧慧的双手,更重要的是来自心灵,它与所有的艺术特性相同,是一种来自心灵深处的、建立在祈愿祈福上的精神之作。这种情感是纯粹的、纯净的,也是具有家园情怀的。

我感觉到,剪纸的千线不断的网状特性,真的像一张在意念上巨大的网,用美、用情、用技巧滋润的网,网住了时光,让时光在世界里留下了斑驳、沧桑和美丽的脚印。

连续不断细腻线条的剪纸

(图为省级代表性传承人饶宝莲)

剪纸的述说方式,是用刻刀在纸上雕镂,如涓涓流淌着的生活河流里,有不绝的灵光在日子里闪烁着,在指尖上跳跃着,在刻刀下呈现着。原来一张平常无奇的纸,就这样经过设想,经过匠心,在剔废留宝的过程中,化作了精彩的图案。佛山剪纸,具有南国的灵秀与精细。佛山剪纸基本上是在刻刀下完成的,而不是像北方用剪刀制出的剪纸。我看过陕西制作剪纸的过程:一位年长的妇女,手里拿一把剪刀,准备一张叠好的红纸,一手握剪,一手执纸,只见她双手翻飞,游走于剪与纸间。两三分钟之后,她放下剪刀,小心展开红纸,一张蝶飞花间、造型生动的剪纸出现了,立刻赢来了许多掌声。我想那种剪子立刻剪出剪纸的技艺在艺术创作上更加随心所欲。

然而,无论多么高明的技巧,剪纸都不是只为艺术,而是为了生活。剪纸在生活中有诸多用途。诗圣杜甫的名句"暖汤濯我足,剪纸招我魂"表明了剪纸在唐代已是招魂祈福的道具。剪纸可用于年节、婚嫁的喜庆祈福以及对先人、祖先的祭祀与怀念上,也可用于日常生活中的美化装饰。

佛山剪纸的"批量生产"

佛山剪纸的发展之路具有独特性,除了民俗祭祀的应用外,还用作商品商标,因而佛山剪纸擅长的不是剪的技法或即兴的创作,而是针对实用性进行设计,要经过深思熟虑,先设计出图案。这种设计与绘画堪有一比,但又要遵循剪纸的特殊规律,装饰意味强烈。商业应用一定要讲究快捷、高效,所以一般都是一刻一大叠,所谓"批量生产"。为了在市场上受欢迎,常常为了精致起见,设计往往要经过修修改改,既符合剪纸连贯不断线条的技艺特点,又要不断创新以满足人们的多种需求。即使是爆竹的包装上使用的剪纸,也追求花样百出,金碧富丽。因此,佛山剪纸品类之丰富、之多姿多彩都是国内罕见的。从技法效果上大致分成了四类,即刻、衬、写、凿。

形成剪纸的真功夫

"刻"是通过刻刀完成剪纸的图案或轮廓,最基本的是纯色剪纸,由一种颜色的纸刻成,纸的颜色可以任意选取,多数为红、赭、黑、绿、蓝等。剪纸在设计构图时应考虑黑白对比,人物、动植物的形态,线条粗细、疏密聚散的运用,阴刻与阳刻的结合等。

"衬"是佛山特有工艺,是用铜箔或纸张先刻出剪纸的轮廓,在画面上的人物、动植物、建筑或陈设等不同部位,按绘制要求粘上各种颜色纸,剪刻各种图形,粘贴于相应的背面。在镂空处衬上有需要的彩纸,分别称为铜衬与纸衬。铜衬的构图轮廓显得十分富丽堂皇,色彩斑斓而又金光闪闪。如果一个有心人将剪纸反过来看一眼,就会发现,衬料剪纸的背面是一个色彩斑斓的纸帖。

福禄寿三星衬色剪纸(民国)

"写"是绘画涂色的另一种表述,细分为铜写料、银写料、纸写料、纸写木刻套印等,它们的技法大体相同,只是材质不同。在设计时先要经营好位置,把花鸟纹样或故事情节的大体轮廓剪刻出来。铜写剪纸的剪料是铜箔,银写剪纸的剪料是银箔,按构图画面的需要,涂上相应的颜色。染料颜色鲜艳多彩,透明轻快。纸写木刻套印剪纸也属于写料剪纸。由于纸写剪纸销量大,手工勾勒线条耗时费工,为了加快生产进度、降低成本,最后的勾线工序改进为用木版套印,派生出集刻、写、印三位一体的纸写木刻套印剪纸。这样的剪纸已经完全将刻制化为半印刷状态。

写料剪纸中还有一种染色剪纸,主要用薄的玉扣纸、毛边纸或宣纸剪刻成剪纸后,利用这些纸透水性强的特点,用染料颜料,按构图的位置,点染上不同的颜色,待半干后逐张揭起干透,便成染色剪纸。这样的剪纸效果会更加丰富,甚至形成氤氲效果,如同碑刻,古朴自然,别具一格。

　　凿料剪纸,主要是铜凿,凿料用的是铜箔。这个类别是佛山特有的剪纸,确切地说,应该是凿铜箔或者说剪铜箔。材料与工具都与剪纸不同,也许我孤陋寡闻,除了佛山,我至今没见过其他地方生产这种剪纸。铜凿主要原材料是铜箔,工具是楦木砧板(硬木)和十余支铜凿,每支的一端有多粒小圆珠,每支凿的圆珠排列不同,有直线、弧线、圆形、L形不等的形状;同时要有锋利的钢凿两三支,以便修饰作品的边缘。

铜凿剪纸《富贵平安》(清代)(佛山市博物馆　提供)

　　铜凿剪纸的线条以凿子在铜箔上凿出,然后按线条纹样图稿与铜箔一道,订成二十余张的一叠,放在砧板上按图稿线条凿出,使铜片凸现出点点圆珠组成的线条图案。这种以凿代笔的做法,像是雕塑家一手执钎一手挥锤,一点点凿出图案,然后再逐张揭起绘上颜色。颜色以矿物粉剂颜料着色,以色为主,以深浅色表现明暗,一般用丹色、银朱、石绿、赭石、土黄、佛青、铅粉等。这种原色颜料,使作品色彩强烈、明快夺目,加上色块之间由小圆珠组成金色线条,显得作品更加金碧辉煌。

如今，许多剪纸艺人进行工艺改革，将"箔"改成红铜箔和金箔。由于金箔过软，于是出现金铜箔，即将金箔敷于铜箔之上合二为一，成为金铜凿剪纸，既发挥了金色的华贵感，又不失凿料剪纸的厚重质感。说起铜凿剪纸，我眼前就有一个倩影在晃动，那是何燕，她主攻铜凿剪纸，创作出不少精品。何燕是省级传承人，我曾想采访她，都因老人家身体不支而作罢。她总是热情地说："等我身体好一些就约你。"没想到，这个约定已经永远无法实现。她于 2015 年初辞世，令人唏嘘不已。好在她的弟子茹新梅、招嘉焯掌握了铜凿剪纸的主要技巧，技艺可以在年轻人的手上传下去。

曾得到各种赞美

通过刻、衬、写、凿这四类不同手法的表现与交融，剪纸作品真正成为美感迷人的艺术品，受到人们的追捧。无论哪一种线条，佛山剪纸的线条均以剔透玲珑、纤细繁密取胜，整体构图保证轻重均衡、虚实均衡、疏密均衡。线条具有我国南方剪纸那种条理简洁的特有品格，这既是佛山剪纸艺人"千刻不落，刀剪不断"精湛技巧的结果，也是佛山民众工巧秀美性格特征的反映。佛山剪纸的线条密而通透、繁而不乱、细而不断、柔而不弱，达到"连绵紧相扣，妙手巧剪裁"的效果。佛山剪纸在色彩上以富丽堂皇为亮点。而金色是中间色又反光，与很重的颜色和很淡的颜色同时并用时，既能突出金色的线条，又有对比强烈、热闹和谐的效果。

对于广博的中国来说，佛山市可谓偏安一隅，但是它因其绝妙手工艺，曾被人们说过北"荣宝斋"、南"民间艺术社"，这民间艺术社指的就是佛山民间艺术研究社。这个被精美的民间艺术撑起的大厦，曾经是春风沐浴着的宠儿。新中国第一代的领导者们没少光顾，他们关心民间的艺术发展，深入佛山古镇，都盛赞过佛山手艺。不愧是有大文豪之称的郭沫若，他的赞赏更具想象力："曾见北国之窗花，其味天真而浑厚。今见南方之刻纸，玲珑剔透得未有。一剪之巧夺神功，美在民间永不朽。"佛山剪纸的优秀代表作层出不穷，从清代一直延续到现在。近代最有名的剪纸是《红楼梦》，经放大后成为广州五星级花园酒店的大堂背景壁画，吸引了众多的国际友人，传扬了中国传统文化艺术。

这种受欢迎的心态,也表现在佛山剪纸内容题材的丰富性,从社会经济、文化意识、民风民俗、"社情民意"等方面,演变出喜庆吉祥、驱邪纳福、多子长寿等永恒的主题,如清代剪纸《丁财贵》《富贵平安》等。

佛山剪纸不仅有历史渊源,还与我国南方的海上通商有着极大的关系。《中国民间美术全集·剪纸卷》一书中称:"我国商埠剪纸最典型的产业是在广东佛山。"佛山剪纸是随着佛山民众的庙会、神诞、祭祀建醮、家庭装饰等民俗事象活动而诞生和发展的,所以说,它与中国其他地方的剪纸民间艺术活动不同,很早就有男女一起参与,有专业创作和生产的作坊以及经营者,成为民间文化产业。因此,佛山剪纸具有精神生产和物质生产的双重性,远销海内外,是我国最具影响力的商品型剪纸。

从佛山剪纸努力前行的脚步里,我感到工艺品本身的成长有着强烈的奢望,它们太想让自己的造型、色彩或者其他什么能耐惊艳于世,这样的期望往往给了手艺人太多的压力。同时,工艺本身就是狡猾的,似乎总是在捉迷藏,一方面它们等待优秀的艺人去发现,一方面又将机灵的部分藏得很深。工艺品虽然有许多参照物,却又不是简单的模仿,还要有深厚的积淀。

发展到如今,剪纸更多的是观赏享受,让人们沉浸在一种古老艺术的陶醉里。剪纸原有的祭祀性与实用性被削弱了,它固定了某种时光、某种情愫。它是某种生活情景的装饰化,古朴的雕刻装饰了生活的时光,是一种在原本意义上的艺术延伸。

剪纸大师

我见到过不少剪纸艺术大师,佩服他们具有平常人所难得的才华和磨炼多年的技艺。他们不仅具有深厚的美术功底、造型艺术和想象能力,还具备制作刀具、制作蜡版、配制颜料等驾驭工具的技艺。我想,他们本应该与其他门类的艺术大师平起平坐,放射出他们应有的光芒。

十年前我结识了陈永才大师,他是剪纸传承人中的佼佼者,现在是佛山剪纸唯一的国家级传承人,他的美术造型能力与制作剪纸刀具的技艺十分精湛。但是他十分低调,沉默地创作,在沉默中产出辉煌惊人的作品。他的代表作《佛

陈永才在自己设计的大壁画前（陈嘉彦 提供）

山秋色》成为佛山假日皇冠酒店的大堂背景壁画,与花园酒店的《红楼梦》被看成剪纸壁画的双璧。如今,他已经80多岁,带了不少徒弟,饶宝莲、邓春红和陈嘉彦(女儿)是他弟子中的佼佼者,分别是省级和市级传承人,均取得了令人瞩目的成绩。这真是令人欣慰的事情,但愿佛山剪纸在他们这些孜孜不倦地攀登艺术高峰的后起之秀手里,长盛不衰。

2015 年 10 月

蚕丝如瀑　云纱似雪

　　一说"纱",便是曼妙的形象,轻盈、飘逸,带着梦般的朦胧与透明,在我们的内心划出一道浪漫的帷幔。有句唐诗:今夜偏知春气暖,虫声新透绿窗纱。春季,还是初春,潮湿的夜,万物刚刚复苏,那虫声也是稚嫩的,一声、两声……折射着初春的信息,穿透绿色的窗纱,达到沁人心脾的欢愉。于是,那窗纱在主人的眼里是与外界连接的媒介,这个媒介充满诗意,所以让读者将视觉与感觉的重点都落在了"纱"上。试想,如果在这充满梦幻的"纱"字前加上"香云"二字,那是何等的清丽、香艳而又远不可及的缥缈感!

剥茧抽丝

　　香云纱的确诞生于青山灵秀之处,那就是岭南的南海西樵山下。这里可以说是中国近代缫丝业的宝地,桑蚕丝诞生于此。那时,生态环境良好,人们整合出一个著名的"桑基鱼塘"生产方式,养育着这片肥沃的土地。那绿荫摇曳的桑树可以养蚕,下面是游云如镜的鱼塘,蚕的排泄物正好养鱼,鱼的排泄物正好又滋润了土地。人们在这片富庶的鱼米之乡上养蚕,蚕宝宝吐丝之后,成为白白胖胖的蚕茧,再经过女工们灵巧而辛劳的双手,通过缫丝,变成了如雪如瀑的桑蚕丝。

　　缫丝是一个繁复的过程,直到清末民初,中国有了第一代民族资本家。陈启沅就是其中杰出的代表,他引进了缫丝机器,开办了中国第一家缫丝厂,西樵成为纺织兴盛的开发地。绸与纱的桑蚕丝织物就诞生于此。对于丝绸,我国第一个工厂化的丝绸企业应是佛山公记隆丝织厂。公记隆老板区济川于1933年在南海民乐开设区佐记,销售对象主要是泰国、越南、新加坡、马来西亚等东南亚国家的华人、华侨老用户。逢三、六、九圩期收购白坯纱到佛山、广州贩卖盈利,又在民乐自置织机开设一间有百个车位的丝厂。由于该厂丝的粗细规格统一,严格按生产要求制作,产品品质与销路较好。白坯纱畅销给该厂带来了丰厚的利润。听说南海西樵民乐的吉赞小村庄里恢复了生产香云纱的原色坯纱的工艺,称之为绞综提花坯纱,这是值得惊喜的事情。南海区在申报非遗项目的时候,确定为"香云纱(坯纱)织造技艺"。

轻拢慢捻

多年来,香云纱已经成为所有经过河泥染整的绫罗绸缎的代名词。尤其是在珠江三角洲流行的一种染整技艺,这种染整技艺可以用作桑蚕丝织物面料的染整,使其成为香云纱。当所有的申报材料放在我的面前,不论是文字、照片,都是平面的或者说是沉静的,即使如此,我还是感到了特别的意义。我知道,莨纱以桑蚕丝为原料,在普通的绸上多了一道提花方法,形成了纱,也就是白坯纱,之后再将薯莨与河泥进行染整,就成了香云纱。于是我有一种透过文字、图片想去亲眼观看的渴望。

穿过繁华的禅城、南庄,我们直向樵山脚下驶去。接待我们的张氏兄弟十分热情。顺着他们的指引,走进摆放复原机器的坊间,我还是被眼前的景象惊呆了。在织机上形成的白色纱丝,形成了雪白的瀑布状,铺洒在织机上,有一种视觉上的强烈冲击。而将洁白的、梳理整齐的蚕丝整合到木机上,有多道工序。在此,张绍景具体操作了其中的一道工序——拔丝,让我开了眼。

张绍景做拔丝程序

相提并论的纱与绸

织机工作室里，有两架古朴的木织机，一台是织绸机，一台是织纱机，均为方体结构，四根大柱在四角呈主体支撑。那个织纱机有两人多高，双层结构，下层由主要活动机构进行织造，是纺纱的地方，上层是打孔机，形成捻纱的部分。织纱比织绸多了一道绞综程序，形成提花，这是织纱的关键，如果不是这个绞综环节，那么所织出来的就是绸。绸是平纹，桑蚕丝要密实得多。在这里我看到，密密如瀑的蚕丝通过竖直垂下的通丝眼之后，一位女工捋出所需要的纱丝，然后送到端坐在织机正面的女工手上，这位女工又要通过绞综进行密密的编织。做这道工序的女工告诉我们，这道工序就是形成提花的步骤，一条丝右穿，另一条丝左搭，才形成一个提花。女人纤细的手指在千万条丝中跳跃着，不断地形成一个又一个提花，一匹一米多宽的纱料，何止千千万万个细细的纱孔提花，真令人叹为观止！我想，这还没有经过薯莨染整，应该叫作云纱，这雪白的云纱，跳动着纱织的多种肌理，比如满幅小花纹、九宫格纹、云纹、小菱形纹、大小梅花纹、回字纹、正字纹等，充满了奇异变幻的古典情怀。云纱若被染整之后，也被分别称为莨纱和莨绸。纱比绸轻薄透气，绸比纱挺括，纱更显得轻逸，绸更显出优雅。

我有一位十分漂亮的好朋友，是那种明明可以靠脸吃饭，却以才华立身的女人。她研究香云纱许多年，为张氏兄弟恢复纱与绸的织造花费了不少心血。她更倾向于莨绸与莨纱的狭义定义，为此，我们两人在一家小咖啡店细细地探讨，说到深处，不免声音加大，引来年轻人的惊奇目光。是啊，这两个有一把岁数的女人竟在星巴克讨论地方传统文化，甚至有关学术，确实少见。

邂逅古老技巧

恢复白坯纱技艺，张家兄弟却遇到了前所未有的难题，主要是绞综的程序不知如何恢复，织出的料子总是平纹的绸，那种剔透、轻盈的纱孔总是见不到。他们去找周边的老艺人，遇到的都摇头叹息，都说那是很久以前的事了，谁还记得当年的做法。他们几个兄弟不甘心，最小的兄弟张绍景是个机灵的汉子，他不但负责技艺的恢复还负责所有的对外联络,他发现找不到可以恢复技艺的老艺人后,就决定自己与最熟悉纺织技艺的六哥共同想办法。那时候,据张绍景说,他做梦都想那密密的纱帘能够跳出提花来。就在他们陷入僵局的时候,有人提醒,他们自己的妈妈就是一位纺织能手,何不请教一下?于是他们急急地请来了90岁的老妈。没想到,老妈给了他们一个大大的惊喜。老太太一看就说,你们这样不行的,要这样做……立刻她就着手做示范。开始他们看不懂,不理解,随着老妈那在丝线中穿梭的手,很快他们便知道了其中的奥妙,犹如一张窗户纸被点破,一下子就透亮了!那浓密的纱,那剪不断理还乱的千头万绪,竟然在老妈这里变得驯服了!绸化作轻盈的纱。在此基础上张家六哥继续努力,纱跳出提花来,恢复织机的试验成功了!这一成功也是一种划时代的产物,它将几乎断裂的手工织造坯纱的技艺连接了起来。试想,如果没有这个成功,连接就有可能被岁月截断了。而如今,这得来不易的连接注定是走向未来的连接。那长长的优美的丝线舞动着纤柔的精灵,光亮闪闪,在织机上形成薄透的轻纱幔帐。

香云纱团扇

破茧而出的惊艳之作

如今,将这些纱经过薯莨和河泥的染整形成香云纱后,进行服装设计,款式新颖，以传统面料制作或古典或新潮的时装，以及创新的生活物件，具有强烈的艺术感，很受消费者的欢迎。但由于这种面料的制造与剪裁都比其他面料的难度大很多，价格难免昂贵，同时也因为大部分人并不知晓这种美丽的服装，真是养在深闺的"绝色佳人"，等她蜚声于天下时，必将有不凡的机遇。

2016 年 1 月

阳光下纱绸飘香

离不开家乡的泥与水

珠江三角洲的女子,喝珠江水长大,被桑基鱼塘养育,原本就是灵秀的美人,再穿上莨纱、莨绸制成的衣物,更是娇俏动人。这种在清末即被称为香云纱的面料制作的服装,闪着珍珠的光泽,它是我国广东省特有的一种传统面料,双面异色,正面为富有光泽的黑色,背面为棕色。香云纱大多为丝绸材质,但与普通丝绸柔滑、飘逸的质感迥异。它不仅面料是独特的,而且制作也是独特的。香云纱染整之所用河泥必须是珠江三角洲南番顺的河泥,其他地方都晾晒不出这样的质地。这种离不开家乡水的特性,属于"迁地弗能良"的只认水土的产品。

莨纱与莨绸

香云纱是莨纱与莨绸的总称,也是民间的俗称。这种俗称生动而令人遐想,深受大众喜爱。莨纱是指在平纹地上以绞纱组织提出满地小花纹,上有均匀细密小孔眼,经薯莨汁晒制而成的丝织物。纱类织物一般是指丝线细、密度小,具有轻薄感的丝织物。经过晒莨的绸类称为莨绸、黑胶绸或拷绸,是一种表面经过涂层处理的丝绸。它是以桑蚕丝为原料织成坯绸,用薯莨的汁液对坯绸反复多次浸染,染成棕黄色的半成品。轻拢曼舞的白纱制成的丝绸和纱,经过薯莨汁的染制,再铺上特定的河泥,洗净,在草地上晾晒,整合成乌黑带有珍珠光泽的丝绸或轻纱。这种纱穿在身上,沙沙作响,人们开始说成是响云纱,不知是哪位高人,硬是将声音效果转化成嗅觉效果。得名后的"香云纱",受到人们的欢迎与喜爱,成为一个被广泛接受的名字。于是"香云纱"这个名字伴随着美妙的丝绸与轻纱走红。

如果按狭义的意义来说,纱与绸是有区别的,二者在织造法上有所不同,然而,由于对此类桑蚕丝绸纺织物都有大类的概念,于是香云纱也涵盖纱与绸染整后的两类。"莨绸"中的"绸",是丝绸大类的名称。"绸"在《说文解字》中解释为"大丝缯也","缯"在古时用作丝织物的总称,而现代常用"绸"作丝织物的总称。

据资料记载,民间一直以来将所有的经过薯莨染整的绫罗绸缎等桑蚕丝织品均称为香云纱,由于染整后的质感改变,丝绸有了一定的挺括感。香云纱手感滑爽,质感强烈,透气挺括,成衣后特别适合珠江三角洲的气候,其舒爽通透,遇汗不黏,凉爽宜人,具有除菌、驱虫、保健作用。

香云纱作品(*廖雪林　提供*)

珠叔与晒莨

我们最初挖掘香云纱染整技艺这个项目时,只发现顺德的一个厂家——成艺晒莨厂。梁珠是一位资深的从艺者,我们都喊他珠叔。珠叔2009年成为国家级非物质文化遗产代表性传承人,他的搭档黄田胜是省级传承人。珠叔10岁进私塾读书,14岁就跟父亲在顺德伦教联合晒莨厂当学徒,从事香云纱浸染整、晒莨的活计。珠叔的师傅陈权,是一位既严格又慈爱的师傅,毫无保留地把技艺传授给他。珠叔在 18 岁时参了军,是中国人民解放军武汉军区的一名战士,在军队,他练就了健壮的体魄。为此,他一直很自豪。80 多岁的他常说自己耳不聋,眼不花,吃得香,睡得着。他告诉我们,曾听老人们讲过,这种古老的手工制作的植物染色面料,已有一千多年的历史。由于它制作工艺独特,数量稀少,制作时间长,不仅要细心,要技艺精湛,熟悉每一道工序,更要有足够的吃苦精神。我就是在珠叔的晒莨厂第一次了解了晒莨的过程,丝绸加工要经煮练、脱胶、上薯莨的汁液浸泡、过乌(过泥)、水洗等工序。

在阳光下曝晒

　　每年的五月初到十一月初,是生产香云纱的主要时间。只要天气晴朗干爽,就可以晒莨。黎明前,睡眼惺忪的小伙子们已经开始忙碌起来。他们早早起床简单吃上几口,便在师傅的指挥下,到大池里捞出染色的纱绸,铺展到事先确定的地点,然后到河里捞出乌黑的河泥,将河泥均匀地倒在铺展开的暗红色绸子上,慢慢地抹平,让河泥在绸上充分地覆盖,这个程序叫过泥。再将满是泥泞的匹绸放到河里去洗净,健壮的小伙子们在河里试图将长长的匹绸抖开,让河水尽快地洗净泥泞。这时候河里洗泥的男子动作有力,河水泛着一圈一圈的涟漪包围着他,天边初升的太阳闪着一丝金光照在男子的身上,他汗津津的肌肉圆实、饱满,像是河神般充满尊严……洗净泥的长绸被几个人共同提着,铺展开来,用竹竿将匹绸绷直。直到一匹匹的泛着红色的纱绸排着整齐的队列铺展在绿茵茵的草地上,这时阳光已经升高,那种壮观十分少见。珠叔在整个晒莨厂总是最早起床的。人们说珠叔用鼻子一闻,就能知道当天是不是晴天。虽然有些夸张,但珠叔总是趁着大伙还在吃早饭之际,就到厂里的空旷场地仔细观察当天的气象,考虑能否顺利开工。

过河泥

　　香云纱晒莨需要有阳光的日子,如果看到星月或是薄薄的云层,他便会长舒一口气。接着,吃过早餐的工人便开始紧张地工作,趁着半明半暗的黎明光线,进行紧张的洗染、过河泥、洗泥,当太阳高高升起的时候,所有经过过泥的纱绸全部要铺展到草地上,进行晾晒,接受阳光的洗礼。

　　近年来,为了使工人有正常的作息时间,在过河泥的地方,盖起了高大简易的大棚,大棚架上面用黑色的镂空网覆盖,模仿形成黎明的光线度。这样一来,不但工人不用那么辛苦,还可以延长过河泥的时间,增加了产量。这样的一轮工序,对于同一批纱绸,要进行二十几次。洗染晾晒,香云纱需要的劳动力是惊人的,所以,由普通的纱绸到香云纱的产出便变得十分珍贵。据史料记载,香云纱价格最贵时曾卖到每匹12两白银,不愧有软黄金之美誉。在这一时期,仅顺德就有500多家香云纱厂,工人1万多名,日产量达4000多米。

夺不走的绝技

抗日战争时期,曾经盛传着一个弘扬民族气节的故事,那就是晒莨师傅苏万智斗间谍的故事。广东生产、畅销于东南亚的香云纱成为日本人垂涎的东西,日本人就想把这种工艺移植到日本的国土上去。有一天,苏万师傅正在晒莨,被老板叫到平时根本不会进入的客厅。这不由得不让苏万师傅警觉。就在这里,苏万见到了叫作松田一郎的日本人。他当时的身份是日本三井洋行的技术情报科课长,早在1922年便来广州做生意,操着一口流利的广州话。这天他带着日本财团的旨意,要在台湾设立"东亚染绢厂",想到佛山挑选染艺精良的技术工人。苏万为人豪爽,乐于助人,加上手艺一流,所以备受同行推崇。老板高高在上地对苏万说:"苏师傅,恭喜你,你被选中去游埠了! 发财了可别忘了这里呀!"松田假装谦和地对苏万说:"我是来与你们合作的,中日友好,我保证你以后会发大财!"苏万一听就明白了,他说:"不敢,我上有老,下有小,实在走不开,请你们另找他人吧!"说着他转身就走。但没想到,第二天,一辆汽车载着十几个手持长枪的日本兵,将十几个工人捆绑押上了车,苏万也在其中。他们目的地是台湾"东亚染绢厂"四周包围着铁丝网的晒莨地。第二天,他们就开工了。看到工人们迅速分头干起来,经理这才满意地离开。苏万立刻提来一桶尿,早有默契的一位工人走过来一下子将尿液倒进了薯莨汁的缸里。第二天晒莨,发现那块纱颜色一点也不对,且上面有斑点,松田气坏了,要严查原因。苏万师傅似漫不经心地说:"这种香云纱最忌讳水土不服了。"

松田哪肯甘心,他亲自到晒莨厂监工,并每晒一道程序,化验一回,但是晒了多次,检验了多次,还是查不出问题。晒出来的香云纱完全没有光泽,松田因这事鼻子都气歪了。经过多次检验他终于得出一个结论:莨水过于稀薄了。再实验,这次苏万带领工人们将薯莨汁浓缩,而晒出来的莨纱竟然硬得板结,晒莨彻底失败了。

眼看时间过去很久了,还是晒不出像样的莨纱绸,狡猾的松田认定苏万没有把技术拿出来,便审问苏万。苏万不慌不忙地说:"我说台湾这个地方一不适合晒莨,二来我文化低,经验不够,没办法。"气急败坏的松田狠狠地毒打苏万,但苏万始终不屈服。幸亏不久日本战败,苏万和他的工友们才得以回国。而苏万等工人用性命保住了香云纱染整技艺，使其成为我们传承至今的非物质文化遗产的瑰宝。这个民间传说，至今被人们传颂着，在某种程度上，这是视香云纱为家园珍宝的一种体现。

美丽的生态环境和纯天然产品

在制作香云纱的地方，拒绝污染，一片开阔的、如茵的绿草坪，旁边必然有一条河蜿蜒流淌，整匹的布要过几道河泥，然后到河里洗净，再拿到草地上晾晒。具备这样元素的地方想不美丽都不行。如果谁亲眼看到染整技艺的整个过程，一定会被那种场面所震撼并吸引。工人劳作的美，纱绸飘逸的美，晒莨场环保的葱绿美，具有特殊河泥的河涌清流婉转的美，让人不能不动容。我情不自禁地吟出不像诗句的诗句：

珠三角域善纺纱，桑蚕缫丝处处家。

若得薯莨汁浸泡，芳草地上飘彩霞。

过得几番河泥苦，更有珠色耀天下。

堪比天庭裁织锦，香云一片传芳华。

2015 年 12 月

彩线飞针出锦绣

令人柔软的艺术

我每次站在刺绣作品前，内心里都荡漾起一种柔软潮湿的情感，这种特殊的美感撞击着我的柔软之处，几乎要泫然。这种感动，不只是题材和内容，还有那种细腻、丰富甚至多变而又特殊的质感。我想这就是刺绣的质感。

刺绣是一种在针线与绸布之间形成的视觉艺术，用自成一体的独特方式来表现美术的手工艺。在杰出的艺人面前，刺绣可以制作出任何题材的美术作品，不论是国画的水墨还是西洋画的光影，都栩栩如生，充满了生机。刺绣还可以随时生成小花小草，点缀在各种实用物品上。我最初认识刺绣的时候，还是个小孩子，那是在一个村庄里。当时小朋友的姐姐在往一双鞋垫上绣花，花样很漂亮，姐姐也绣得精心，鼻尖儿上都出汗了，这让姐姐显得更漂亮了。但是这种做法让我很不理解，缠着她问东问西，为什么要在踩脚下的鞋垫上费事绣花，那不是一种白费功夫的事情吗？当我把这样的想法一说出，那位姐姐便红了脸，梗着脖子说："去，小孩子家懂什么，你烦不烦呢，快去玩你们的吧。"出来后小朋友悄悄地告诉我："姐姐在谈恋爱，谈恋爱你懂吗？就是要做一些很没用的事情，才算是讲感情！"我感觉似懂非懂，原来做一些很没用的事情就叫谈恋爱？我努力理解着，把好看精细的东西放在不需要的地方，做浪费力气的事才是谈恋爱！总之，无论如何，那是我第一次认识刺绣，现在想起来，虽然粗糙，却是好看灵动，上面的小花小草和蝴蝶色彩斑斓，很是可爱动人。

曾被一幅绣品迷住

我曾在一幅大尺寸的刺绣画前着迷，它将我的心抚慰得妥帖。我相信那种感觉是世间最美的感觉之一，温暖、干净、美丽。那是一位刺绣大师个展上的作品。一位美丽娇俏的、背着孩子的母亲正准备过河，那河是一条小溪。晚霞金色带点淡紫的颜色涂亮了河水，树梢上仍然不断地落着雨滴，打在水面上，河水绽开粲然的涟涟波纹，闪烁着阳光的金灿灿光芒。周围的树木与小草翠绿中泛着金黄，细看时，那细细的锦线密实而无痕。而这里的主角，那对母子与大自然既浑然一体又格外鲜明，他们的衣服都被淡淡的金色太阳光覆盖着，女性脸庞上能隐约看出温和的母性慈爱，孩子那扬起的小小脸儿满是幸福和稚嫩，似乎还向母亲询问着什么。整个画面营造出亲情静美的氛围，整个世界是那样祥和而又恬静。这个刺绣作品的名字是《雨露》。

《雨后》（作者：梁国兴）

后来我又在苏州看到了一些造型准确、模仿名画的刺绣，如模仿达·芬奇的名作《蒙娜丽莎》的刺绣，将原画模仿得十分逼真，富有质感，据说这是一位苏州著名刺绣大师的代表作品。我不得不为大师的精湛刺绣艺术而感动，刺绣与美术的深度融合竟然产生出另一种非凡效果。然而我心里又有一个执拗的声音嘀咕着什么，我停下脚步倾听着自己的内心，我是为大师有如此高超的技艺，竟模仿别人的作品，感到遗憾。我还是觉得创作应该寻找属于自己挖掘与想象的题材与画作意境。相比之下，我倒是更欣赏那种纯粹苏州的题材，青砖黛瓦，小桥流水，花窗通幽，一切是天然的意趣，中国典型的苏州园林在刺绣的一针一线中有了相得益彰的呈现。

粤绣中的广绣

中国的各大名绣，虽有着不同的刺绣风格，却各有各的精彩，其用线、色彩、构图都有各自的地方风格，千秋绽放。

佛山的刺绣工艺属于粤绣中的广绣一派，以区别于粤绣中的潮绣。潮绣给我最深的印象是立体，用线粗犷，金色线占有重要的比例，作品更多的是祈福图案内容，呈现出一种辉煌大气的风格。而广绣则是以细腻深邃见长，构图强调和谐丰满，作品反映的内容更具有人文色彩，一方面更接近美术艺术，风格偏向阳春白雪；另一方面更具有实用艺术的功能，成为祭祀用品、生活用品或装饰品。这似乎也与佛山历史上发达的民间信俗和商业贸易分不开。

我相信，所有的手工的出现，都与敬天敬神、祈福有关，刺绣也是如此。民俗活动中出行的罗伞头牌旗等，上面满是吉祥如意图案的刺绣手工，丰富多彩，纯粹的红色、粉色、绿色和黄色汇聚一堂，风格大俗大雅，上面的图案常有龙凤翔舞、祥纹缠绕、日月生辉等。勾勒图案造型的针针线线都寄托着当地人们祭祀时的祈望和对美好生活的期待。虽然民俗中祭祀的神不同，罗伞与头牌旗却多有相似，可见佛山人对于宗教并不那么认真，不论对于哪方神仙，都要祭拜，觉得只要是神仙就会赐福，寄托了对人生的美好祈望。

绣花

清末广绣（蓪草画）

绣娘神传奇

其实，佛山有自己本地的刺绣之神——卢眉娘。在《广东新语》里有记载，卢眉娘极富传奇色彩，生于唐顺宗时代，为南海女子，她天生有两条绿色的、特别漂亮的长眉，"眉娘"因此而得名。这位奇特的女子，心灵手巧，14 岁选入宫，竟能在尺绢上绣出《法华经》七卷，字迹如米粒般，晶莹如珠，点画分明；又能将五彩丝一缕分成三缕，绣出巍峨巨殿和俊逸麟凤，色彩鲜活、造型灵动，如卢眉娘愿意，可使得凤飞翩翩。顺宗叹其灵异，谓之神姑，从而世有传颂。对于某一行业神的类似传说是很普遍的，这寄托了人们对手工艺的尊敬。神奇的是，南海具有刺绣手艺的女子格外多，据说很多女孩子 7 岁就开始学习绣花，为自己出嫁时的被面、床裙等绣上漂亮的图案，绣艺的高低是衡量女子"身价"的重要标志，可见佛山南海被传为广绣的发源地，是有根据的。

如今，顺德、禅城和南海的刺绣技艺被列为省、市级非遗代表性项目。其中顺德刺绣技艺最为成熟。

以前佛山广绣艺人的优秀代表有梁国兴、阮贤娥以及曾剑琴、曾剑仑两姐妹，现在又涌现出新秀龙海华、劳惠然、陈新新等。我觉得他们的作品特别具有岭南风物的特点，画面上常常出现阳光灿烂、树影婆娑的景致，更让人的内心感到温暖和柔软。

刺绣实业能人

郑乃谦，正像他的名字，是一位谦谦君子。他眉清目秀，气质温润。我是在群众艺术馆认识他的，当时不知道他来办什么事，也忘了是因为什么契机，完全没有工作或是其他交集的话题，但就是那么有缘，同他谈起了刺绣，而且像熟悉的朋友那样交谈起来。后来，申报非遗项目时，我将从事传统工艺的富德刺绣厂介绍给顺德非遗工作的负责人，由他们组织申报省级非遗。也是因为非遗工作，我与郑乃谦的交往一直持续到现在。

富德刺绣品的开拓者与掌门人是温文尔雅的郑乃谦，完全看不出来，他竟也是一位具有很强经营理念与管理能力的企业家。他将佛山的双面绣绣品作为生活中的必需品或者奢侈品（相对而言），不但销售到全国各地，还销售到了国外；不仅销售，还建立连锁工厂和培训班，让广绣品在市场中展示传统文化、中国符号的魅力，以精美的中国实用绣征服了热爱刺绣服饰的国度，使之成为大量的外国友人在生活中不可或缺的东西。

有一次，郑乃谦很郑重地邀请我们去。到了才知道，他收藏了一件清代的大披巾双面绣，那也是当时的外销品，属于来样加工，这与佛山很早就与海外有贸易来往有着密切的关系。郑厂长让我们先坐下，接着拿出一个包裹得十分严实的东西，慢慢一层层打开，一层又一层，打开最后一层才露出丝巾的模样；然后展开，小心地铺到桌子上。清代的这件披肩，花样奇异，有一种西方的田园风格，让我不由得想到意大利画家提香的名画。

双面绣披肩(郑茵　提供)

我和同事们围着这个稀有的大幅刺绣品,听他讲述刺绣的针法和历史发展。我们得知,广东实用刺绣源远流长,过去宫廷,尤其是清朝的朝廷服装上的刺绣,很多都来自广绣,因为广绣中以线绣技形成的绣品结实耐磨,用的是完整的实线,绣起来所用时间较少,完成较快。当时的外国人就喜欢我们的"线绣"工艺,美观不说,还结实耐用,可以传代,看中的就是我们的广绣。经过这次深入的讲解,我才理解为什么我觉得他更像艺术家或者学者。他不但深谙刺绣并善于开拓市场,而且对于刺绣的地方历史脉络以及刺绣针法、美术构图有着深厚的研究功底,积累了大量的文字、针法资料以及来自过去久远年代的刺绣样品。

郑乃谦有一个美丽的女儿,清秀、理性、干练,做事井井有条,是接老爸班的理想人选。在她手里设计、打造的作品,更见清新灵秀,每一件生活实用物件都有着巧慧的心思,绣品与她互相衬托,漂亮得不可方物,让人不禁悄然动容。每次遇到她,我都有一种遇到仙子的感觉,觉得她美得出尘。

印度新娘的"莎莉"

在印度，娇媚的新娘总是要披上一件花团锦簇的满身绣大披肩，更显婀娜多姿，华贵艳丽。这大披肩，绣法必须是双面绣的，才能在身上显得完美无瑕，表示人生完满。印度的新娘披肩，谓之"纱丽"，是一个姑娘一生中仅有的特别披肩，富有很强的纪念意义和人生意义，制作起来一点也不能含糊。我看过姑娘们制作双面绣的过程。姑娘们坐在刺绣架前，绣架上一边是准备好的一缕缕各色彩线，按照设计师设计出来的图案进行绣制，从上面向下进针，并不看下面，然而绣制完成，翻开来看两面是一模一样的，真令人叹服。

现在，富德刺绣"绒绣"技艺制作出来的观赏绣那么细腻，那样层次丰富，自成一格。正因为如此，富德刺绣在实际应用上更加广泛。如今，富德利用线绣的特点与双面绣、绒绣的结合，在传承与创新上开拓了广绣的典范之路。

2019 年 11 月

雕镂木华万象

恬静的家园

中国木雕,应该说是家园的另一个版本,与人们有着血脉般的关系。我常想,第一个让自家的窗棂有了雕刻花纹的人该有着怎样的内心的熨帖?那种质感温馨的刻画是心灵中美的造型,日夜发出恬静的微笑。那时,在人们的观念里,好的、珍贵的东西不敢独享,是要献给神和皇上的,于是在寺庙、皇宫便迤逦着雕梁、雕柱等雕刻的繁茂之花。这是一种全新的景致,从大自然中获取了通过人的灵巧双手和绮丽想象的精品。木雕可以说是遍布全中国的、精美雕镂的手艺制品。

佛山木雕的述说

关于佛山木雕,我是在祖庙内被扫盲的,尤其对漆金木雕的认识更是在此。在北方塞外的家乡,粗粝的北风将裸露在外面的木质构件吹拂得粗糙又干燥,所以木质构件不会雕得那么精细,更不会用贵重的金箔粘贴在木雕上。而佛山的祖庙,建筑俨然,园林清秀,呈现的民间工艺之丰富,堪称一个传统的艺术宫殿。里面有诸多的艺术呈现,但最让佛山人挂在嘴边的建筑装饰技艺,就是"三雕两塑",三雕为石雕、砖雕、木雕,两塑为陶塑、灰塑。木雕是其中非常重要的一种,在这里我更是认识了一种坚韧、一种细腻和一种耐心。佛山木雕的确别具一格,精细繁复,不仅有装饰品,还有实用品。那种融朴拙和精细为一体的风格,强调质地的刀感,不仅显示了高超的技艺,更具有艺术的深厚造诣。

木雕经过岁月的洗练走到今天,靠的是丰饶的风俗和雕刻艺术题材,促使木雕艺人们不断寻求多种多样的表现形式与手法,根据不同的题材、不同的用途以及不同的部位,单独或综合地运用表现手法。有学者认为,木雕表现中国传统文化精神之题材丰富,走入民间生活之深入、广泛,是独一无二的。

　　木雕分为沉雕、浮雕、通雕与圆雕等。沉雕即阴刻,形成凹陷的图案;浮雕一般分浅浮雕和深浮雕;多层次的镂空称通雕,又称镂雕和透雕,它吸收了圆雕、浮雕、阴雕以及绘画的某些长处,起伏玲珑通透。精美的透雕层层深入交错,可达四五层之多。圆雕即独立的雕刻体,可四面观赏,如神像等。这些手法运用得当,神工奇技,观感独特,千姿百态,各放异彩。

　　佛山木雕是岭南木雕代表之一,承载了大量的珠三角传统文化,用料讲究,刀具科学,制作工艺合理,雕刻技法高超,形式多样,产品精良,深受广大群众的喜爱。

　　首先,佛山木雕的用材要求质地坚韧、细腻,纹理致密,色泽雅致。佛山地处亚热带地区,森林资源丰富,据《佛山忠义乡志》载,有松柏、梧桐、木棉、龙眼、杉、槐、榕等诸多品种。佛山水路便利,也使一些珍贵的木料,如樟木、紫檀、柚木等从南海或者西、北江运至。这就为人们从事木雕提供了最基本的物质条件。

　　木雕是与图腾、祈愿结缘的。最初的木雕是精神的需求,进行想象而塑造出来的形象,充满神灵的气息。建筑的木雕构件的确起到了画龙点睛的作用。不论是建筑的外装修还是内装修,木雕的出现让建筑有了雅致、华美的气息,建筑不再是单纯的泥土石,而是有了艺术灵性、观赏诗性。

　　长期以来,佛山古建筑应用了大量的木结构,于是木质构件上面的各种雕刻就非常丰富。大量的木雕呈现在我们面前时总是与建筑形成良好而灵动的共生关系,就是说木雕与整体建筑达到浑然天成的韵味,木雕艺术的内容和形式都要和建筑或建筑内部用具整体统一。

祖庙神案的故事

　　且不说那些挂在所有古建筑上的檐下花楣、雕花梁架、室内的挂落、屏风,仅祖庙大殿里的神案,就把佛山木雕的精彩折射出来。摆放在祖庙前殿的木雕神案,厚木、黑漆,内部玲珑的木雕是以多种手法而雕刻的。雕刻的是几个故事,每一个故事的场面都如一台大戏。作品整体气势恢宏,场面宏大华丽,细节生动。木雕上还贴着金箔,漆金木雕是在木雕上敷上了一层金箔,这种金色改变了寻常木雕的外观,不但质感不同,风格也发生了巨大的变化。木雕显得奢丽华贵,即使用现代审美评判也并不"土豪",而是精美,散发着匠心独具的艺术气息。在这个木雕里,我们看到沉默的木雕巧妙地述说了"李元霸伏龙驹"的故事。这里的李元霸暗指佛山起义军头领、粤剧名伶李文茂。在广东地区,往往将龙驹比喻成"红棕烈马",把洋人比作"红毛鬼",所以作者的寓意是李文茂降服入侵的洋人。画面中还有头戴礼帽、身穿燕尾服的洋人,他们都被打翻在地。作品表现了当地人们对外国侵略者的憎恨。这件作品有力地证明佛山木雕并不是单纯的艺术品,而是与时代政治紧密相连的。

祖庙神案木雕(高天帆　提供)

木质的纹理诗性

作为装饰雕刻来说,不但要求本身精妙,还要看它被安置在什么部位,和其他部件配合起来的整体效果,以及这样或那样的安排是不是便利于人的观赏。从佛山祖庙藏珍阁的金漆木门,就可以看出艺人们的匠心。门是人们接触较多的,门板被分割为不同的装饰面,所用题材与处理手法各不相同,适合人们多方面欣赏的需要。

木雕的构图多以人物布局在画面中心,对环境则采取十分简练的手法进行概括:表现野外用山头或树木,弯月亮表示黑夜,流云表现天空,流水则只刻几朵浪花或水纹。

更显出风格品位的木雕,当属进入文房四宝的木雕物品,大多数玲珑而雅致。这里的物件，除了实用、观赏，更多的是表现学者雅士自身的道德情操、修养品格和艺术风格，散发着浓郁的书卷香，是一种美感与心灵的高度契合。在道德承载与闲情逸致中求得某种深刻的平衡，这一直是中国文人的一种独有的精神世界，或者说一种近乎癖好的性格。

雕刀也是有性格的

工欲善其事，必先利其器。木雕刀具要求比木匠常用的工具要多，形制不一，极其锋利。据佛山木雕传人何耀辉介绍，除了常见的用于木料的选材、制坯的刀、凿、锯、钻等外，还有方凿刀、圆凿刀、挠凿刀、雕刀等，每种刀具形状有大有小，有长有短，有数十种，便于在雕刻过程中表现各种不同的形态。

方凿刀即平口刀，刀刃是平面的，主要用于雕削平面的形状，如梁柱及浮雕的底层等；圆凿刀的刀刃呈弧形，用以表现较圆的形状，如梅花瓣等，也是镂凿粗坯的工具；挠凿刀刀口翘起，与刀柄成一定的角度，用于削平深层其他刀不能触及的地方；雕刀的刀刃成锐角，操作时犹如执笔般灵活，用于刻画线条、花纹，如衣褶、叶子的脉络、鸟的羽毛等。

此外还有磨刀石、钢线锯、叩槌等特殊工具。雕刻之木多为硬木，要求刀锋锐利，削木如泥。凿粗坯指把画稿复印在板面上，打凿出作品的大致轮廓和结构。打凿时要从表面层先凿，逐渐深入，大件作品还得先从画面上部凿至下部。打凿粗坯，艺人要一边打一边构思，使画面逐渐丰富和具体，这就是艺人们常说的"造情生意"。

细雕刻是在粗坯基础上的精雕细刻，如人的五官表情、花叶的纹脉、衣服的褶皱、鸟类的羽毛等，逐一处理好起伏变化。下刀要肯定，不能犹豫不决，同时必须手腕放松，婉转自如，刻出的线条才能流畅；收刀时宜用轻刀，以使刀味浓烈。总之运刀如运笔，滑畅自然，刚柔相济，如挥洒的书法般，给人以美的艺术享受。

痴迷木雕的何耀辉

如今，毕生从事佛山木雕的师傅何耀辉，现已经 70 多岁了，他是富有个性的、孜孜不倦地追求艺术的人,对自己的作品视若珍宝,不舍得出售。即使生活困难,他也都咬牙挺过来。作为手艺人,他最懂得真正的好作品都是独一无二的,不可复制。艺术的复制是没有精准的界限的,这也是手工艺术的迷人之处。

何耀辉的师傅——木雕艺人徐浩曾在佛山享有盛名,于20世纪80年代过世。之后,何耀辉成了佛山从事木雕业唯一的传承人,直到政府启动非遗保护工程并走过一段艰苦跋涉的道路。

何耀辉(何耀辉　提供)

何耀辉小时候得过小儿麻痹症,一条腿肌肉萎缩,经常腰腿痛,但是不论木雕的境况如何艰难,他从没有退缩,在他的努力下,如今正在为传承而努力。何耀辉师傅收了十几个徒弟,他们基本上是业余发展,其中有医生、飞行员、文化设计人员、民营企业家等,清一色的年轻男子,站在一排,与师傅合影,青春帅气逼人,很让人感到欣慰。他们在开发文创产品上,很有心得,将小小的木雕变为手机座、悬挂钩、镇纸、书签等等,散发着时代的、年轻的气息。

佛山木雕历史上曾广泛应用于建筑与家具等,但是随着工业化和全球化的进行,越来越多民族性和传统性的东西正日益受到人们的推崇,成为人们精神憩息的家园。在一些酒店及家庭的装饰中,人们喜欢采用陶瓷、木雕等传统的工艺,返璞归真。有不少建筑外表虽属国际式样,内部却有适合现代社会装饰需要的新木雕,使传统技艺与现代室内装饰相结合,这也是拓展佛山木雕生命力的一个途径。

2018 年 12 月

砖雕：低调奢华

我第一次见到砖雕，是在佛山祖庙。砖雕镶嵌在青砖墙上，与青砖墙完全是同一颜色，如不仔细观看，似乎就那样被忽略了。但是只要你稍稍定睛望去，那精致的雕刻绝活，立刻就会让你受到震慑。那是一种怎样的雕刻！此时，正有一抹晚霞辉映在素雅的砖雕画面上，细密的阴影中凸显神秘与神圣，光线中柔和、温暖的线条形成熨帖身心的虚实对比及和谐的情绪，让我感到它给高大的建筑平添了一种诗性的典雅和细致，艺术的审美气息融合着一种毫不彰显的高贵进入了我的内心。

两幅保存完好的壁龛式砖雕分别镶嵌在原出入灵应祠重要进出地的端肃门和崇敬门的旁边，两个完整的图案分别讲述了两个经典的故事，这种述说有一种远古、宏大而端庄的气氛，同时使用的又是什么时代都可以听懂的通俗语言。端肃门南侧的《海瑞大红袍》，讲的是明代直臣海瑞不畏权势、为民请愿、力惩贪官的故事。崇敬门南侧的《牛皋守房州》，塑造了南宋名将牛皋抵御金兵、战守房州的场景。里面的人物富有举手投足的动态感，不论是主角、武将还是仕女，都神态逼真，他们衣服、盔甲的皱褶与纹理都是那样清晰和生动，似乎能听到他们说话的声音和鲜活的呼吸。砖雕画面的雕镂使用了多种手法，如圆雕、高浮雕、透雕等手法，可分出近景、中景和远景。其构图显然吸收了戏剧的场面，与祖庙三门建筑上的陶塑屋脊一样，为粤剧舞台人物的呈现。

砖雕《牛皋守房州》

据考证，砖雕制作始于光绪二十五年（1899）。这种传统手艺已在佛山流传多年，在传统建筑上展现了等级、装饰、教化等多重功能。这样的砖雕绝活在佛山的古建筑上虽然较少看到，但依然还有保留，显示着珠江三角洲的形胜风物。这些砖雕都经过了漫长的岁月，残缺而漫漶，有的只做简单的门楣，有的是庙宇外墙两边的装饰，新制作的砖雕几乎难得一见。

如今从事砖雕的手艺人，我只看到张师傅一人，过去他在这个行当做了很长时间，但由于在现代建筑上完全消失了砖雕的应用，张师傅转行做了其他生意。如今，他有了富裕的生活基础，没有了后顾之忧，便将自己的老本行捡起来进行制作。制作砖雕的过程，先要进行整体设计，然后进行分体设计，将一块块小砖所要承担的雕刻部分规划好，一切都要有条不紊地经过长时间的研究、组合，然后在每一块砖上进行细心的雕刻，不可有丝毫的轻慢、懈怠。张师傅的刀具各种各样，非常丰富。我们看到过小青砖的雕刻，那精细的刀具在砖上砥砺游走，渐渐呈现出凸凹有致的、预设的理想形态。这个时候看到的，几乎只是刀痕和奇奇怪怪的形态，而每一块砖的雕刻任务完成之后，就要进行拼接和粘贴，拼接起来立刻就能看到整体雕刻结构和图案，而且这种结构与场面完全看不出拼接的痕迹，一切都是流畅的，充满美的气韵。

张师傅告诉我们，像祖庙里面的砖雕，都是东莞青砖，非常密实，有很好的塑形能力。他过去经常到拆除的古建筑工地去捡砖或是购买，但现在越来越不好找了，只有用过去的青砖进行雕刻，效果才更好。现在出产的青砖已经没有了那样的效果，缺少了古砖的密实性。砖雕制作的过程，打磨是一个重要工序，也是起尘最大的操作，过去很艰难，但是现在的磨具都有喷水装置，制作起来方便多了。但砖雕的制作过程还是很脏，看起来是一个粗活儿。只是在这种貌似粗陋的制作过程中，却会诞生出精美雅致的砖雕艺术。

我曾与雕塑家接触过，他们也是这样，用他们自己的话说，就是工人，做得更多的是一种体力活。雕塑室大多是半成品，那生动的形象、精细的心思和富有绚烂精神的作品，就在这里呼之欲出。艺术家们在筋骨强健的动作中，将艺术形象从材料里呼唤出来。

2020 年 2 月

"藤"龙"编"凤

永远铭记的"画面"

那是一幅温馨的画面,也是一幅铭刻在历史记忆里的画面——那位虽已走进岁月深处却在人们心里留下深深印记的伟人,坐在一张色泽介于黄色与白色之间的藤椅上,这幅画面雍容而隽美。人们的目光通常落在这位伟人的身上,但是有谁知道那张幸运的藤椅也在无意之中镌刻了永恒。藤编的椅子,靠背有一个似圆非圆的弯曲的弧度,坐进去非常舒服。这个微妙的造型考验着设计师、编织人的功力,而且将寻常的生活用品增加了愉快的美感,将生活注入了诗情画意。来自大自然的柔软的藤,经过编制,便成为美观精巧的多种日用品和坚固耐用的家具,像蝴蝶靠背椅、凤凰屏风,集实用和观赏为一体。轻逸、优雅、浪漫,这种人们都喜欢追求的情调,便如春风扑面而来,唤醒了我们内心深藏着的、绮丽的梦。

话说回来,这张藤椅名为"佛肚藤适榻椅",出自广东省佛山市的南海藤编,曾获得1979年广东省艺人代表大会优秀工艺美术奖。制作这张藤椅的藤编艺术家陈嘉棠就是地地道道的南海人,如今80岁的老爷子深居简出,依然身体健硕,说起藤编如数家珍。

藤编大师陈嘉棠

藤编给人们带来的节奏是那样从容恬淡

南海藤编,历史悠久,北宋文豪欧阳修参与编修的《新唐书·地理志》就有记载:广州、南海郡、中都督府,常有的土供是银、藤簟、竹席、荔枝……早在明末年间,县境东北部浔峰洲沙贝村一带就有藤制品在圩市上出现,藤和葵的编织工艺形成行业之后,有南海沙贝村民陈丽堂用本地土藤和葵叶进行编织。他开始使用海南岛的白藤为原料,继而普及。清末民初更有了远近闻名的藤"八乡"之说,人们的许多生活日用品均来源于此。从现在存留的当时物件来看,那些负笈远行的贵公子们携带的是藤制行李箱,推孩子出门看风景的是藤制婴儿车,家庭主妇买菜提在手里的是藤制的菜篮……藤编给人们带来的节奏是那样的从容恬淡,风格是那样的拙朴清新。

据说,藤的原材料曾产于南海,清道光十五年的《南海县志》记载:"藤生南海滨,引蔓青且长……岭南藤类至多,货于天下,其织作藤器者十家而二……泌冲堡、白沙、陈溪、涌口三乡织作枕席尤佳。"鸦片战争后,海禁初开,大批洋货涌进,其间有荷兰人把印尼藤编成箩筐盛载货物带到广州,货物拆卸后,包装货物的藤料被遗弃在路旁,被当时在广州十三行打工的"八乡"人周月庭(人称石岩慈姑)所发现,石岩慈姑便将藤料捡来编成谷箩、船帆等多种农渔具使用。村民们争相学他的做法编制藤制品,用了以后发现这种藤粗大结实,质感独特,造型灵活多变,且成型以后非常稳定。不久,全村男女老少都进行藤制作,几乎家家户户都学会了编藤。一直到现在,南海藤编都是用的印尼天然藤。藤材的优良使得藤制品花样百出,造型丰富,而且尺度不断增大,从一般的小件藤制品到大型的藤制家具,涵盖了整个家居。

藤编的大家族

制作藤编制品,颇为不易。藤原料首先要经过打藤去藤节、洗藤、晒藤、拣藤、刨藤、削藤等处理工序,然后将藤条加工成藤皮、藤芯;藤皮、藤芯须进行蒸煮、干燥、漂色、防霉、消毒杀菌等多项工序处理;漂色后的藤皮、藤芯经选色、开料后,由专业人员手工加工定型,加固后做成产品的基本造型,用传统技艺进行编织,编织后还需经过多次打磨、喷漆、抹色,最终才生产成藤制品。藤编划分为藤皮、藤芯、藤席、藤笪、藤织件、藤家具六大类,花色品种达 8000 多种。藤席有"席之王者"之称。藤笪,这个对于普通人来说陌生的字眼,又称象眼笪,分大眼、中眼、细眼、密得、骨得、筛笪等 20 多个品种,是将藤皮编织成长幅、如同布匹般的半成品。藤编日用器皿和家具轻巧实用、祛湿透气、冬暖夏凉,散发出淡淡的无可替代的藤香。南海藤编原料的颜色是浅黄色的,但可以进行一定的改进,可以加工、漂白为白色、象牙色等。根据需要色泽可以随心搭配,在浅黄、象牙白、纯白、棕色之间变换,协调统一,又变化明快。藤编的工艺以鼓、空、折、曲、弧等形态相互组合拼接,构成灵动的花式品种,造型或纤巧玲珑,或厚重大方。可贵的是,藤编具有实用与观赏的双重性。藤编一路走来,它的演变记录着珠江三角洲人们的生活轨迹,具有强烈的地方特色和民俗特色。集实用品和工艺品于一身的藤制品,优雅的韵味便散发出来,让人们的生活感陡然增添了高贵的品格。

藤编(彭飞 摄)

手艺温暖时光

在进行非物质文化遗产保护的时候,我开始了解南海藤编,我被它那种富有乡土气息的质感,富有时代雅致气息的造型深深吸引。我走进里水的裕达家具有限公司,看到了藤椅、藤桌、藤床等具有醇美意味的家具。这里有热火朝天的制作工厂,主要是手工操作,能工巧匠的代表人物是何日成与何丽容。他们虽然没有很高的学历,但心思巧密,想象绮丽,营造出不凡的藤编世界。他们还凭借多年的做藤经验,大胆创新,将藤艺与实木相结合,制造出独特的藤木家具。从一应俱全的藤编日用品、藤家具到具有创意的欣赏品,如桌、椅、沙发、凳、床、柜、茶几、箱、屏风等,其中藤椅就有龙凤椅、孔雀椅、梅花椅、兰花椅等,真是琳琅满目。这个公司于 2007 年成立,他们大胆创新,将藤艺与实木相结合,刚柔并济,走上品牌发展路线。他们从简单编织,到添加了打磨工,增加了藤器家具颜色的可选性,原料上也开始采用印尼进口的藤条;从一开始的两三个人,发展到现在的二三十人……这是一条不平坦的路,因为坚持,因为执着,更因为对藤编的热爱,藤之间不仅仅是利益的关系了,更多的是情感元素。他们的小小展示厅里,有一些藤制品旧物件,一个婴儿小摇篮吸引住了我。这个摇篮有些特别,中间是小桌,两边是孩子的座位,这是一个特制的双胞胎孩子的摇篮,叫"孖仔摇篮"。佛山人把双胞胎称"孖仔",是个亲切的乡土称呼。这个摇篮让人体会到母亲与孩子之间的温情,那布满孩子和母亲手印的细细编制有序的藤条,闪着岁月摩挲的光泽,看到的人们无不发出叹息,是感叹手艺,感叹人生,感叹儿时被母亲呵护的温暖。如今,这个省级传承基地开发出了"藤匠世家"和"小藤匠"两个品牌,畅销全世界。

我也曾走进大沥的藤王府,发现这里别有一种风格,更兼具特别的生活审美情趣。我访问过藤王府的老板梁灿尧,原来他是陈嘉棠大师的徒弟,是一位出色的藤编人。他受到家族传承影响,对藤艺天生有浓厚的兴趣,从小随母亲学习藤编技术,后拜陈嘉棠为师,先后从事过开料、定型、编织、打磨等工艺。他

梁灿尧和他的藤编金龙鱼

不但制作藤家具,还使藤制品更加丰富多彩,作品多呈现精美的观赏性。目前,梁灿尧已成为藤编项目的省级非遗代表性传承人,他以藤艺塑造的花朵、人物、动物造型具有朴拙而又可爱的特点,获得过多种奖项。现在他的大型艺术观赏作品"鲤鱼跳龙门"准备冲刺更高层面的奖项。

在他的带动下,一位曾经是藤王府员工的张姨,具有造型天赋的70多岁的藤编艺人,焕发了新的活力。她参加了2015年的全国非遗博览会传统手工艺大赛,现场,她用染成金黄色的藤条编制了一条金色的"龙",有50多厘米长。这种造型生动和细腻的藤编手艺受到大赛评委们的一致认可,她一举夺得金奖,为现代的南海藤编传承争得了荣誉。

获奖的金龙(作者:张柳华)

在空气中PM2.5往往超标、河流中常常有化学成分污染的今天,这种天然植物做成的用具,将更加受到人们的喜爱。藤一旦成为制品,便是十分牢固的,因着藤本身的韧度,越是使用得久,构件相互之间的连接就越结实。据梁灿尧大师说,一件藤家具至少可以使用70年。

2017年1月

摸透竹篾倔强的脾气

倔强的竹篾以绝对服从的姿态编制造型

曾看过丹灶罗行村的甘姨用细细的竹篾进行编织,她的手犹如注入了魔法,在我看来生性宁折不弯的竹子是很倔强的,尤其是破开的竹条,动不动就会把人的手割出血来。但是我看见,这些倔强的竹篾,在甘姨的手里不仅上下翻飞,还服服帖帖、柔柔顺顺,竹子的舞姿是那样翩翩优美。竹篾们以绝对服从命令的姿态变换着自己的队伍,组合、编织成丰富而完美的造型。不久,一件件竹编器物就在她灵巧的手指下完整地呈现出来。这些竹编物件大致有蟹篓、斗笠、贮罐以及竹编娃娃等,竹编造型美观,特殊的质感使这些器具既有乡土气息又有典雅气质。

竹是文人宠儿

竹与泥土联系紧密,是百姓生活里的伙伴,同时也被认为是清雅脱俗和高尚的象征,尤其是南国,竹在人们的生活中有着举足轻重的作用,哪一个文人不和竹结缘? 以画竹知名的扬州八怪之一郑板桥,在画竹艺术上总结出"四十年来画竹枝,日间挥洒夜间思。冗繁削尽留清瘦,画到生时是熟时";而在做官时,心系百姓,曾有"衙斋卧听萧萧竹,疑是民间疾苦声。些小吾曹州县吏,一枝一叶总关情"的诗句。以诗文和美食家名传天下的苏东坡,若在竹与肉之间做抉择,他说"宁可食无肉,不可居无竹",爱竹简直爱到了一种苦行的境界了。

佛山竹编则是生活器具的骨干

而佛山的竹编,则介入人们生活的各个方面,从水乡人的生产工具蟹篓、鸡笼到家庭用品的储物罐,从狮头、彩灯竹扎骨架的造型艺术到文房用品的竹质笔筒和笔管,从充满乡土气息的手艺到高雅清奇的艺术,竹器在世人的眼里充满神奇。在佛山的很多地方,竹林遍布,那种随风摇曳的、青翠醉心的竹子,使得珠江三角洲土地别致风韵。百姓的生活都离不开竹子,竹子做工具,竹子做家里用具,竹子做祭品,竹子可以作为手艺商品,补贴生活来源。但随着科技的进步,竹器被冷落了,竹编的手艺渐渐式微,那些带着泥土芳香的竹子,带着袅袅天风的竹子,渐渐远离了人们。

南海竹编

罗行竹编带着泥土的芳香

罗行位于佛山市南海区丹灶镇东部,罗行竹器鼎盛时期蜚声中外,曾经与西樵缫丝、石湾陶齐名。清朝康熙年间的罗行圩竹器交易已蔚为大观,主要竹器是日常生活、生产所用。竹器行业分出箩、似铲的簊、鱼笼、平编的筐、生产用的窝、家具等九大类型,最大的装鱼用的"鱼路"竟可装上10个成年人,最小的米升箩开口只有6~9厘米,竹篾最细(1.5毫米宽)的是芝麻箩,还有专供出口的工艺品箩,规格多达一百多种。由于罗行竹器行业昌盛,吸引了八方客商前来进货,如广州、佛山、中山、顺德、东莞等地的客商循水道雇船艇到罗行圩选购商品。罗行地处北江干流(东平水道)及支流南沙涌交汇处,圩期时,水清竹秀之间,河岸都停泊了数不清的船只,而在河道中有浮在水面的、长长的竹排。那时候附近的村民大都是竹制手工业者。到了明末清初,由于人们对竹器的使用和喜爱,竹器几乎成为必需品,产品的花色品种在人们生活中扮演着怡情的角色,那种轻便玲珑又造型随意的竹器与生活完美融合,成为上选。

竹编,首先要到山上挖竹,再进行干燥处理。后来有了卖竹子的市场,可以直接买来,不必再上山。罗行圩西侧靠南沙涌基围的一处竹料仓库旧址,为著名的"鼎安竹货市场"。将干燥后的整竹破开,破细,直到形成粗细不一的竹篾,可以取合适尺寸的竹篾进行不同制品的扎作。与其他手工艺一样,在罗行编织竹器的手工艺自古以来也是仅在族内代代相传,很多村子编制竹器有自己独特风格,于是有些品种会指定由不同的村去加工织造。

至20世纪90年代末,多种材料在工业中应用,罗行竹器风光渐弱,竹器慢慢失去了市场。

古老的竹编手艺活出了新气象

竹编的器物虽然老了,但从没有发过什么脾气,它们在罗行古村里的大木柜上,静静地放着,装着各种生活用品。它们的面容日益苍老,却活出了老物件的禅意。但是,有一天,春风拂面,非遗保护的理念让人们意识到保护珍贵的传统文化是多么重要的事情,南海丹灶镇罗行村的手艺人重拾旧业,在老物件的旁边摆上了新的竹物件,也许这些老物件还能认出这些新竹正是它的几代子孙。这些在传统的基础上创作出的作品,出现了除了鱼篓、蟹篓、鸡笼等生产工具外,还创作了精致的人物、细腻的景观竹编、笔筒等颇有审美意识的作品,让罗行竹编有了别样的情趣和更广阔的用途。同时,这些还在以竹篾为自己士兵的手艺人以极大的热情指挥着竹们、竹篾们,走进校园中,在罗行小学建立了竹编艺术第二课堂,让孩子认识竹编,动手学习竹编。许多孩子都爱上了这一有趣的手工艺。

甘姨教孩子们学竹编

　　我曾去过罗行小学的竹编陈列室,这里的竹编作品造型精彩有趣,让我感到一种很暖和的惊喜。有的虽然像小竹子般稚嫩,却有一种透露着倔强的创造潜力,这种传承的实践让手艺充满活力。课室周围的墙上张贴着历代关于"竹"的诗句,散发着书香与田园的诗意。一条条竹篾在小手拉大手的联动下,编织成多种器型并排列成景观,那小小的花园里有花的芬芳,有叶的繁茂,有生活的热情。每至秋季,有不少孩子的作品在佛山秋色民俗巡游中亮相,展示给众多的市民。

2020 年 3 月

谁持金子当空舞

敷在木雕上的金子

你见过软如绸缎的金子吗？我想，你对金子的印象一定是坚硬的实体，现实生活中见得多的大概是金戒指、金项链、金手镯一类。但是在佛山有一种手艺，叫作金箔锻造技艺，能把金子锻打成绸缎般的细薄柔软，那就是金箔。

在岭南有一种特有的木雕艺术，金光闪闪，十分绚丽。这种木雕在佛山被称为金漆木雕。如果想找到这样的作品，在万福台的背景上，在祖庙偏殿与大殿的神案上，还有在屏风上、房檐下等地方都能看到佛山典型的金漆木雕代表作品。

我刚来佛山的时候，看到这样的金漆木雕觉得很是特别，但我对这种工艺实在是外行，以为上面只是喷刷了一层金粉，或是一种普通的具有金子颜色的颜料罢了。听了当地懂行的人说起，我再进祖庙定睛细看，却发现的确是闪着让人舒服的灿金光彩。如果再细心一点，会看到这些传统作品上的金色有所剥落，那种在完整中显示的残缺，有一种岁月的味道，这种韵味非金子不可。这种薄薄的金子，叫金箔。从清代穿越到现在还有这样的效果，绝不会是寻常的做法。随着对佛山的传统文化理解深了，我才知道其实这是一种特别传统的工艺，叫金箔锻造技艺。

这种特殊工艺，是在雕好的作品上敷上金箔，这种金箔很薄，很柔软，经过一双灵巧的双手将其贴到凸凹不平、精雕细琢的木雕以及其他质地的物品上。这层薄金箔的加工形成，要经过特别的打造制作，这就是金箔制作技艺，是中国古老传统的技艺，在佛山特别发达。我猜想，这一技艺最初的诞生也许与美无关，而是实际的迫切需要。因为岭南气候潮湿，暴露在空气里的木头，不论木质怎样坚实，雕琢得多么精美，都无法抵御风雨溽热的侵蚀。尤其是那种阴得发闷、湿得溻人、霉得晦涩、久阴不晴过后，强烈阳光又带来高温溽热的天气，会使木头变得脆弱，精心雕刻的作品被一种格外强大的力量缩短了寿命，十分可惜。

如何保护一个精美的木雕成了困扰人们的问题。既要在上面敷一层坚实的保护膜，又要保持木雕精细的状态，我相信，在那漫长的岁月里，很多人都做了不同的实验，想过无数种办法，最后找到金子这样既可延展成箔，又坚实耐用，可以起到保护作用的材料也就顺理成章了。也许运用了之后，发现金漆木雕还格外美观，灿然的金色显得金碧辉煌，正符合了人们的审美要求。这可以说是意外的惊喜，使金箔广泛地传播开来，成为一种广泛使用的工艺，遍及大面积的建筑装饰上，成为珠江三角洲一朵工艺的奇葩，绚丽地开在这片水域辽阔、气候温暖的大地上。

金箔高贵的出身

佛山金箔行业在宋元时期还是一朵稚嫩的小花，到了明清时期，佛山商品生产和商品经济进入繁盛时期。清初，祖庙大街建有金箔行会馆，佛山金箔业已经是一个大花园，遍及古镇街巷中的大小行馆就有三十多家，从事这个行业的人数有千人之多。究其原因，与佛山人热衷于敬神活动有关，试想，一座庙宇有多少菩萨神仙，就有几进三至五开间的古建筑，不仅在菩萨身上，还要在建筑身上配制繁多的装饰。神仙的装扮一定要高贵，神仙的住所也一定不能含糊，各处需要贴金，神仙披着金衣，一整座庙都是金光灿灿的。

金箔除了用于庙宇佛像的装饰，还用于家居装饰、石碑、石浮雕画、木雕花瓣的贴金装饰。随着佛山镇及邻乡各种民俗活动的频繁，金箔的内涵与外观均迎合当时岭南人崇尚鬼神的习俗和喜好色彩浓烈的审美观念，一时间洛阳纸贵，成为重要的手工业产品，并行销海内外。金箔重点行销于内地、港澳及新加坡、马来西亚、美国等地，所谓："金箔行，为本乡有名，出品有青、赤二种，由本乡或省城购买足金，隔以乌纸，锤击成箔。销行内地各乡各埠及港澳、石叻（新加坡）及新旧金山等地，岁出五六十万圆……"及至光绪十四年（1888），广东"四箔"（金箔、银箔、铜箔、锡箔）兴盛，全省有100多商家，从业者达8000人之多。据说，慈禧大兴土木，耗重资重建颐和园，需要大量金箔，派钦差大臣到广东进行督办。

金子总是人们的荣宠

　　然而,现代科技的工业产品对传统手工产品的冲击是巨大的,人们的审美发生了变化,金漆木雕逐渐减少,佛山金箔行业逐渐萎缩,金箔锻造这门传统手工技艺日渐衰落。传统的工艺吸引不了那么多工匠或是艺人,黄金价格本来就贵重,加上金价浮动的影响导致制金箔的成本与售价经常不能维持在盈利的临界线上,极小的市场需求也导致金箔的市场经营举步维艰。因此从事者渐稀,随着老一代艺人作古,年轻一代鲜有愿意习此手艺者。在黄金普遍受到人们热爱的今天,金箔已经从居住的装饰转移为人们身上的装饰,金子被打造成多变的模样,如金项链、金耳环、金手镯,耀眼的金子装饰着女人们的美丽,同时也装饰着现代的风俗。经常听到坊间传,说谁家的新娘在婚礼上挂了一身的黄金,手镯、项链挂满了全身,足有几斤重。说到这里,好像已经跑题了。

　　目前,金箔最主要的用途是"穿"在神仙身上的金装。尤其是在千禧年之后,珠三角的俗信变得广泛,善男信女众多,香火旺盛,许多地方大兴庙宇,神佛的造像多了起来,金箔就在庙宇的建筑装饰上、神佛的金装袈裟上广泛地使用起来。正因为这种使用,让这项手艺流传下来。

经过千锤百炼的金子

　　在吴深龙的小小作坊里,我们看到了他的全部工艺流程。从一块金片到一片金箔,其锻造要经过十几道程序。首先是将金子进行配比,根据不同的产品要求将金块混合适量的银、铜倒入坩埚内加热熔化成金水,过滤去掉杂质,把金水倒入铁制沟槽中冷却成金条。把这些并不规则的金条捶打成一条1.5厘米×16厘米的规则长方条,淋上水使其冷却定型。定型后将长方金条放进压缩机器里面,压缩拉长至11米的薄金条。再将薄金条用大锤不断地打成扁片的形状,大概要几百次或上千次。这是一个极为困难和耗时的环节,这样的体力活,原来都是人力所为,现在用上了机械工具进行锤击。它需要连续十几个小时反复捶打才能完成。在锤打过程中,操作者的力度和捶打方向都需要极强的技术性,以避免金片裂开烂掉,同时还要保证金片的尺寸大小,只有达到锤打成一片片约 11 厘米 × 12 厘米的长方形薄金片,打金帖的完整过程才算成功。斩帖就是用沙竹刀将薄金片切成 1 厘米 × 1 厘米的小片,叫金链子。接下来的程序叫"沾金链子",将金链子一层一层地放在乌金纸中间,两张乌金纸夹一张金链子,总层数达一千多层甚至两千层之多。包金乌金纸被称为"铠",金链子必须放在铠的中央。将铠放在青石砧上使用铁锤进行人工击打,然后放在捶打机器上,使金链子变薄。变薄以后,将铠放在炭炉上,用一晚时间将多余的水汽蒸发,使乌金纸干爽,这叫作烘炉。之后将铠里面打薄的金片用沙竹刀轻巧地转移到大乌金纸上,用大乌金纸包着打薄了的金片,包成 25 厘米 × 25 厘米正方形的包,这种包称为镓生。要将镓生捶打成很薄的薄片,待金片薄到接近金箔的时候,再用小锤子细细地敲打,让它形成均匀的箔片。待冷却打开时,却要在密闭的环境下进行,防止被风吹去。此时的金箔比绸缎柔软,比蝉翼更薄,比鸿毛更轻,闪着太阳般的光芒。这一步骤是技艺的关键。但这并不算完成,还要将箔从镓生中转移到皮盘上,将金箔用竹刀切割成常用的形状,一般是十几厘米见方的方形,一张张隔纸保存,这一过程需要很高的技巧。

贴到木雕和金佛上的就是这种小金箔片。金箔的厚度只有 10 微米,也就是一毫米的百分之一。如果说,31.25 克的含金量为 99.99% 的纯金,可以加工成万分之一毫米厚度、伸展为 16.2 平方米的金箔。而一克黄金可以被打制成约 0.12 微米厚、0.5 平方米的金箔,如果把它拉成金线,可长达 2.5 公里。

说到贴金箔的方式,这也是一个传奇。艺人一手执一端,另一手用小镊子夹着金箔指引到该贴的地方,然后无限接近,最后,用嘴呼出气流,将金箔牢牢地贴在设计的地方。金箔就这样一张张被贴上去,直到完成。这是吴师傅特有的配方和工艺流程,已经形成了他自己的特色,并为行内所独有。佛山金箔锻造工艺水平之精细在国内外均享有盛誉。

坚守手艺的人

锻造金箔的手艺在佛山几乎失传,目前佛山只剩吴深龙师傅是唯一掌握全面技艺的老师傅。在他的小小的店铺里,乌黑的锤子在乌黑包金的一叠厚纸上锤击着,还在断断续续地震响着,在这个曾经金箔实用艺术遍地的古老大地上,这个锤声显得格外寂寞，却始终与世界保持着联系。我从吴深龙的眼睛里，看到的是一种平静的执着，是对手艺默默的自觉坚守。

吴深龙和他的贴金笔筒作品（彭飞　摄）

金箔锻造技艺的难度较大，费时费力，还要有很高的技巧，而且需要这种工艺的使用者越来越少，因而传承成为一个困难的问题。20 世纪 80 年代中期，吴深龙在联和金箔厂内教授学徒，并根据自己所学，改进了金箔锻造的流程，也保持并增加了金箔的特性，他所摸索总结的相关配方和工艺流程，已经形成了自己的特色，并为行内所独有。30 多年来，凭着自己高超的金箔锻造技艺，吴深龙所锻造的金箔不但被广泛用于广州大佛寺、韶关云门寺、佛山祖庙、肇庆龙母庙等国内许多家寺庙佛像的装饰，还出口至东南亚等地。2009 年，在由中国工艺学会主办的"传承与创新——工艺美术作品展"中，吴深龙的金箔木雕作品《九龙如意》获得了此次大展的金奖。

高颜值的小两口

有一段时间，吴师傅的作坊和他经营的一个金箔厂几乎没有其他工人了，儿子吴炜全大学毕业后曾回来想帮父亲再兴金箔厂,但经过两年时间,眼看着金箔厂经营每况愈下,只好再出去找工作。当时金箔手艺的传承陷入了濒危地步。就在这个时候,金箔锻造技艺申请成功进入了省级名录,这像是一个强心剂,给了手艺人吴深龙极大的鼓舞,手艺的生存状况从低谷渐渐回升。事物的发展都需要不断地有新的创造,手艺发展同样要有新的创造才能振兴。

吴炜全(彭飞 摄)

我好久没有去吴家小院,等到再去时,发现吴炜全已经结婚生子。吴炜全人长得英俊潇洒,娶的媳妇苗条秀美,两人满满的夫妻相,看上去真是天造地设的一对。更难得的是,小两口传承了父亲的技艺,在小小的作坊里日夜耕耘。2016年开始,"小手拉大手,大城小工匠"的秋色赛会活动邀请吴炜全担任授课老师,当时小两口还有点为难,带几十位小朋友学习这种高难度的技艺从何入手?负责这项工作的燕冰,是一位年轻漂亮的母亲,孩子在上小学,她明白孩子们的心理感受,于是这几位年轻人互相磋商,发挥了聪明才智,灵活机动地把这个活动做得有声有色。小学生们来到这里学习手艺,像是发现了另外一个世界,他们从没见过金子可以呈现柔软、比纸还薄、比绸还软的状态,而且能给各种小玩具穿上合体的金衣。看得出来,孩子们的雀跃是从内心发出的。

这个活动的最大收益,是令小两口发掘了创新活力,将金箔这种古老珍贵的技艺应用在家居装饰、剪纸工艺品、雕刻工艺品等日用工艺品上,庄重的也好,萌宠的也好,一旦穿上金衣,便使器物、工艺品的造型可爱起来,让更多的人喜爱和使用。金箔技艺现在看起来,后劲十足。

2019 年 12 月

引得彩灯入梦幻

绵延起伏的南岭山脉起自广西,东入江西南部,然后折头向南经多个省界直达大海,山脉诸岭相连,成为一道天然屏障,历史上长期阻隔了岭南与中原的交通、商贸和文化交流。岭南在相当长的一段时期被中原人称为"蛮夷之地",被认为是神秘、原始甚至瘴疠之气遍地的野蛮之地,而事实并非如此。

奇就奇在这里。不论山脉形成的屏障多么巨大,地理环境多么险阻,都阻挡不住美的传播。有那样的必然和偶然,不知何时何样契机,美的某种形式就生长出来,这种深植于民间的独特文化艺术形式具有顽强的生命力,同时以出乎人们意料的劲头生长着。尤其是重视祭祀的古老中华民族,节庆吉祥的愿望便自然而然地弥漫在族群之中,人们通过慧心与巧手,发明了巧夺天工的工艺,从而应运产生了赏灯习俗。汉唐时期各色彩灯已在中原大地照耀开来,谁会知道,彩灯竟穿过那极其遥远、充满荆棘的路途,翻山越岭而至,以轻盈而坚定的步伐来到岭南,落户在滚滚珠江之畔的佛山。不但如此,彩灯还在佛山这块堪称广府文化的代表之乡生根发芽、开花结果,形成了别具特色的南派彩灯,玲珑富丽,照亮了这片土地,滋润着这片土地上的人群。佛山人以过人的精细巧慧制成魅力无穷的彩灯,创造出与彩灯紧密相连而更加拓展的彩扎艺术。

对于我这个从北方大漠来到珠江岸边生活的人,由那种神秘的陌生,到渐渐熟悉,再到对这片土地风俗文化的亲近和喜爱,经历了一个较长的认识过程。原本听惯了北方长城塞外金戈铁马、千里牧羊的故事,听惯了蒙古长调的苍凉壮阔,现在见识了新奇的岭南粤韵婉转、红船漂流、龙狮强劲,每于节日铿锵起舞的传统美景,可以说唤起了我好奇与探究的情结。我眼中的北方都市,那种韵味浓厚的节日民俗、传统歌舞正当越来越趋于消亡的时候,佛山则仍然是生长着民俗文化、传统艺术的沃土,而其中的彩灯艺术更是以浪漫、美丽的景观出现。每每在重大节日和活动中,佛山彩灯的倩影总是以冲击性的视觉效果震撼着人们的感官。白天,是铺排在绿树花丛中的色彩与造型的滚滚漩流;入夜,是炫耀在夜色空明里金碧辉煌的火焰光海。远看,造型生动,万千绚烂,大气繁盛;近看,则又是纹样精细,画面丰富,剔透玲珑。

剪纸《观灯》(作者:林载华)

艺术总是与情感紧紧相连,我的目光在那些异彩纷呈的彩灯面前,体会着那些细细纹缕和脉脉肌理的诉说,美丽的花灯纯粹是手工制成的,每一盏灯都印上了数不清的充满匠心的绑扎动作,寄托着厚重的情感。的确,彩灯的工艺步骤有相当严格的程序:先创作出彩灯的平面图和立体施工图;接着用柔韧性好的竹篾或铁线扎成立体灯形;再是用胶水将布料、丝绸等蒙在灯形架上,图样大多是民间广为流传、寓意吉祥的龙凤、瓜果以及几何图案等,或引入本地特有的铜凿剪纸形式,更觉得色彩艳丽、金碧辉煌,突显岭南民间艺术风格和典型的佛山地方特色;最后一道工序是装配,彩灯经现场组合安装以后就可以与观众见面了。不论彩扎的体量有多大,造型多么复杂,他们都能像变戏法一样,将看上去不成方圆的零件组装成既壮观又灵动的各种形象。彩灯在康熙版的《佛山忠义乡志》上已有记载:"上元作灯市,剪彩为花,张灯五夜。烟火、秋千、箫鼓载道,游人达曙。"这欢乐的景象,竹枝词里也有表现:"履端六日趁墟期,灯市繁华色色奇,最羡鱼灯成比目,树头花底缀双枝。"五代词人孙光宪写道:"木棉花映丛祠小,越禽声里春光晓。铜鼓与蛮歌,南人祈赛多……"词中显示了粤地热闹的风俗。随着商业的发达,群众自发操办赛会,其中以巡游方式展示彩灯,后来发展到家喻户晓的"提灯会"。彩灯品类十分丰富，包括秋色头牌大彩灯、人物故事组灯、彩龙灯、年宵灯、中秋灯、秋色特艺灯等等。在明清发展的鼎盛时期，彩灯不仅是重要的娱乐和祈福活动载体，也是与各地往来贸易的重要商品。

佛山彩灯不仅辉映在珠江岸边，也徜徉在海外灯红酒绿的繁华城市。荣誉记录在史册里，闪着熠熠光泽，连缀着历史与现代、海外与本土。彩灯沟通海内外华人以及台湾海峡两岸同胞的民族情谊，新加坡多次邀请彩灯前去展览，并给予"彩灯一绝、名扬四海"的盛誉。近几年，台湾每年邀请大型彩灯展演，称赞佛山彩灯是"中国彩灯之王"。《大彩龙》《彩龙》《腾龙》《传统大彩灯》四件彩灯作品先后获得四项吉尼斯世界纪录。

彩灯由条条铁线、片片纸头、瓶瓶糨糊、缕缕纱绸制成，布满着创作者的心血和耐心。彩灯的成功全赖一批执着诚恳的彩灯艺术传承人。佛山彩灯重要的传统美术项目，落户在佛山民间艺术研究社，已成为国家级非物质文化遗产名录。邓、吴两大彩灯家族的主要传人邓辉和吴球两位师傅辛勤带徒传艺，至杨玉榕、陈棣桢、梁达光、杨小燕、吴子洲、石清汉、林润深、陈荣昌等，至今已形成了一支才华横溢的优良队伍。有些大师堪称奇人，他们用灵巧的手和特殊才能，心无旁骛地沉浸在自己的设计与制作中。我接触过几位大师，他们都是沉默寡言的人，但是无一例外的都是有乐观充实心灵的人，抵御着豪华生活与高额利益的喧嚣，有一种超然的仙风道骨。有些大师还把这种手艺传给自己的弟妹或者子女，他们深埋在骨子里的对艺术的热爱让人感动。

国家级传承人彩灯大师杨玉榕，出身于艺术世家，她的父亲杨焱在彩灯艺术方面颇有造诣，是一位致力于研究艺术的学者。杨玉榕受到父亲的影响，不但心灵手巧，且有一种顽强的精神，在民间艺术社工作多年，曾经业务与行政双肩挑。她将自己的手艺传给了儿子，退休后，依然活跃在制作彩灯的事业中。当彩灯成为非物质文化遗产保护项目时，她将自己精心制作的精致细腻的特艺灯，即用各种瓜子、鱼鳞制成的瓜子灯、鱼鳞灯，无偿地送到市非物质文化遗产保护中心展厅展出。她的代表作品《龙凤大彩灯》入选了1985年中国邮政发行的邮票，《彩灯》入选了公开发行的香港和澳门邮票。

邮票上的《龙凤大彩灯》

如今,杨玉榕大师又复原了墨鱼骨灯。这是用墨鱼的骨刺一点点拼接并雕刻出美丽的造型,经过若干次漂洗晾干除腥后雪白的墨鱼骨灯,经过通透的雕镂,散发着纯洁高贵的气质,犹如灯中甜美优雅的白雪公主,娇媚柔弱,细腻得让人不忍触碰,直教人疼到心底。还有一盏灯也是杨大师特别精心制作的,那

杨玉榕大师和她的五彩鱼鳞灯

就是五彩鱼鳞灯。一片片鱼鳞经过炮制、清洗、处理和晾干后备用，经过了足够的细心与耐心，在灯的骨架上按照预期设计的式样一片片贴妥，形成缤纷的五彩，当亮灯的一刻，那感觉具有足够的梦幻，引人遐想。

另一位彩灯大师陈棣桢在对事业奉献的同时，对于家庭的付出也是令人感动的。多年来，他一直照顾生病瘫痪在床且无法恢复健康的妻子，年复一年，洗衣买菜做饭的家务他全都包了。太太的长期治疗，使得家里一贫如洗。即使这样，他在业余时间还是坚持创作。为了寻找特殊的灵感，他用为太太看病结余下的钱，买了很多小型的变形金刚、一些造型别致的玩具和充满时代感的艺术品，在攻读艺术书籍的基础上，借鉴这种孩子们特别喜爱又有现代意识的作品以激发自己的艺术思维，从而创作出造型灵动和色彩活泼的彩灯。有一次，我和他的同事们聊天的时候，发现若涉及陈师傅的话题，都说应该评他为"感动佛山的人"。虽然有如此沉重的担子，但他依然创作出意念新颖、造型新潮的作品，他的代表作《百花争艳》《花蝶灯》分别入选 1985 年、2005 年中国邮政公开发行的民间灯彩邮票。

陈棣桢设计的大彩灯

还有不少彩灯大师同样辛勤地努力着，传承古老而又年轻的技艺，将传统文化艺术的种子播撒到年轻人中间。

彩灯在节假日是不可或缺的，虽然不像过去那样家家张灯结彩，但是，经过国家层面的保护、传播，彩灯这一古老的民间文化形式在非物质文化遗产保护的春风中，散发着浓烈的芬芳。在我的印象中，最难忘的是反响最热烈、视觉效果最突出的 2005 年第七届亚洲艺术节和 2010 年第一届"智慧佛山·欢乐秋色"中的大型巡游彩车以及千灯湖上的彩灯展览,有各种人物故事组灯、彩龙彩凤巨型灯、亭台楼阁灯、宝塔灯、传统的大型宫灯以及别致的花鸟瓜果灯,美不胜收。活动的亮灯仪式总是最激动人心的时刻,那一触即发的情势,揪着人心、推动着期望,随着3、2、1的倒计时,一声喧腾的巨响,人声鼎沸,顿时千灯齐放,万彩飞扬,水凝波静,灯影相映,在粼粼碧波上梦幻般地生辉,天地之间一片璀璨,可谓是"此景只应天上有,人间哪得几回观"。

2015 年 9 月

鱼化灯　灯化鱼

　　像是水中的锦鲤,翩翩游上岸,化为彩色的、发光的灯盏;又像是绚丽的灯色,化为在空中柔韧的鱼。是鱼化灯?还是灯化鱼?这种奇妙的灯,叫作"大良鱼灯"。大良是顺德区的一个镇,是镇政府所在地,这个小镇古老、繁华而秀美。

　　早在佛山举行第七届亚洲艺术节的时候,我就听前辈说起大良有鱼灯,如果在街路巡演时,能有曾是广府"三大会景"之一的大良鱼灯上演,确实会增添更多的传统民间风情。但是,当我们来到大良,问起鱼灯之事才知道,至今为止,没有发现此灯有传人。当时亚艺节的巡演注定是没有鱼灯添色加彩了。虽然这对于街路巡演并没有造成实质性的影响,但我心里,终究有一种空落落的感觉。

　　因为这次经历,我便格外想追寻鱼灯的踪迹。此时,非物质文化遗产的普查申报工作开始启动,将大规模地调研那些正在活态传承或已经淹没的非物质文化遗产,借此机会,大良鱼灯的倩影在我的视野里若隐若现。

　　"凤城雅制巧难阶,鬣鬐如生次第排。"可见鱼灯制作之精美良巧,也是蜚声一时。据载,至民国时期,鱼灯制作还处在一种高峰状态,有"冯昆玉""巢义记"等鱼灯制作店铺。1936年,香港银禧大典会景赛中,罗八制作的大良鱼灯一举夺冠,可见当时鱼灯傲娇的盛况。据说,顺德有《鱼灯谱》传世,书中记有各类鱼灯的详细说明,是当时手艺人的"秘笈",几乎所有鱼灯都要按照谱中描述的规格和工序来制作。鱼灯与其他的佛山彩灯制作步骤相似。第一步是"扎架",对于彩灯的说法叫"扎廊",就是先将鱼灯的轮廓制作成完整的骨架结构;第二步是"浆纱",将布眼稀疏的银纱用架子张起来,把煮溶的紫菜胶糊到纱上,制成鱼纱;第三步叫"扪纱",将鱼纱按照所需要的尺寸糊在骨架上,色块相互接驳;第四步是着色描鳞,然后点睛,最后配灯光完成制作。确切地说,这个灯光,是灯火。灯光在内部的位置最为讲究、最讲技巧,要分毫不差。不比其他静态灯,鱼灯在舞动过程中,要既不会熄灭灯火,也不会点燃鱼灯外表柔曼的轻纱。

　　有一说法,大良鱼灯是从佛山秋色众多亮丽的灯色中衍生出来的,从而在顺德大量发展成独特的品类,有了不同寻常的自身特色。可见大良鱼灯是一个不甘寂寞、善于创新的活跃分子。鱼灯从陆地秋色的习俗中,来到更加具有水乡风情的顺德大良,与当地风俗民情连在一起,渐渐自成一格,表现了独具一格的水乡庆灯。

大良鱼灯

遥想当年鱼灯的盛景,像是夜空中一个美丽的梦。清代的竹枝词记载,"鱼灯万颗耀长空,闹热元宵处处同""更有鱼灯终夜出,官清民乐举头牌"。《说"大良鱼灯"》的文章中也有精彩的描述:"长长的鱼灯队,一个个栩栩如生的鱼灯翩然游来,飘然而去,彩灯闪烁,相映争辉。人们如置身海底,碧波中游鱼嬉戏,生意盎然。"可见,鱼灯盛极一时,在元宵璀璨的光景里,鱼灯是一个引人注目的闪光的角色,承载了人们寄托祈福的目光与热爱的情感,是什么样的力量将这样一个春秋盛年的艺术品种消隐在岁月的深处? 据说,最初是由于"日寇侵华,名师饿死或离乡逃生,鱼灯制作后继无人",而且到今天都没有恢复。

如今,通过顺德非遗中心,我们已经找到制作鱼灯的传承人潘师傅了。那天,下着蒙蒙细雨,志辉引路,我们一行人见到了潘师傅。潘师傅的手艺是向他的父亲学的,从做非遗保护工作的角度来说,潘师傅的发现是消除我心里隐痛最好的良药。顺德大良的人们已经在为恢复鱼灯制作进行有力的挖掘和保护,大良小学的教师们已经将鱼灯制作引入第二课堂。我们踏进第二课堂的时候,虽然觉得课程的深度还不够,但是已经足够欣慰了。除了潘师傅,那些老师们大部分是年轻姑娘,她们甜美的笑容已经和制灯技艺一起进入孩子们幼小的心灵,这种稚嫩的种子,在追寻鱼灯的踪迹中,一定会发芽、结果。

为了更清晰地看一下传承状态,我们特意来到潘师傅的家里。其实家里比第二课堂的教室更具有鱼灯制作的氛围,一个默不作声的小男孩坐在屋角的小凳子上,他用灵巧的小手默默地扎着鱼灯的竹篾,显然刚开始做扎廊。当他抬起头看我们的时候,我们才发现是一个很漂亮的小男孩,满脸阳光。原来这男孩正是潘师傅的儿子,他现在每天放学回家,除了做功课,就是和老爸学习扎灯技艺。这是真正的童子功呢。

2016 年 1 月

第四章　飘香佛山

玉冰烧酒醉岭南

酒与人相遇，一场莫大的慰藉

一次同学聚会，有位美貌的女同学喝到酒酣，语惊四座："只有酒才是人生的动力，没有酒，那人生还有什么价值？"虽然太绝对，但是可见酒带给人们的欢愉却是不能忽视的。不但男子汉英雄爱美酒，连美女也离不开酒。

酒常被人们用作解愁的灵药，尤其是对于文人来说，酒的作用功效无可替代。李白说过，"举杯销愁愁更愁""五花马，千金裘，呼儿将出换美酒"，还有"李白斗酒诗百篇"的壮举，可见酒是其忧愁时不离不弃的伙伴，倒应了曹孟德的千古名句"何以解忧，唯有杜康！"

酒还是思念的寄托，正如范仲淹所言"酒入愁肠化作相思泪"，连一位诗书名门的大家闺秀李清照都要说："东篱把酒黄昏后，有暗香盈袖。"

酒还常常用作人们送别或是壮士悲壮之行："请君更进一杯酒，西出阳关无故人。""醉卧沙场君莫笑，古来征战几人回？"

酒，还是庆功的佳品，凯旋的将士，往往会受到统帅人物的美酒嘉奖，美酒敬英雄！"今日痛饮庆功酒，壮志未酬誓不休！来日方长显身手，甘洒热血写春秋。"此时壮士的心情一定无比豪迈，酒，平添了英雄气概。

由此可知，酒，是热烈的、悲壮的，能抚慰人内心情感，并令人喜悦、温暖，具有宣泄功用。一言难尽，说到底，酒的足迹，是人类抗击命运、喜怒哀乐的痕迹。

酒的作用盛行不衰，最常见的还是在佳节习俗中，或庆贺或祭祀或好友小聚，酒也是友情的润滑剂。酒是庄严的祭品，酒是喜庆的载体。农家热闹的祭祀土神的社日，往往有"桑拓影斜春社散，家家扶得醉人归"的欢愉不尽的温馨场面。

据说，岭南的酒成为一种有品位、有格调的文化，是得益于中原的贬官文化，更确切地说是被流放的官员与岭南的文人品性融合的体现，尤其是像苏东坡这样的酒仙文豪。东坡先生达观、豪放，以酒为乐、以酒为友，从酒这一聊以慰藉的日常粗品中探求到文化意蕴。

冰清玉洁的酒

杨慎有一词句"一壶浊酒喜相逢,古今多少事,都付笑谈中",可见以"浊"来形容酒是常态。几位白发渔夫和樵夫,相聚到江边,面对滚滚东去的大江,摆上几个小菜,拎一壶老酒,谈古论今,海天辽阔,不管是借东风的周郎,还是羽扇纶巾的诸葛亮,都融化在一壶浊酒的友情中。可是,佛山的玉冰烧酒恰恰与"浊"相反,不但取名的三个字透着晶莹,让人联想到玉洁冰清的烧酒,实际上这酒也确是纯净透亮。细品酒的名字和品质竟然充满诗情画意,酿制佛山特有的玉冰烧的人究竟是怎样的奇人?

佛山处于珠江三角洲的广府之地,宗庙祭祀、迎神赛事以及宗族的生活庆典活动普遍兴盛,加上繁荣的商业贸易,自然带动了酒文化的发展与提升。况且,佛山出好酒,得益于"水质佳良,米料充足,酒缸陈旧,三者兼备,斯其味独醇云"。

清代佳酿

的确,这制酒的三个必备条件,哪个条件出现短板,都酿制不出优质的玉冰烧酒。石湾的陶业,为酒的酿造产出提供了优质、巨大的酒埕容器,发展到如今的石湾酒容器,除了玻璃瓶,就是兼有艺术气质的陶艺酒瓶了。东平河水提供了优良水质,珠江三角洲冲积平原形成的鱼米之乡,正好促成了完整的条件。当时已是酒业兴旺,竞争激烈,空气中飘荡着绵延的香气,醉了岭南,伴沐着雨、俏着枝的桃花,飘进人们的感官里,深化了人们的情感,同时也闪耀着地方光彩,成就了特色品牌。

陈太吉佳酿

那是在道光十年(1830),正是酒业发展的最佳时光,一位莲塘陈氏宗族名叫陈屏贤的,创设了陈太吉酒庄。陈太吉酒庄在众多的酒庄中异军突起,注定在佛山这块酒文化的风水宝地上拓展了传承到今天的一份事业,浸润了岭南大地的民俗风情。而其中的一个品种,堪称陈太吉酒庄的明星,是陈屏贤的孙子陈如岳主持创制的。如岳在佛山浓郁的科举氛围下,饱读诗书,考取了进士,任翰林学士,不久受不了官场习性,辞职归乡并接管了酒庄。当时,市面上的酒皆有"上头"的效力,见过世面的如岳决定将自家酒规避这一弱点,扬长避短,成一家之佳酿。陈如岳的诗书见识,不仅限于书本,他的心性极高,将生活与学识融会贯通,深深理解酒水对于人们的重大作用。

佛山最重要的民俗活动之一是秋祭中的"乡饮酒礼",这时是玉冰烧酒大显身价的时候。还有庆贺添丁之喜的"庆灯(丁)酒"宴,同样要玉冰烧来助兴。不仅如此,酒在人们的日常生活中,还能做粤菜烹制、腌制肉类、除肉腥气、提高食物香味时的佐料。这种食物佐料具有神奇的效果,酒的那种醉人的作用消失了,而食物的美味度却陡然增强了。

凭着对酒的深刻认识,几经试验,陈如岳的玉冰烧酒一滴入口,绵厚、醇甘、辛辣的混合恰到好处,给人恰当的刺激和妥帖的怡神。陈如岳成就了至今保持着古老传统技艺的酒——"玉冰烧",具有浓厚的豉味香型。

首先,酿酒就要论及水质,如果酒曲是酒的魂魄,那么,水就是酒的形体。玉冰烧的水得天独厚,来自清澈的东平河水。此河水积淀着珠江三角洲汇聚的厚厚砂层,河水经过滤,似新生婴儿般纯净,正是酿造酒的优质水,这水成为玉冰烧芬芳迷人的基础保证。那么,接着就要说到酿酒的核心,除了酒饼酒曲,还要有重要的酿酒料——大米。清代的珠三角,为了赢得丝业更大的市场,"桑基鱼塘"大面积扩展,"废稻树桑"成为大规模的行动,稻田变桑田。按理说,稻米会剧减,然而事实并不如此,因佛山丝业及其他手工业的兴盛繁荣,在水道运输的拓展上,促使两江米船汇聚,佛山竟成为岭南最大的粮米市场。因此佛山成为粮食加工业——米机业的大户。

米机业大大地超越人力手工,效率提高了,但机械的转动也碾出了大量的糠秕和碎米。怎样才能物尽其用?精明的米机业主绞尽脑汁,于是,以米酿酒出现了,大米在陈太吉酒庄的产业链条上有了重要位置。而这个时代,中国的酿酒业已经发生了质的变化,由低度米酒的“浊”酒化为高度烧酒的“清”酒,酒质变得清亮透明。如今的玉冰烧酒,据说已经不用加工形成的碎米酿酒,而是精选出绿色产稻区的大米,颗粒饱满而新鲜,确保营养成分。可是玉冰烧酒却比同时代品种的酒更加清澈,为什么呢?因为玉冰烧的绝门技艺与“泡肉”酿制的过程有关,在酿酒过程中选用肥瘦适中的猪肉放到酒里浸泡,肥猪肉具有沉尘静浊的作用,像一台效力良好的过滤器,将水中的杂质清除干净。这就是酒饼与浸肉工序的秘籍了。这也是玉冰烧名字的来历,广府口音,“玉”与“肉”同音,取“玉”字,便有了玉洁冰清之意,把寻常的市井生活硬是升华到典雅的诗境,既是地方特色,又是妙想奇思。

酒埕依然四溢芬芳的酒香

我曾经和专家们去调研,看到那一口口富有韵律摆放的酿酒大缸,被酒香所缭绕,像是在对我们诉说着它们走过的历程。石湾酒得以蓬勃发展的一个重要条件,也是三要素之一,就是佛山盛产陶器。酿酒的过程必须有合适的容器盛装,而陶罐正是使酒发酵的最好容器之一。“缸埕陈藏,肥肉酝浸”的传统工艺使巨大的酒埕飘荡出芬芳的酒香。具有“甲天下”之称的“石湾陶”是古镇的支柱产业之一,正与酿酒珠联璧合。陶器不但成为酿酒的良好容器,也能制作销售时包装酒的陶酒瓶,古朴、大方。

在石湾酒厂,过去有一个面积并不大的陈列室,讲述了玉冰烧酒的历史及各类装潢酒瓶,让石湾酒呈现着琳琅满目的商品状态,很是诱人。发展到现在,这个陈列室已经成为博物馆,展出了酒的历史渊源之外,将酒的制作过程也进行情景模拟,其中酒瓶的演变是最大的亮点。最吸引人们眼球的,是酒与石湾陶塑技艺的结合,陶瓶与公仔艺术相结合。这是黄志伟大师的作品,使陶与酒相得益彰。以酒仙刘伶抱酒醉态的造型制成不同容量的陶瓶,陡然增加了酒的意味情趣,更使玉冰烧成为岭南名牌。

酒瓶造型是酒仙刘伶抱酒醉态

东平河水川流不息,流淌着佛山的不老情怀,以得天独厚的深情滋养着佛山人,同时也供养着岭南名牌酒——石湾玉冰烧酒。

2017 年 12 月

双蒸酒香漾儒乡

岭南大儒

南海九江是引人注目的一个地方。这个人杰地灵的九江，文气浓郁。著名的戊戌变法核心人物康有为的老师朱次琦就是九江人，人称朱九江。朱次琦从小好学且才思敏捷，但科考并不顺，可以说是一波三折，后考中进士，已经年近不惑。他在山西做县令仅半年，却为百姓做了许多实事而官声卓著，但最终因看不惯官场恶习，辞官回乡。那是1858年冬天，他经过了半个中国，走到江西时盘缠已尽。这位清廉的官员书生，除了身上御寒的皮袍子，别无长物，只能将袍子典当换钱，这才得以拖着瘦骨嶙峋的身子，翻山越岭，一步步走回家乡九江。为了报答家乡，培养学子，他建立了礼山草堂，以讲学度日。从此，在岭南近代史上，文人学者的脚步，再也绕不开朱次琦这个名字。

我曾经和同事们来到九江双蒸酒博物馆，进门看到的是朱次琦先生的塑像，清瘦、睿智，一派饱学的气质。在这充满书香的儒林之乡，九江酒与朱先生有割不断的血缘和精神的经脉。处于珠江三角洲腹地的九江礼山草堂，虽素朴，却充满书香；虽狭小，但兼怀天下。朱先生强调"经世致用"，当他听说李鸿章与英国签订了《中英烟台条约》，不由得挫骨痛心，拍案而起："吾当力疾而起，亲阅海疆，参划防守，以此老病之身为国效命耳。"礼山草堂，这个伫立于历史风烟中的教学圣地，有50位学子清澈的目光每天注视着老师，其中有一双眼睛格外明亮，他就是后来走上维新救国之路的戊戌变法代表人物康有为。朱先生博闻强记，不带任何教案，"征引群书，贯穿风诵"，讲课犹如滔滔大河，一泻千里。康有为如此描述自己的幸运："信乎大贤之能起人也，于时捧手受教于九江先生，乃如旅人之得宿，盲者之睹明，乃洗心绝欲，一意归依。"于是，三年后，康有为从九江出发，走上了中国风云变幻的大舞台，在中国的近代史书上，留下了酣畅的笔墨。

九江的滔滔江水即使日夜流淌，也流不走朱九江先生留下的学问和尊严，更流不走师生们把酒换盏中研判的"经世致用"的思想。九江的江水,至今折射着地方文化的灵动之气。而九江双蒸的陈酿,沉淀着厚重的朱九江先生的学识和高洁的人品。原来,九江先生十分喜爱九江双蒸酒,在他生不逢时、郁郁寡欢的读书、讲书生涯里,双蒸酒是他忠实的"伙伴",可谓是书中有乾坤,酒里有日月。无数个晨昏,酒慰藉了他的身体与精神。

九江宝

九江这个地方,不但文风浓郁,而且生活富庶,民俗风情也充满了勤劳和谐的气质。九江双蒸酒和九江鱼花(鱼苗)被世人称作九江的两宝。清代诗人胡调德曾深情地写道:"满船归载月明中,沽酒临江浮绿蚁。清流日日流当门,桑麻掩映水云村。"可以想见在那清流环绕的村旁,明月当空的夜晚,满载鱼花的船里有粼粼的波光,闪烁着鱼苗跃动的影子,疲倦而兴奋的父子或是老友伙计,沽上家乡双蒸米酒,临江而饮。沐着皎洁的月光,江清月白,鱼跃酒香,真的是"一壶浊酒喜相逢"的情致! 九江双蒸酒在历史里承载着老百姓的喜怒哀愁,不由得不令人刮目相看!

古老街巷里的九江双蒸

九江双蒸酒博物馆的设计,能让这一广东省乃至岭南大地的、有着特殊历史价值和地方特色的知名产品得到展示,由历史到当今,从米到酒的制作过程均呈现在我们面前。场景的复原,让传统工艺流程清晰而又神秘地述说着火与水的美丽故事。同时,它又以新时代的审美眼光和制作的酒瓶装潢,吸引着年

轻的一代。小小的白色瓷瓶上刻画着萌宠的粤剧人物造型，散发着浓郁的地方
风情。不少人在博物馆的小卖部里选购可心的产品，带到四面八方。九江双蒸
酒，在本地人们的口碑里被赞为酒类中的"红双喜"。

酒香穿越到现在

清初著名学人屈大均说："南海多美酒，不用曲蘖（niè）。但米粉杂以众草
叶，谓此等酒也。"可见南海出美酒已是传统。九江双蒸酒始创于清朝道光初
年，借助西江河畔适宜的局部气候、清冽的水质和独特的酿造工艺，穿越了不论
是风雨如晦还是艳阳高照的近200年的历程。九江酒除了双蒸酒，还有九江三
蒸酒、九江米酒王和九江糯米酒等适合岭南气候条件下饮用的优质米酒。民国
版的《佛山忠义乡志》载："用麴蘖米粟入甑蒸之，每甑每日可出酒十坛，坛约二
十五斤。初蒸为料酒，复蒸为料半，三蒸为双料。本乡出产素称佳品。"九江双
蒸酒逐渐形成了独特的酿造技艺。它主要以大米为原料，用大米、黄豆制成酒
曲，采用续添蒸饭、再度发酵、冷却馏酒、斋酒贮存、陈肉酝浸、精心勾兑、过滤包
装的方法酿造而成，具有"玉洁冰清、豉香纯正、醇滑绵甜、余味甘爽"的独特风
格。九江双蒸酒传统酿造技艺的发展史，既是一部明清以来南海手工业、商贸
的发展史，同时也是岭南文化发展史的一部分，更陪伴了华人在海外生活的漫
长历程。

九江双蒸酒制作过程（彭飞　摄）

九江双蒸酒年产量若干万吨，畅销于省内、港澳、广西、海南甚至欧美唐人街。这些酒，由九江出发，或腾云飞驰，或海上凌波，穿越千里万里，抵达那些异域里或豪华或简朴的饭桌上。一壶九江酒，几盅乡里情。此酒在海外华人圈里拥有重要的地位，不仅酒好喝，还带着浓浓的家乡情。为了更好地保护好家乡的品牌，九江双蒸酒如今已申报为地理标志保护产品。九江双蒸酒传统酿造技艺，与中国其他传统技艺一样，都体现了中华民族一脉相承的独创精神。这种精神随着九江双蒸酒从未间断的内销与出口，建立起跨越时空的文化影响力，具有珍贵的历史、科学、人文、经济以及社会价值。

九江双蒸酒，是淌过九江这个富庶鱼米之乡的另一条蜿蜒的江水，流淌过人们的身体，养育着这里的人们勤劳勇敢的品格。

2018 年 1 月

亦药亦酒冯了性

治疗功效

知道有冯了性风湿跌打药酒后，我开始并不以为意，直到我患了腰疼病，有一位专家告诉我，她曾经用冯了性风湿跌打药酒治疗腰腿，非常见效。方法是稀释后敷洗，效果很好，药酒便宜，尽可以多用。于是我抱着试一试的想法，买来药酒涂擦在痛处，果然有作用，连续使用，还没有用到一瓶的三分之一，腰就不痛了。此后，朋友们不论谁患了腰腿疼病，我都建议用此药酒，都有很好的反馈，有些朋友把这个药酒誉为"神药"。由此可见，冯了性药酒不仅立竿见影，还有长久绵厚的功效。

有趣的历史传说

据《佛山忠义乡志》实业篇记载：冯了性药铺主要经营药酒。药酒是由冯了性的父亲冯炳阳（1589—1676）创制的，原名有"发汗药酒""万应药酒"。冯了性心思缜密，继承了父业之后，继续研究这个深受人们喜欢的药酒，发现反馈的不足之处，不断改进。同时他跟踪那些用户，到佛山的街巷去聊天或是询问，最后决定在父亲的配方基础上用自己研制的新配方生产，于佛山镇正埠渡头地方，也就是现在的汾宁路一带，开设店铺经营药酒。

冯了性药酒的名气大振，效力之好，还有一段有趣的传说。年轻的冯了性接过父亲经营的担子，夙夜匪懈地苦干，亲自挑担送酒。有一次，送到半路，实在困倦，他就在树丛边半躺歇息，迷迷糊糊睡去，朦胧中感到有一条蛇，似乎腾空而起，直接飞入酒坛之中。他醒来后，想到这个梦境，忍不住向酒坛里看去，发现里面真的有一条蛇。他用树枝将蛇挑出，把酒送出去后，很快忘掉了这件事。过了一段时间，一些客户们回馈，说这酒的效力变得格外好，纷纷问冯了性对药酒做了什么改进。他细细将那一段时期得到药酒的客户名字都查了一遍，想到了也许是那次的奇遇,于是吸取经验,改进配方,将酒名与自己的名字结合起来,正式命名为"冯了性风湿跌打药酒"。

冯了性的传说故事(吴子洲　绘)

别处没有的生态环境

一件事的成功,需要有很多支撑条件。制作药酒的条件,首先要有容器,用什么做容器,这是一个大问题。如果隔山探海地去买容器,成本太高,生意难以为继。但是对于佛山来说,却不是问题。佛山发达的冶炼铸造业和陶瓷业很好地解决了这个问题。

做生意需要有销路,风湿跌打的治疗药酒何以有这么大市场?如果市场只是外地,远路迢迢,生意必然受阻。药酒在佛山却是大有用武之地,佛山武馆的兴盛以及气候使然,为这种药酒的发展起了很大作用。冯了性风湿跌打药酒好就好在亦药亦酒,这种形式,使用起来不但方便,对于喜欢饮酒的可称得上是惬意痛快,外搽还是饮用,视使用和需要的条件而定,深受患者的欢迎。可以想象,即使在南方,冬天下水摸鱼同样是寒冷刺骨,上得岸来,痛饮几大口,即可防止或治风湿寒疾,而且胃里、胸中顿时有一团暖流传遍全身,那种感觉,岂不快哉! 因此,作为传统中成药,几百年沿袭此处方和工艺,历久不衰,充分说明其独特的组方疗效显著。再说,地处潮湿的人们生活时间长了,风湿麻痹、关节肌肉疼痛、关节压痛、关节肿大等症状是常见病,跌打损伤常常难免,所以药酒的用途也是十分广泛。经治疗后,急性软组织损伤、疼痛、压痛、肿胀、功能障碍等体征均有明显改善。

药酒的制作过程充满神奇

酒与药的深度结合,可以说是我们这个古老民族的深沉理念和传统手法。正是有了这样的习俗底蕴,才有冯了性药酒的诞生。药酒的制作过程充满神奇,此药酒浸泡制作工艺有着极大的独特性,因为浸泡药材的比例较大,具有足够的疗效。就是说,浸泡过程中如何保证药效成分的析出是关键,传统古法工艺的定期抱罐摇动的制作工艺是看似简单却是深具功力的实践真知。

在清代,冯了性风湿跌打药酒得到长足的发展,接着,冯了性在广州开设分店。随着越来越多的人对冯了性药酒的需要,不久以后,冯氏在上海和港澳等地遍设分店。广州、上海各地生产的冯了性药酒,其处方基本上以原佛山处方为准。就这样,药酒带着佛山古镇的民风散播开来,声誉日隆。

随着时代的发展,科学技术的赫赫成果,已使药剂技术发展出控释制剂和靶向给药制剂等先进技术。但药酒作为一种古老的中药剂型,在中国历代的医药典籍中均有文字记载,可见酒剂在医疗中拥有着难以替代的地位。因药酒使用方便,见效快,现在仍然得到广泛的应用。

主药"丁公藤"

药酒的主药是"丁公藤",有祛风除湿、舒筋活络、消肿止痛的作用。关于丁公藤,给我普及这味草药常识的是李女士,她是冯了性药厂的一位经理,有着白净的皮肤和高挑的身材,加上文静沉稳的气质,为这个纯中药制剂药酒的可信度增色不少。她告诉我,丁公藤这种草药在逐渐地减少,尤其是野生的丁公藤更是稀有,正像诸多的非遗产品,正面临着濒危的状态。对于冯了性药酒来说,制作的技艺更加先进与科学,但是生物的原料却在经历着巨大的生长环境的变化,情况并不乐观。

从《国家药典》第一版开始,就以佛山组方及生产的"冯了性风湿跌打药酒"为质量标准,收载其中。冯了性风湿跌打药酒于 1997 年被列为国家中药保护品种;2006 年被认定为"中华老字号";2009 年、2012 年相继成为市级、省级非物质文化遗产名录代表性项目。

丁公藤

"医明其理,药效如神……尝味百草,区别药性,救夭伤之命,延老病之生,黔首日用而不知,圣人之至德也。"这是宋太宗《太平圣惠方》的御笔序,说明中国传统医药的文化精髓,很早便有准确的医学概念,并以为民解除痛苦为崇高宗旨。这部《太平圣惠方》对于中国的药学,影响深远。佛山南海人陈昭遇,在宋代即为名医,是编写《太平圣惠方》的主要参与者。由此可见,佛山的中药制药,有着深厚的历史底蕴和广泛的影响。

2018 年 1 月

绵厚润泽甘和茶

悬壶济世

穿越岁月的通道,清朝光绪十四年,也就是 1888 年初春,一个悄无声息的流行性感冒在广府地区疯狂地肆虐。感冒,就像无声无色的幽灵,走街串巷,穿墙破院,袭击了无数人。若是患上了这种感冒,普通的患者难受不堪,恹恹无力;严重的病人卧床不起,性命堪忧。

高大的镬耳屋祠堂里,源氏家族的掌门人,将家族中的成年男子都召集而来,此时,这些身怀制药绝技的男子们,个个面色严峻,等候着族长的下令。族长洪钟般的声音响起:"对我们源氏家族的考验到了,救民于水火,正是我们悬壶救世的目的。""明白。请族长示下。""好! 时间紧急,大家出发吧,救助病人要紧,各路力量分头救助各自的片区。"

就这样,源吉林家族倾其力量,向病人赠送甘和茶。得到甘和茶的众多患者,犹如大旱遇甘霖,身体迅速痊愈。也就是在那个生死未卜的危急关头,源氏家族的挺身而出,让甘和茶脱颖而出。赠送牌匾的锣鼓在源氏家族前时时响起,拜谢的声音不绝于耳,从此形成了良好的口碑。后来人们慢慢知道,甘和茶的良好功效还在于感冒未侵,可以预防,感冒已侵,利于治病。至光绪后期,源吉林甘和茶的从业人员已达到 50 多人,年产量已近 40 万盒。而"心系苍生,惠世济民"的药德文化则一直流传至今。

盒仔茶

清代宣统二年(1910)的新加坡香港街,有一家店面整齐的小商铺,经营源吉林甘和茶的中药凉茶。它由中国岭南人神奇中药药方制成,中医药的名声在这日渐隆起。更多的人发现,这茶不仅能治疗感冒头痛、解暑和消化不良等症,而且服用方式相当方便：一小盒茶叶，用开水一冲，入口凉苦、饮后余甘，口感绵厚润泽，加上价格便宜，很受人们的欢迎。这茶被压成不太坚硬的小小长方体茶块儿，用小纸盒包装起来，被人们亲切地称为"盒仔茶"。这些"盒仔茶"，从新加坡传遍整个东南亚，走过了 100 多年的岁月，让现在的我仍可以捧在手中。

　　源吉林甘和茶的产生，得益于广东凉茶。凉茶是岭南传统饮料或中药的形式，有着"药食同源"的理念。它具有疏风清热、解暑消食、生津止渴的功能，用于治疗感冒发热、头痛、骨节疼痛、食滞饱胀、腹痛吐泻等症状。据《佛山忠义乡志》记载，源吉林甘和茶是佛山本土最著名的中成药之一。源吉林甘和茶配方始创于 1892 年，距今已有 100 多年的历史。其配方的创始人源吉荪原籍是广东鹤山霄乡，早年在佛山汾水铺聚龙街（今日之南擎街）经营"三昌颜料店"。清代光绪十八年（1892），源吉荪和他的两个儿子源文瑞、源文湛，看好经营中成药有远大前途，父子三人决定由时任中医师的源文湛拟就一批处方进行批量生产，其中就有源吉林甘和茶。父子三人经过一段时间的准备及市场摸索，在三昌

1920 年甘和茶广告

颜料店内,以"流泽堂源吉林"的牌子生产和销售源吉林甘和茶。清光绪三十三年(1907),源氏家族遂撤销了颜料业,决定在佛山专营源吉林甘和茶,并将店号正式定名为源吉林号,把所产源吉林甘和茶的外观包装——红、绿、黑三色纸盒固定下来。

源吉林甘和茶配方精妙,疗效确切,至今仍完好地保留着佛山传统中药的生产工艺和配方,一百多年来,仍拥有稳定的消费群体。源吉林凉茶在民间一直拥有很好的口碑,很多本地的中老年人都在夏天煲源吉林的凉茶来解暑。

曾经的危机

源吉林甘和茶曾经历了一次巨大的危机,那是日寇的铁蹄践踏中华国土、燃起战火的时期,甘和茶原本从年产 40 万盒发展到年产 150 万盒(每盒 10 小包)的全盛时期一下子掉入了低谷。百业萧条,交通断绝,广州、佛山、香港先后沦陷,源吉林甘和茶根本无法运销,供求关系断绝,甘和茶命悬一线,几乎被迫停产。抗战胜利后,源氏用动产、不动产加起来仅剩港币 5 万余元的资产,恢复生产,从穗、港、新三间分号调集资金重新组织人力,恢复了源吉林甘和茶的生机。源吉林甘和茶一直延续下来,并在 1965 年获得了国家药品粤卫药准字批准文号,规格分为传统的纸盒装和袋泡装两种。

源吉林甘和茶是药品中茶剂的典型代表,它的成分很特殊,由紫苏叶、青蒿、香薷、薄荷等 30 多味药材和茶叶组成。源吉林甘和茶的制备方法与普通的中成药不同,它不是将所有药材一起煎煮制成成药,而是以三味药用茶叶为基材,将其余的药材煎煮后提炼出药汁,用这三味茶叶做载体,反复蘸吸药汁,制成最终的药茶。这样的制备方法是药茶所特有的。

那时候,大凡病人看完病,都需抓一副草药。中草药需要煎煮,人们还要买煲药锅,一般都要煮两个小时左右。而源吉林甘和茶通过采用茶叶吸取药汁的工艺,已经在制备的过程当中完成了煎煮的工序,患者使用时极其方便,因而广受欢迎。后来源吉林甘和茶为了更多地适应市场,利用现代工艺,新开发了泡起来更加方便的袋泡装。

直到现在,源吉林甘和茶仍然是海外同胞的暖心药包,不但在生理上解除病痛,还在心理上保留着温馨的家乡情怀。沏一杯甘和茶,握在手里,在茶香氤氲中,家乡的绿树花香,家乡的街巷小路,便悄然前来,那份细腻的感觉,真的是难为外人道也。

2019 年 3 月

佛山手信盲公饼

盲公饼诞生是一个温暖的故事

时间回溯到清朝时代的某一天，一间不大不小的名为"乾乾堂"卜卦室内，一位盲公正在给前来问卜的人们"算命"，等得不耐烦的孩子们哭闹起来。盲公示意儿子说："豫斋，给他们发点儿饼子。"帮着父亲打点生意的儿子豫斋，大声地说："都不要吵了，谁不哭我就给谁发好吃的米饼。"一听到说发饼，孩子们顿时安静下来，睁大眼睛等待着，当把米饼送进嘴里时，立刻就被米饼喷香的味道迷住，静静地吃起来。没想到，这些吃过米饼的孩子，总是吵着要来"乾乾堂"要米饼吃。于是，来问卜的人越来越多，倒不是问卜，而是要买"盲公饼"。

这位佛山人盲公，名叫何声朝，在 8 岁时得了病，因家贫无钱医病，致使双目失明。为了今后谋生，十岁开始学卜易，他生性聪颖，几年便学有所成，就在本地教善坊口开设"乾乾堂"卦命馆，后娶妻生子，儿子名奋兴，字豫斋。随着何声朝年龄的增加、学识的积淀，以及他待人温和的性格，生意也越做越好，而豫斋则在馆里帮忙兼侍奉父亲。由于问卜者多，带小孩的也多。孩子小，等得时间长容易肚子饿，不耐烦就会哭闹，孩子多了实在难管，豫斋便想方设法制作简单易食的零食。最后他终于成功地用饭焦干磨成米粉，加上芝麻、花生等制成米饼，称为"肉饼"。没想到，这种饼非常受欢迎，即使不来问卜的人们也来买饼，一来二去，人们都知道盲公卜馆卖饼。当时，何声朝有点忌讳人们称他为盲公，就取名"合记肉心饼"。可人们还是亲切地称其为"盲公饼"，且这个名字越叫越响，便经久地流传下来，名闻遐迩。何家看到这种情况，也不再忌讳什么，干脆就取名"盲公饼"。我被这个名字感动，觉得佛山古镇有一种温暖的、没有偏见的人文情怀。不仅如此，后来何家干脆也以出产"盲公饼"为业。（现盲公饼饼印仍旧有"肉饼"二字）由于制作别出心裁，甘香美味，价钱便宜，购买的人日多。邻居为了获利，也从中仿制出售，但质量不及"正货"，人们都拥向何声朝处买，辗转相传下去。

这就是"盲公饼"的由来。

手信，带着佛山的温度

佛山人去看望朋友都要带一点别致的东西。东西不一定很贵，只是表示心意。不知这个习惯是从何时开始的，也不知含有什么典故，反正佛山人都很遵守这样的风俗礼节。这种物品有一个说法，手信。从某种意义上说，能够成为手信的物品也绝不平凡，基本上能够代表地方风土人情，具有群众普遍认可的特质。这种特质，必定含有精彩之处、独特之处。佛山盲公饼就是承担着佛山手信功能的物品，其经历了长久的岁月考验可谓当之无愧。小小的饼供养着佛山人多年的胃口和情感。盲公饼经过历史到今天，带着温度到达我们的手里，或通过我们的双手传递到众多朋友的手里。

"佛山盲公饼"这个名字，具有亲切的、非常民俗的乡土味，并没有追求"荣华富贵""珍馐佳肴"的概念，似乎十分不经意的名字，硬是成为响当当的手信品牌。仅凭这一点，就令佛山人自豪。"盲公饼"是佛山的名点，也是广式著名糕点之一。

你想知道现在的盲公饼用什么做的吗？

盲公饼主要以大米粉、熟糯米粉和绿豆粉为原料，加以白糖粉、白芝麻、花生仁和熟猪油（现在已接轨国际标准，均改成植物油）搅拌成型后，经过烘烤而成。盲公饼过去主要有两种，一种是有肉的，一种是无肉的。虽是普通的料，但选择十分讲究，工艺要求也极严格，做出的糕点不但造型美观、色泽金黄，而且麻香浓郁，甜而不腻，很受消费者欢迎。

传统的冰肉制法，是将肥肉切成条状煮熟，放入冷水内 5 分钟，取出晾干，用白砂糖腌制 1 个星期。腌制过程中发现湿糖，要及时换糖。用时将肥肉切成小薄片。接着把炒熟的花仁和芝麻磨成粉末待用。制作时，将绿豆粉、大米粉、熟糯米粉放在案板上拌匀，拨成圆圈，将熟猪油、糖粉放入，加糖搅拌溶化，这时再把芝麻、花生拌入，搓成粉团。因为不加水，所以看上去米粉只是微湿散状粉面。

　　粉状堆积在桌上,似是随意地堆放,其实不然,放入饼模内,加一块冰肉在中央,然后把模四周的粉料合拢包裹好冰肉,再压平,取出放置在竹筛上。

　　不加肉的做法与加肉的步骤大致相同,只是少了肉,同时用植物油代替猪油。

看了制作流程,特别想吃盲公饼

　　在一个晴朗的早晨,我来到在罗村的厂家,在黄总的引导下,穿戴上消过毒的干净的白衣白帽,洗了手,用胶套套了鞋子。食品加工要求的卫生条件很高,待全身"武装"后,我们走进生产车间。原料在车间里整装待发,货架上的花生饱满新鲜。黄总介绍,他们的进货都是一等一的产品,不能有半点马虎,如果花生不够优质,那盲公饼的品质就会大打折扣。

食品专家黄伟介绍盲公饼(彭飞　摄)

　　加工车间已遍布隆隆的搅拌声,机器将米粉中加入的糖加油加烤熟花生碎等搅拌均匀。过去,都是在一个巨大的桶里,人工进行搅拌,是个体力活。巨大的香气便弥漫开来,黏稠而充满韧性的米粉再与干米粉混合,经过搅拌机后出来,进行机器压模。这道工序,原来是人工用饼印制作,一个饼印上面有三四个凹陷的圆孔饼模。如今,市场大了,供应量大,都是机器压模,更快而且更卫生。上面被压出"盲公饼"三个字的小饼块,在大型烤盘中被整齐地摆放妥当,便可以进烤箱了。因原料皆是熟食,便在50℃温度的条件下,烘40分钟左右,加温至70℃,烘到饼的表面呈黄色,发出芳香气味,便可取出。烘烤车间很热,冬天很舒服,是天然的温室,而烘烤室的香气则是十分诱人。烘干之后的饼子,便排着整齐的队伍,进入包装程序,在这几道程序中,都要进行检验,饼形是否完整饱满,包装是否工整密封。最后才是贴商标、装箱。

烘烤好的盲公饼

原本对盲公饼认识不足的我,看了生产流程后,加深了对盲公饼制作程序的了解,最重要的是加深了信任,以及对盲公饼蕴含的传统文化的认知。这种亲眼观看认知的结果,直接导致食欲大增,购买欲大增。所以,现在每每有朋友过来,或是过年过节给远方的亲戚送礼,我都是毫不犹豫地推荐盲公饼。佛山手信盲公饼或是简装,或是精装,都带着南国佛山的符号,经过飞机和高铁,到达祖国各地,摆放在一张张围满欢声笑语的桌子上。

2020年1月

方献夫与西樵大饼

西樵大饼的书卷气

一听西樵大饼这个名字,就知道它的原产地来自广东南海西樵。

考古人员在西樵山发现了 6000 年前人类的印迹。在那座寂静的采石场,大量的石刀石斧等工具已经被转入考古研究地或博物馆,但是人们还能偶尔看见零星的与一般石头模样相差无几的石器,似乎传出久远的、叮叮当当的回声。采石场的上面有郁郁葱葱的绿色植被、潺潺的山泉流瀑,虽说山不够高,但那翁郁的山峰、从容的白云显示着亘古的安详,我感觉,相看两不厌,也有"西樵山"。西樵山的人文景观——书院,曾是一个传奇,明清两代的大儒学者在此处讲学成为风习,也就是因为这样的传奇,才有了西樵大饼。在这个大饼上,折射了佛山崇尚读书、热衷科举的人文氛围,反映出学子们的学习和生活状态。

佛山的面食也很香

寻常的印象里,大饼应该是北方的产物,南方并不以做饼著称。其实,在我的经验里,南方与北方的饼原本就有着很大的区别,甚至在概念上就截然不同。珠江三角洲遍布饼屋,实则以卖蛋糕、面包为主。北方的饼,一定是圆薄形的,经过"烙"的手法而形成,常说"烙饼"。然而,当我看到西樵大饼后知道了,西樵大饼果真是"烙"出来的,然而似乎又是与蛋糕、面包有关联的大饼。

西樵大饼是当地著名的面点,据说已有 500 多年历史,远近驰名。西樵大饼外形圆大,大者有两斤,一般的也重半斤,也有一两左右的小饼。它颜色白中微黄,入口松软,清香甜滑,食后不觉干燥,可与鸡蛋糕比美。制作过程是,选上等白面粉、白糖、猪油、鸡蛋,配以山上甘泉水,以发酵做成饼形,在炉中烘制而成。又因饼子形如满月寓花好月圆的好意头,因此西樵人嫁娶喜庆、探亲和过年过节都以此作为礼品送人。

方献夫的精彩巨献

明朝正德年间,方献夫任吏部尚书时,一天四更起床,准备用早点,岂料仆人迟迟没拿上来。他到厨房一看,厨子起床迟了,来不及做点心。方献夫见案板上有已发酵好的面团,便急中生智,叫厨子在面团中加上鸡蛋和糖揉匀,做成一个大饼子,放在炉子上烤。一会儿饼子烤好,方献夫用布包好,匆匆上朝去了。

方献夫来到朝房,见还有时间,便拿饼子就着清茶吃了起来,饼子松软甘香,十分可口。同僚们闻到饼香四溢,都咽口水了,有官员还探过头来问吃什么饼子。方献夫对故乡西樵有浓厚的感情,不假思索地说:"这是西樵大饼。"散朝后,方献夫命厨子如法炮制,做了几十个大饼子,第二天上朝时带到朝房,分给同僚享用。同僚们边吃边啧啧称赞饼子可口,西樵大饼便在朝中扬美名了。方献夫也经常命厨子烤制,供自己吃或招待客人。

方献夫在明朝正德七年(1512)称病辞官还乡,有十年的讲学育才经历。他在嘉靖二年(1523)被朝廷召回,在礼部供职,任太子少保英殿大学士,级别相当于丞相。他参与了以张璁为首的"礼仪"之争,目的是让嘉靖可以认亲生父母。这个故事是非常奇葩的。当时,正德皇帝没有儿子,继承大统的事就落在了正德堂弟朱厚照身上,当朝掌事大臣杨廷和要求嘉靖只能认堂哥的父亲为父亲。当时十五岁的嘉靖心里别扭极了,亲生的父母不能认,这算什么事儿? 于是就发生了明朝著名的皇帝与臣子之间的关于礼仪的斗争,这个斗争直接牵涉到皇帝的自主权。当时官阶并不高的张璁以"礼仪"之论,支持皇帝认自己的父母。这时的方献夫为张璁提供了理论基础、学术论证,以对抗杨廷和的利益集团。然而,这位张璁得以上位、进入内阁之后,大肆排挤同僚,连支持过他的官员也不放过,搅得朝廷一团糟。清醒的方献夫急流勇退,辞去官位,告老还乡。于是,朝廷少了一位栋梁之材,而西樵山下多了一名教书先生,在南海播撒了学问的种子,成就了南海理学。方献夫辞官回到西樵山,设石泉书院讲学十年,在西樵山脚下的家乡过起了"采菊东篱下"的日子。这期间他将制饼方法教给山民。配制方法加上西樵山好泉水,制出来的西樵大饼竟有意想不到的口味,一时远近闻名。

方献夫的墓就在家乡丹灶良登村的大岗山上,目前有体量颇大的石兽镇守,墓前一大片干净的空地,绿草茵茵,传达着家乡人敬仰的情感。那天傍晚,斜阳闪着金色的光线投射过来,增添了沉静氛围的远古幽情。我不禁想,方献夫官至朝廷内阁,著书立说,显赫一时,然而在家乡却鲜有人知,得以名传的,竟是那西樵大饼。这温暖的、飘香的大饼,连接着千家万户的生活。

无法仿制的西樵饼家

到了清末民初,西樵大饼做得最好的是离西樵山不远的民乐圩一饼家,它制出来的西樵大饼除了甘香、松软、清甜外,还有刀切不掉渣,暑天在桌上放上十天半月不变质的特点,广州、佛山的商人纷纷仿制,但色、香、味均无法与地道的西樵大饼媲美。值得庆幸的是,这一家一直守着自己的饼家生活,打造了自己独特的品牌和名誉。我多次走进制作西樵大饼的小店,门脸和销售区都很小。销售区十分整齐雅致,一进来便有种特别的舒适感,除了大饼,还有几种点心,也是精致可爱,让人看着就有想吃的欲望。出门转向制作区域,是一个小小的楼梯,弯曲着转上去,那种烤制面食的香味便丝丝缕缕地传过来,越走那香味就越来越浓烈,直至感到垂涎欲滴,不由得直咽唾沫。

西樵大饼上的敷面粉很有讲究

和同行的孩子们一起做大饼,年轻的传承人阿钊与父亲一起做示范,讲授工序。大案板上摆放着已经发酵好的、放了糖的面团,软软的却有弹性,下面另有充足的面粉,将面团成大饼状,酷似我们家乡的混糖月饼的样子,整体圆扁状,中间像小山包隆起,均匀撒上面粉。别小看这些最后撒上的面粉,它很有作用。入炉时,它能使饼不易粘锅,使操作的人容易判断饼的生熟,使饼保持洁白的色泽;出炉后,人们根据它判定饼的卫生,假如大饼外层的粉没有了,说明大饼已被人动过,内行的人就不会买。因此,出炉后的新鲜大饼要保持饼上洁白、面粉完整。而吃大饼时,这个敷在饼上的面粉,有种糯糯、绵绵的口感,令人沉迷。真是匠心独运!

　　面饼做好后，就可以放到烤箱里进行烘烤了，这时火候的掌握变成了关键步骤。当面饼刚好隆起成熟，那香味就弥漫在屋子里，咬一口，松软香甜。

　　根据阿钊介绍，人们在吃大饼的同时，也一直在拓展大饼的吃法，除了直接食用外，还可以在微波炉里加热，与刚出炉的口感十分相近；也可以自己动手，将大饼横向切开，中间加上果酱、煎蛋、火腿片等，像是自制的三明治；还可以蒸一下，使其更加松软绵甜；还有裹酱料或鸡蛋液，下油锅煎炸后食用等方式。

阿钊教孩子们制作西樵大饼

遥远的看见

　　我和小朋友们闻着芳香四溢的饼味，小口地小心品味，才知道为什么西樵大饼，穿越了几百年，愉悦了原本吃米饭的珠江三角洲的人们。而且这种大饼简单易携带，保质时间长。说到这里，我似乎看见，一个个进京赶考的书生，千难万难也要走到京城去参加科举考试，走得累了饿了，放下肩上的担子，掏出西樵大饼，就着路边的山泉，有滋有味地吃了起来。

2019 年 11 月

"得心应手"

"得心应手"的来历

对于老佛山人,说起"得心应手"这个成语,有着一种特殊意义。这种意义与一种美味食品有关,与制作这种美食的老字号店铺"得心斋"有关。

传说,得名于清朝乾隆年间的得心斋,当时还是和记猪手店,和记猪手店铺离佛山接官亭不远。佛山竹枝词云"接官亭下柳千条,春水桃花荡画桡",写出了当时春天艳阳下佛山古镇如诗如画的美景。余姓店老板是个诚实的经营者,为当地的人们所信任,更是一个思想灵活、富有创意的生意人,选中此地也颇有独到的眼光。勤勤恳恳的余老板每天总是很晚才收档。有一天,途经此处的巡抚大人来到此地时已经入夜,长途跋涉,饥肠辘辘,他看到几乎所有的食肆都已关门,只有和记还亮着令人振奋的灯光,于是大步走了进来。

晚上,虽说档口还开着,一般人来吃饭没有问题,但此时接待这样的大人物,还是让余老板发慌。毕竟食材不多了,怎样给大人吃上一顿像样的饭菜呢?余老板的店里此时只剩下不完整的猪蹄和卤肉,情急之下,他凭着多年积累的经验,将平时炮制好的卤肉,裹在猪蹄的皮里扎成完整的猪蹄再进行卤煮,没想到,这样的做法香味扑鼻,看上去精巧别致,吃起来又十分可口。原本骨多肉少的猪蹄,竟然全部是肥瘦适中的肉!巡抚边吃边赞不绝口,环视小店,看到猪手的店名,脱口道:"你做的猪手,实在是与众不同,可口可心,真是得心应手啊!我看你这个店就叫得心斋,怎样?"一点就透的余老板听后,不仅感到这名字很对自己的心意,而且似乎看到了生意的前景,不由得连声感谢,当下决定将和记更名为"得心斋"。

从此,余老板的新作品酝扎猪蹄诞生了,得心斋的美名更是不胫而走。为了把这个食品做得更好,他在选料、酿制、调味、火候上精心研究,融进了药食同源的实践理念,形成了真正的独有品牌——酝扎猪蹄。这种酝,含着时间的长度,也含着自然食材的厚度。据说,主人为了让食物具有一定的活血、健胃、美容的效果,发明了由桂枝、草果、大茴、小茴等中药材配制的卤水,这样的卤水熬制的猪蹄往往成为佛山人餐桌上的主角,有"卤味之王"的美誉。

酝扎猪蹄(得心斋　提供)

得心斋酝扎猪蹄打出的主题是"得心应手",受人们喜爱,不管是达官贵人、士子商贾都以得到酝扎猪蹄食之而满足,觉得实现愿望变得信心满满。酝,具有腌制的意义,能够除去腥味,保持足够的水分,焕发独特的肉香,这是一种诚恳而沉静的味道,带着手艺人一丝不苟的对手艺的敬畏。这小小的扎猪蹄竟然承载着人生的理想和命运的重任,可见文化的恒定价值可以以任何东西作为载体,让人们的心中和生命充满意义。

"得心斋"小店

我第一次来到得心斋这个小店的时候,已经是这个老字号店,从乾隆末年算起,至少穿越了 200 年。店铺的地址随着城市的变化一再更换,没有更换的是"得心斋"的名字和酝扎猪蹄的古老配方、炮制手法,这就是在时光之河里流不走的手艺和生活品质。

进得门来,发现这里比想象的还要小,店里只能摆 4 张餐桌;比想象的更简陋,几乎没有什么时髦的装饰。主人很热情,正是董事长卢凤莲。卢总不仅从事多年的扎蹄技艺,而且负责经营管理,有着老佛山人的温厚与和善。她虽然个头小,却有着强劲坚韧的性格。

看孙恩师傅制作扎猪蹄

我们看孙恩师傅进行扎制,准备一个已经摊开的猪蹄外皮,将腌制过的、大大小小的肉块很诱人地装到里面,之后裹起来巧妙地形成猪蹄状,再用芦苇扎起来。那几根芦苇,便是扎猪蹄后现代画风的时装了,有一种天然、古朴的味道,似乎那香味随时散发着,令人垂涎。这时的猪蹄,已不是原有的猪蹄,最显著的特征是猪骨变成了猪肉,我想,这就是现代香肠的雏形吧。

然后进行卤制,卤汤是用多种草药、佐料精心配制的汤水,经过长时间水煮而成,这种煮一定要文火,慢慢地炖着,直到猪肉变得软硬适中。煮好后捞出沥水,急冻。吃的时候取出,在常温下放上半小时,然后开边去草扎切片,按照自己的喜好装碟排列好,或烧开水熄火后隔水焗一下,不能用大火进行强蒸,或者进微波炉加热超过 20 秒,绝对不能爆蒸、爆炒、爆烤……

切片的扎猪蹄

美味也是一种道理

看孙师傅端出满满一盘扎蹄的食盘,在色泽俱佳的猪蹄片上面淋上调好的蒜蓉醋汁,我们就忍不住拿起筷子夹上一片,迫不及待地放入嘴里。初入口有淡淡的蒜香和咸甜,咬一下,软硬适度,既有一点儿瘦肉的韧性,又有嫩嫩的柔滑感,加上一圈软糯有一点儿弹牙的猪皮,集滑、嫩、劲弹的口感和浓香淡甜的口味,真是一种独特的美味,嘴里多了一种急切吞咽的欲望,心里多了一分颤悠悠的激动。这味道仿佛有一种化不开的浓郁,让我感到自豪,尝到了岁月沉淀后的中国美食的滋味。我突然觉得美味食物是一种道理,是一种自然与人文深度融合的道理,就那样强烈地征服了人。

由此想起东坡肘子,那正好是猪身与猪蹄连接的部分,肉更多更厚实,吃起来大快朵颐,那汁水也是丰厚的,一咬流油,但肥而不腻。东坡肘子与佛山的酝扎猪蹄比起来,东坡肘子是热烈的,而酝扎猪蹄却是沉静的,一热一冷,风格风味各具。由于诗人的著名,东坡肘子为更多的人所熟知,成为一道传遍大江南北的名菜。佛山的酝扎猪蹄的名气比起东坡肘子还差得远,我们希望有朝一日,佛山的酝扎猪蹄也能登上中国名菜榜!

回望岁月不灭的痕迹

出得门来,才发现这个小店位于喧闹的大路边,车流、人流滚滚,但是小店面被大树的垂阴罩住了几分喧嚣,多了几分沉静,于是小店就显得有些寂寞,没有靓丽的大门窗,也没有往来众多的食客,似乎与佛山这个以美食著称的地方不大对应。如果有谁偶然走进去吃顿饭,品尝一下扎猪蹄,一定会记住这里美味的酝扎猪蹄和温暖的气息,这也就是它历经 200 多年的传统手艺流传至今,仍被喜爱它的人们推崇的原因吧。这让我感到,传统,在时代中顽强地穿行着,在家园中静静地守候着。

2019 年 12 月

鱼花:神交江河

奇妙的九江鱼花

珠江三角洲腹地的佛山地区,水网如织,土地肥沃,广大的村落成为鱼米之乡。在佛山南海九江,最著名的莫过于九江鱼花(鱼苗)和九江双蒸酒了,被世人称作九江的两宝。清代诗人胡调德曾说过:"我家江水湾环处,江干多是渔人住。渔人终岁业鱼花,纳课输租设鱼步。桃花浪涌鱼花多,鲢鳙出水鳙随波。"可见九江鱼花已有很深的传统。

也许你会问,鱼花不就是鱼苗吗,这有什么稀奇?大鱼产了鱼子,孵化成小鱼,有江河的地方,就有鱼的繁殖。但是,在九江,对于鱼花,真的让人感到十分奇妙。清代学者屈大均在《广东新语》曾写道:"粤有三江,惟西江多有鱼花。取者上至封川水口,下至罗旁水口,凡八十里,其水微缓,为鱼花所聚,过此则鱼花稀少矣。"九江,属西江支流,一到汛期,由卵孵化出的小鱼便聚集到九江某一处,及时捕捞后可进行养殖或售卖,于是鱼花成为九江人赖以生存的经济支柱之一。那么,这些漂游在江河里,随着汹涌的浪潮载浮载沉的鱼花,是怎样进入养殖场和市场的?

首先,要知道鱼汛的时间、鱼花聚集的位置,那些有经验的渔民,根据天空雷电闪光的方位,闪电的高低与远近,便可以掌握鱼花所在位置,及时地设立鱼花埠,捞取鱼花。探寻鱼汛的时候,总是神圣的时刻,人的目光凝聚遥远的空中,那是与天地江河神交的时刻,是神圣的恩典和天赐之福。九江人就靠着这种神秘的江河信息,让九江市场成为鱼花集散地,引得四乡八邻的养鱼人争相来此购鱼。九江人更多了一份智慧、灵性和虔诚,那种丰盛感、巨大的成就感,就在神交江河中接受了大自然的馈赠。然而,细小到肉眼难以看清楚,更难以辨清楚的成千上万的小小鱼花怎样销售?

数鱼花的绝活

这就需要保留至今的、唯九江人深谙其道的绝技了：撇花、数鱼花以及鱼花运输等。

在鱼花塘边进行"撇花"，就是将多种鱼进行分层。我们看过锦叔在江上给我们演示的撇花技艺。锦叔瘦瘦高高的，70多岁，从事鱼苗水产作业已经有50多年，是一位经验老到的、气定神闲的鱼花人。只见他穿上高度及胸的胶套裤连身衣，下到一个一个连在一起的方格塘的水里，然后用白色鱼碟将水轻轻搅动，这个力度一定要把握好，恰到好处地用水中浮力将同类的鱼花集中到一起，自上而下撇进准备好的网格中。巧妙的是，这种对水的晃动，形成了清晰的、不同种类鱼层，浮于上层的是鳙鱼（大头鱼）、鲢鱼，稍下的是鲩鱼（草鱼），最下层的是鲮鱼。可是，我和同事们低头看了半天，抬起头来茫然地面面相觑，始终看不出来细如小针的鱼花有什么分层。听说这种"撇花"绝活，准确率可达90%以上，这项技术使得九江出品的鱼花具有种类纯、成活率高的特点。

锦叔在数鱼花

"数鱼花"就更加神奇，能达到97%的准确率。只见锦叔撇花之后，用贝壳制作的勺子一勺一勺盛起来倒进白色盘里，每一勺中都有固定数量的小鱼，共盛出多少勺,便是数出的数量。看数好的小鱼群游得欢快,实在不知凡几,可是锦叔却可以一眼看出鱼花的数量。据说,功夫高的一勺下去,说要多少就是多少,报出数来,成百上千的鱼苗数量都没有错的,真的是"鱼花,细如针,一勺辄千万,惟九江人能辨之"。九江鱼花优胜于其他地方的鱼花,这就是人们争相前来购买的原因。有谚语称:"九江估客,鱼种为先,左手数鱼,右手数钱。"卖家赚得盆满钵满。

给鱼花输氧

说到九江鱼花的运输,可以说是渔业运输史上的光荣一笔。明清时期的运输业谈不上发达,运送活鱼更是一个难题。九江人在实践中却为我们总结出科学道理。九江的鱼花运输自明清时期分为水路和陆路,水路用船,陆路用人力肩挑或马车。要让小小的鱼花活着,除了放在水里,还有两个不可或缺的条件:一个是要有氧气,一个就要吃东西。一般来说,运到远处的就卖小鱼花,运到近处的是大鱼苗。途中用米汤和蛋黄喂鱼花。陆上挑运鱼花的汉子们,使用的是特别的担挑,然后上下抖动双肩,令特制不透水的箩上下颤动,使箩里的水造成江河般的活水环境,使鱼苗自然吸氧。如果距离远需用马车,则将大鱼花桶放在车上,途中由专人用手持下部钉有平面小十字交叉木板的木棍不断击水,产生水波增加溶氧量,击水需两人轮流,不能间歇。水上运输鱼花时,则用特制的渔船,将鱼花装在船中部活水流动的网箱里,形成时刻有氧的环境。运大鱼的船,名叫"疏眼船",船身上有很多小孔,鱼所处的水中与江河成为一体,船内船外的水相互对流,更是使鱼像仍然生活在江河里一样。

鱼是人与江河、自然神交欢愉的一种见证

九江外运码头连接着港澳门户,种类丰富的鱼从九江源源不断地进入香港,佛山著名作家何百源曾写道:"九江香江一水连……可以说内地有多少种水产鲜货,香港同胞就可以品尝到多少种水乡风味。"

鱼,在人们的生活中,扮演着多重角色。鱼不但好吃,是餐桌上颇受欢迎的

食物,还是一种吉祥富有的象征,到了年节,一定要讨"年年有余(鱼)"的吉利。佛山人在腊月、正月都要买鱼,来"责米缸"、敬神等,可见这时的鱼具有了一种神性,具有了高于鱼本身的特殊含义,是吉祥的象征。有了这样的需求,九江的渔业越来越兴旺。尤其在新中国成立以后,随着科技的发展,人工孵化与养殖等渔业更是成为九江的重要经济产业,不断地满足人们的需求。九江鱼花在传统技艺上也有了新的突破,成为走向现代化的基础。

说句题外话,因为这种象征,在中国的大部分地区,渔产并不丰富,只有富贵人家才能享用。出于对鱼的期望,人们便想方设法将其制成艺术品,关于鱼造型的艺术品便蓬勃发展起来。鱼这一题材,出现在多种艺术中。造型简单,起源于远古的玉雕鱼、木雕鱼自不必说,后来还有剪纸、木版年画、鱼灯、陶器等。

也可以这样说,九江那无数美丽的鱼花,那姿态优美的成年鱼,是支撑这些神圣感、永恒感创作的现实之作。与其说鱼与江河不可分离,不如说鱼是人与江河、自然神交欢愉的一种见证。

2010 年 10 月

"虚怀若谷"的饼印

饼印天生"虚怀若谷"

饼印也称饼模,饼印天生有一种"虚怀若谷"的性格,且具有母性的包容。正是这种包容,让面粉、米粉、糖和油以及加了蛋黄、冰肉、海鲜等馅的月饼坯争相挤进饼模的"虚怀"里,饼印如山谷般凹陷的,凹陷的尺寸正是饼的厚度。食材们与饼印亲密接触之后,脱离出来,经加热烘熟,便形成我们美味的食物,如果遇到中秋,那就充满与月亮同样美好的千里共婵娟的期冀。

饼印,给人温暖温馨的感觉,有一份家的情怀,可是现在,饼印已然难见踪影。

如今月饼越做越精美,味道越来越丰富,但是传统的饼印却退隐到不被注意的角落,这种劳动工具已被先进的设备代替,冲压式的模具雕饰更加精致,随心所欲,满足着人们的多种需求。那曾经充满温热的饼印,已经在艺人的工作间里落满灰尘,静静地诉说着过去岁月里的种种……如果让我生活在清代金就先生的年代,我会更加清晰、更加有细节地进行叙述,相信饼印行走的路充满艰辛也充满了欢乐。

饼印曾经是人们的宠儿

佛山饼印曾在《金鱼堂陈氏族谱》有记载,那是清中叶,一个名叫金就的小伙子,喜欢上了制作饼印,并靠这门技艺成为一代富商。他"尝为范饼之模,以工艺度活。公以亲父家贫,躬承父业,刻意雕镂,巧夺天工,其门若市,乃节俭自处,遂以起家。"可见在当时富庶的佛山,美味饼食在人们的生活中是多么重要的角色。饼,婚姻嫁娶要用、年节馈送嘉宾要用、学子赶考路上必备,更可供日常居家食用,饼受欢迎饼印自然就兴盛。当金就白发苍苍之时,佛山的饼印事业也是远近闻名。那时的饼印多为荷木,出产量极大,其纹理细腻,雕刻方便,坚实耐用,样式丰富齐全,受到广州、香港乃至东南亚的饼家欢迎,纷纷来佛山订购饼印,兴盛时每年有数十万枚饼印销出。

饼印刀刻出来的、小小的木头中满蕴着温暖的图案,充满着古意之美。饼印工艺,说到底属于木雕的一个种类,只是饼印均为阴刻,也称凹雕。饼上的花纹大部分是简约的、凝练的、吉祥美好的,满足人们的心理期望,增加人们的食用欲望。比如盲公饼上只有盲公饼三个字,这就足够了,分明报上了自家的门户。在很多时候,饼印充满了生活激情,有鱼形、猪形、鸭形以及龙凤呈祥等形状。

饼印

饼印的坚守者

佛山饼印的传人杨海成,是我所知道的、唯一的饼印工艺坚守者,他生活有些拮据,性格里有一种不合群的倔强。我初次见到他时,他似乎喝了酒,我感到他带着几分酒劲,说话像倒悬的瀑布,没有间断地倾泻下来。我从他这个瀑布飞溅出来的一些水滴中,明白了他是想继承饼印这个传统工艺,申报非物质文化遗产。经过禅城区非遗中心的努力,饼印成功申报成区级名录,后进入市级名录。杨海成成为市级传承人之后,心情大好,创作了不少新的饼印。他住在一座宿舍楼的第7层,是这座楼的最高层,于是他就利用天台搭了一个小小的棚架,摆着饼印制作台。我和几位同事爬上7楼,再上天台,已是气喘吁吁。当杨海成端坐台前,绿色的竹枝掩映下的他,气韵顿生,感觉他的内心生长出对艺术敏感的触角。他时而挥斧大凿,时而小心下刀,饼印在一刀一斧的雕琢中呈现出精美繁茂的图案。根本想不到,他瘦弱的身躯竟然有这样的雕琢气力和工艺格局。工作中的他,神情沉静,与平时判若两人,俨然有一种大师范,让人油然而生敬意。

有一段伤心的往事

对饼印,杨海成心中有一段难以述说的伤心,他告诉我,师傅曾经打过他。那是 20 世纪 80 年代,当时人人下海,在改革大潮中,传统工艺饼印已经不被人们所需要,收入实在不尽人意。杨海成为了家人生活得更宽裕一些,出外打工,被师傅派其他弟子把他抓回来,还动了手。杨海成感到很委屈,跟师傅赌了气,发誓不再做饼印。可是,近些年,他越来越理解了师傅,他明白了师傅的良苦用心,明白了师傅对饼印的那份热爱与眷恋。所以,杨海成决心将饼印做好。在他的努力下,饼印已经突破了原本的体量,成为巨大的阴刻观赏画,而不是普通的圆雕、透雕那些凸起线条雕成的木雕,却也别具风格。那二龙戏珠的宏阔场面、龙凤呈祥的吉祥寓意、鱼戏图的祥和生活画面,都在阴雕的刀刻斧凿中成就了韵味丰沛的画面。这些作品既可以悬挂观赏,又可以成为超大的饼模,制作各种月饼或其他饼类。

杨海成

收弟子是很难的

让杨海成难以释怀的，是没有收到弟子。现在，他十分热心地在社区做活动，希望在青少年、小朋友中找到喜欢饼印手艺的传人。无论如何，现代化的冲压式饼模是从传统的基础上逐渐发展而来的，那么让饼印更深入地与生活、情感融合，这也是他最大的愿望。

用饼模做月饼受到孩子们的喜爱

杨海成对工艺的用心，吸引了很多记者的关注，于是关于杨海成的饼印与技艺的报道出现在多种媒体上。他开始忙起来，活跃起来，走到学校，来到小朋友的中间，让小朋友们知道，原来经常吃的美味的月饼就是通过饼模制作出来的，而饼模也是有着了不起的手艺的。试想，吃到口里的美味月饼，包含了多少劳动的智慧和汗水，其中蕴含的元素，谁能说得清楚？

2020 年 1 月

第五章　彩云追月

粤 韵 之 魂

实在是因为读惯了旷远的大漠蓝天,走进这幽芳千年的岭南城市,躲闪不及地与古典意韵撞个满怀。婉转的清流,幽静的小巷,雕花的门窗和青砖,起伏如浪、气韵柔美的锅耳山墙,还有那四季飘瓦的如烟梦雨,都让从草原边城来到佛山的我,感到"名城环玉带,得听江海声"的隽永诗意。然而在这所有的背景中,粤剧粤曲以一种神秘、陌生的气息缭绕在我的周围。它神秘得让我视而不见,陌生得让我充耳不闻,它像是一部天书在眼前铺展,而我却读不懂它的意义。

一个偶然的机会,我应朋友之邀,到剧院里看了一场粤剧。由此,我翻开了天书的第一页。锣鼓鹊起,唱腔腾空,而我却一头雾水,莫可名状,只能借助两边的字幕吃力地解读它环环相扣的情节。但是,随着剧情的高潮推进,像有光闪雷电一般,让我突然泪盈于眶,说不出来的疼痛、说不出来的快乐!我捕捉这突如其来的触动,顺着其婉约与激越的神韵,感到了内心的颤动——时而万山千壑,时而百里平川,起伏跌宕着,纵横驰骋着,酣畅淋漓,尽在胸间铺延漫展。粤韵的感受凸现出来。它一路风霜沧桑,一路坎坷厚重,然后是它的骨骼、它的心跳、它的悲欢离合,都让我几乎触摸得到,借用佛家的话就是"一时千载,千载一时"。从此,粤韵神奇地纷至沓来,以明丽的缠绵和青翠的激情蓬勃在我的世界里。

粤剧是一个群体的写照,是心理和意志的戏剧化,宣泄、塑造、凸现;是一个古镇的证明,是文明过程和文化积淀的形象化,昭示、张扬、传承。它演绎出与人间相对应的丰富生动的戏剧世界。粤剧(曲)不仅仅以岭南特色别样于起源中原的其他剧种,更为显著的特点是,它虽然与其他剧种一样超越了时空,但没有受到官方的宠爱和扶持,而是在困逆中,甚至在挤压堵截、漂萍流落的境遇中,以强韧充沛的生命力,传扬开去。它像一位纤柔而坚韧的绝色女子,在苍茫曙光中长久显现着多情而明媚的容颜。

明清时代,佛山水系发达,以汾江涌为交通要道,连接珠江三角洲各线,处于交通枢纽的地位,虽与中原名城较之滞后,但已开始走向繁华。那种"岭南重遮千里目,江流曲似九回肠,共来百粤文身地,犹自音书滞一乡"的浩叹已渐渐淡薄,而"夹岸楼阁参差,绵亘数十里。南中富饶之区,无逾此者"的港口重镇已经卓然而立,贸易荣昌,街市繁华。佛山古镇与北京、苏州、汉口并称"天下四大聚",与汉口镇、朱仙镇、景德镇并称为"中国四大名镇"。

　　"知恩图报"的意识在佛山人的生活里体现强烈。既然认作是上苍带来的好运,那么应运而生的祭祀、神诞、酬神与迎神赛会等活动便愈演愈烈,不论是哪路神圣,只要是大慈大悲、救苦救难的,就尊拜,于是形成民俗化的宗教氛围。久而久之,需要笙歌戏剧助兴的活动,娱乐成为主角。温饱安逸的人们有了享受娱乐情趣的余力,喜怒哀乐、忧思感奋有了强烈的寄托。外来的戏剧班水载船运,聚集基头,会馆林立,很快便歌台暖响,极尽华奢。到清代乾隆年间更是"优船聚于基头,酒肆盈于市畔",昆戏、徽戏、秦腔、弋阳腔、祁阳腔等外江班多不胜数,当斑斓的晚霞还没有收尽最后的余晖,戏剧的锣鼓唱腔已经喧响在古镇的上空了,而且每每"曲尽河星稀"。佛山也因此成为戏剧的摇篮。然而,这些戏美则美矣,可当地的百姓们还是觉得缺少自己的风俗情调,况且外江班的戏多数在官邸商府、深宅大院中上演。于是富有才华、热衷梨园的子弟们撷取各个剧种的精华,吸取丰美的民间艺术、民间小戏、民间文学的养料,渐渐形成了有自己独特风格、浓厚珠江三角洲地方色彩的古腔粤剧,并建立了本地班大本营——琼花会馆。

　　琼花从此成为粤剧(曲)的代名词。传说在扬州圣母娘娘庙前,有一株从不开花的琼树。因东海龙王水淹扬州之后,琼树开出一朵香艳无比的琼花,独领风骚的琼花散发出灵异的香气,上香三十三天,下香五湖四海,三界皆弥漫熏风瑞气。于是,玉皇大帝赏赐琼花宴,宣称功勋卓著者可获此花。

　　有一位名唤妙吉祥、长有三只眼的如来弟子,因除害有功,天庭为之取名灵耀,封为火部兵马大元帅。灵耀侍功在玉帝所赐琼花宴上与太子争夺琼花,自号华光大帝,被贬下凡间,几度转世,历经磨难。他立志造福人间,不辞劳苦,终修得正果,成为真神,即民间爱戴的火神。

　　佛山古镇的富庶离不开水与火。水,八方载舟而兴;火,四处烈焰而旺。佛山冶铁铸铜十分发达,"昼夜烹炼,火光烛天";陶器瓷艺畅销全国,"窑火熊熊,洞天照地"。佛山人对水神、火神都特别感念,既在祖庙内虔诚地祭拜着司水的北帝,也在琼花会馆隆重地崇敬着司火的华光。在中国传统五行中水火不能相容的冤家对头,在这里讲和了,而且其乐融融。这里形成一个兼容、优雅的城镇——广为接纳、深度融会、择善从流……

初始,琼花开放的环境并不理想。据记载:"本地班但工技击,以人为戏,所演故事,类多不可究诘,言既无文,事尤不经……"因此受到官方和外江班剧种排挤的本地班,只能逆风踏浪,辗转于偏村避壤的水乡巡游,多半是演出给乡村的农民看。从琼花会馆出发,带上简陋的道具和日用品,整个剧团就在船上了。"算潮水知人最苦。满汀芳草不成归,日暮,更移舟向甚处?"踏着江风掀起的涟漪,沐浴着夕阳染醉的黄昏,逶迤而去。他们与官府和外江班做着顽强的周旋,寻找着生存道路与精神寄托。为了崇敬火神华光大帝,让剧团放射出更引人注目的光彩,他们将船的桅杆及船身涂上鲜艳醒目的红颜色。从此,"红船"也成了那个时代粤剧的代称。红船子弟们虽然衣衫褴褛,粗茶淡饭,却有情感的万千气象在辽阔心野中流淌和奔驰。船舱入口处一副经典对联"江河湖海澄波浪,返道逍遥远近游"记载了这种走江湖、行胸怀的潇洒气度,他们驾驭着心爱的红船飘荡于水面天际,要知道红船满满地承载着水乡人斑斓的梦想啊——敬仰的神灵、崇拜的图腾、遥远的痴想、生命的激情……

那是清朝雍正年间,一个西天染着红霞的傍晚,从停泊在大基尾水涉头边的船上走下来一位男子,他显得有些落魄,长衫褪色,面容疲惫,但是长途跋涉的风尘并没有遮掩住他风流倜傥的神态和气宇轩昂的举止。他就是冒犯了朝廷的北京名伶张五,号摊手五。逃出京城,漂泊流落,他明白普天之下莫非王土,不知到哪里安身立命,只好带着"独怜京国人南窜"的悲凉叹息,来到水路通畅的岭南重镇佛山。此时,黄昏降临,身乏神倦,满怀落寞的摊手五听到了不远处的琼花会馆传出粤韵之声,不由心里一热,没错了,就是这里了。他走过来。这几步,对于粤剧是历史性的,他选择了佛山,佛山接纳了他。他在琼花会馆把京戏、昆曲的经典曲目和戏剧的普遍精华要素传授于红船子弟,从此,粤剧所表现的故事情节更加曲折而引人入胜,唱腔更多变化而优雅动听,剧团的组织编制更加专业化、规范化。粤剧在不断改进中更加完善了。凭着这样宽广的接纳、吸收、融会及不惧艰辛的执着,粤剧硬是从乡村的娱乐"红船",发展成为领百年风流的中国大剧种之一。它将春天般的活力蔓遍青青葱葱的岭南，以一种出墙红杏般的新美感动着一代又一代的珠江三角洲的人们以及海内外的粤语华人们。

"红船"越来越受到当地人的喜爱，逐渐在戏班林立中成为优势剧种，观看粤剧成为时尚。佛山南海人梁序镛曾作《汾江竹枝词》："梨园歌舞赛繁华，一带红船泊晚沙。但到年年天贶节，万人围住看琼花。"这种热闹的演出场面，在建立万福台以后则更见繁盛。戏台万福台选址在祖庙内，建于清代顺治年间。会碑铭记："佛山在岭表，亦粤一大都会也，厥壤平衍，而水四面环之，其东隅则穗城，佛山绾其隘，由此四方宦游，翕然集焉。"戏台的建制非常讲究，建筑为歇山顶、三开间，是岭南地区规模最大、装饰最堂皇、保存最完好的古戏台。它既是受到重点保护的文物，又是充满现代活力的戏台，现在仍然在节假日上演着粤剧粤曲。万福台对于粤剧演员和热情的拥趸来说，都是朝圣之地。几世几代，演员能在这个戏台上演一场戏，观者能在这个戏台下看一场戏，都是十分荣耀的事，内心充满了骄傲的自豪感。

戏台前有一片观戏的开阔空地，两旁是二层厢房建筑，与19世纪国外大剧院的贵族包厢相似，是供有钱人家看戏的。周围有枝繁叶茂的大树。戏台以大幅金漆木雕做舞台的背景。黑底色的金漆木雕，使得名优们的如花美艳和姹紫嫣红的服装道具更加鲜丽动人。

20 世纪 50 年代粤剧

水脉清流中孕育的人群,注定与水相依相生。粤剧所表现的感情就像是千回百转不舍昼夜的南国水脉,以虚拟道白真情,有着澎湃的激越和汹涌的缠绵。剧目多是悲情故事,如催人泪下的《帝女花》《关汉卿》《胡不归》《梦断香销四十年》等都让观者产生迢遥不泯的相思,正应了钱钟书所说的"奏乐以生悲为善音,听乐以能悲为知音"。那芳草斜阳,江风夜雨,断鸿声声寂寞,离人远去断肠的悲剧氛围也愈见凄迷,无怪乎戏剧家田汉把粤剧艺术概括成"热情如火,缠绵悱恻"。演得酣畅之际,台上泪盈于眶,步履蹒跚,声腔哽咽;而台下则泪飞如雨,血流加速,情绪激荡。而戏终曲尽,观众们满足地离去,可心绪还在戏里,一步三回头地像与情人告别般恋恋不舍。剧情搅动起内心的激情,照亮了心灵的归程。隔不多久,粤腔粤韵又升腾于心头脑际,魂牵梦绕。思念与渴望,驱使人们又来到台前,在那醇厚悠长的唱腔里一次次浸润易感的心。

现在,万福台还在粤韵的美妙中活跃着,八音锣鼓依然震响,森森古木见证着遥远的灵魂港湾与现实的精神家园。我也成了粤剧发烧友。平时,幽幽的绿荫覆盖着,静静的舞台空阔着,从灵应祠牌坊走到万福台观戏的广场,正好给了我思绪收拢的机会,仿佛通过一段时间的隧道,走进历史的空间。时光顺流而过,情感千古一脉;人生是粤剧的舞台,历史是世界的剧目。而每每于节假日来到这里,我便可以加入痴痴看戏的人群。我在一般人群里已算不得年轻,但在这里却属于少有的年轻观者。这是我在看戏时唯一感到遗憾的地方,影视、录像、电脑游戏等多元文化吸引了大量的年轻人,想想也就释然,当年的粤剧不也吸引了最活跃的年轻人吗?风流的潮汐起伏涨落,艺术的魅力多彩缤纷。"望不尽,楼台歌舞,习习香尘莲步底",舞台上的情节展开着,激起我心灵波涛的翻卷——快乐着、激动着、忧伤着。我能体会到雕花小窗里的脂香鬓影,浅吟低唱;也能感受到大江堆雪拍岸的高天远云,朗诵长歌。岭南的雨,常常在剧情欲罢不能时,仿佛是体恤,更是多情,竟缠缠绵绵而来。但是不用担心,人们都是有备而来,撑开雨伞,盛开着五彩缤纷的花朵般,极目望去,正好做了舞台的前景,似乎演员们在飘移的雨伞上云步袅袅,疑作仙子。等到雨过天晴,彩虹如练,正好给结尾做了最美的衬托和渲染。

万福台

"红豆生南国,春来发几枝。愿君多采撷,此物最相思。"想来,新中国成立后,周恩来总理观看粤剧后,为之取名"南国红豆"真是再恰切不过了。这时的粤剧已成为中华民族的国粹剧种之一。

1854年7月5日,溽热的流火与繁密的浓荫渲染着古镇的躁动,清王朝已是千疮百孔,国弱兵疲。繁荣的佛山日渐萧条,孱弱的国体眼看民不聊生。琼花会馆昂然走出了满心充溢着英雄情结的著名粤剧武打艺人李文茂。他怀着"待从头收拾旧山河"的壮志豪情,将戏演到了现实世界的大舞台上。等候在门外的"红船子弟"如海浪般地呼唤着他们仗义豪侠的统帅,佛山四万多手工业工人和农民,琼花会馆戏行数千名粤剧艺人和九十多条船组成了起义队伍。当天,起义队伍在陈开为主帅、李文茂为副帅的领导下,攻克了佛山。粤剧艺人加入广东天地会反清起义的壮举,在戏剧史上是一次空前的绝响。更为独特的是,李文茂统帅的"三军"健儿,是以粤剧的戏班组编,小武、武生为"文虎军",二花面、六分为"猛虎军",五军虎、打武家为"飞虎军"。将士的服装皆为蟒袍、甲胄等戏装,士兵们则头扎红巾,因而世人称之为"红巾军"。这些身怀绝技、谙熟弹跳技击的艺人在攻城略地的战斗中发挥了不可估量的作用。此"三军"常为起义军的先锋部队,冲锋陷阵,骁勇善战,让敌人觉得红巾军总是神兵天降,防不胜防,以至闻风丧胆。

李文茂不愧为饰演豪杰、义士的著名武打艺人,这位俊逸健朗的"二花面"侠肝义胆,胸怀经纬韬略,率领红船子弟,所向披靡,一直挺进到广西,连克浔州

（今桂华县）、柳州、庆远，驰骋广西腹地。立为平靖王的李文茂在柳州设王府、建政制、立法度。同时，他将粤剧的种子播撒到广西大地。除了实施禁烟禁赌，他主张繁荣贸易，提倡减租减息，"每逢朔望节期，他带领文武诸官到各庙烧香，头带紫金冠，上插雉鸡尾，身穿黄缎绣龙马褂及绣长袍，腰挂宝剑，五光十色，俨然舞台打扮也"，并在盛典中"唱戏酬神"，可谓情动三军，妙音绕梁，与民同乐，与当地人民结成了鱼水之情。至今，粤剧依然是柳州人挚爱的一种娱乐。像夸父留下手杖般，他把粤剧化为灼灼桃花，郁郁绿林，历百年而曲音传唱。

1858 年的春季，李文茂率部北征，攻桂林失败，负伤后不得不退至黔桂边境，很快，忧愤成疾，逝世于怀远山中。"出师未捷身先死，长使英雄泪满襟"，轰轰烈烈的起义失败，清廷下令焚毁琼花会馆，镇压粤剧艺人，取缔、禁演了粤剧。一时间，血雨腥风，故园黯晦。起义子弟及其家属肝脑涂地，佛山大基尾的琼花会馆不仅成了废墟，而且成了屠杀红船子弟的最大刑场，被屠杀的起义者达十万人。那些受尽种种摧残和磨难的幸存艺人只好隐姓埋名，流落乡间深巷。粤韵沉寂，相思成灰。然而随着生活和时日的推进，人们心底的情感生长恰如"野火烧不尽"的春草，浓情厚意的粤剧虽被禁演，但是那些幸存的艺人像顽强的种子依然发芽，在大地上悄悄生长蔓延，粤声从八音锣鼓柜和十番中传出动人的乐音，于是有了八音班，渐渐成为一种灵活、轻巧的演出形式。这种形式一直以粤曲这个名字流传下来。

粤曲是粤剧在被迫的流落漂泊中形成的一脉独特清响。它的发展充满了痛楚。没有剧团，没有了众多的角色，甚至没有应有的乐器伴奏。"一曲新词酒一杯，去年天气旧亭台，夕阳西下几时回？"怅惘中的期盼饱涨了焦渴的乡情、聚积了浓郁的乡音。粤曲，融会了佛山说唱的精华，鲜活了小巷古镇、蕉风荷雨、桑基鱼塘的风情，将龙舟、木鱼、南音等民间说唱揉和进来。开始演唱的艺人大部分是失明的女孩子，被称作"盲妹"。她们怀揣着粤韵乡愁点亮的心灯，在官府鞭长莫及的街头巷尾，唱着哀感顽艳的曲子……小巷深处的青石板上响起她们特殊的、夹着竹杖点地的足音，她们清亮婉转的歌喉泉水般淌过喧嚣的酒肆茶楼。年岁较长、技艺深厚的盲妹被称为"师娘"。就是那时有 30 多个八音班盛行于佛山城区一带，舞台随时搭建在百姓喜闻乐见的心里。粤曲的队伍悄然壮大，更多健全女孩子的加入使粤曲有了更广阔的延伸空间，她们聪明伶俐，貌若桃花,美目流盼,把粤曲演绎得更加动人心弦。"拟歌先敛,欲笑还颦"的淡笑轻愁,弹拨着人们心底柔软的弦音。这还不算,许多男伶反串旦角加入了女伶的行列。

勾鼻章就是这样的男伶,他反串旦角扮相俏丽,唱腔清婉,一举手一投足,一颦一笑都荡悠着女子曼妙的风情。他小有名气,常被有钱人家请到府邸去演唱。当时两广总督瑞麟的妈妈喜欢看戏,尤其痴迷勾鼻章的表演。后来才知道老太太特别宠爱的小女儿英年早逝,而勾鼻章不但长得像女儿,而且那种娇憨甜美的神态也酷似女儿。去得多了,与老太太熟悉起来,勾鼻章就将同行艺人的种种不幸遭遇及粤剧的精彩讲出来,赢得了老人的同情和支持,慢慢地影响着总督瑞麟,因而在同治七年(1868),瑞麟准予粤剧重搭舞台。复苏的粤剧不仅仅流传民间,而且进入官方舞台,发展至20世纪20年代末,粤语和民谣终于冲破长期禁锢的堤坝,以不可阻挡之势,迅速扩张了演出的领域,从珠三角一带扩大到港澳和海外。因其壮大,粤剧中心移向繁华时尚的岭南大都会——广州。唱腔音乐有了更大的变革,其对民间歌谣的大胆借鉴、融合与提炼达到了炉火纯青的地步。粤剧拥有了自己的名角,拥有了自己的经典剧目,拥有了拥趸们自发组建的票友团体——私伙局以及大量的发烧友。尤其是新中国建立之后,粤剧受到国家的重视,具有醇美浓郁岭南特色的"南国红豆",是相思之花,在文化艺术的原野里蓬勃着、烂漫着。

在粤剧群星璀璨的艺术家中,我最欣赏的是马师曾,最喜欢他塑造的角色是关汉卿。马师曾在抗战期间表现了一个爱国艺人的正气风骨,20世纪50年代曾担任广东粤剧院院长。他饰演的关汉卿堪称完美经典:凌然中有几分挥之不去的忧郁,苍劲中挟着一点可爱真朴的诙谐。举止洒脱自然,表演亦庄亦谐,收放自如,情感真挚。他的唱腔强调节奏顿挫,半唱半白,加上音质独特怪异的"乞儿腔",角色个性强烈而又浑然天成。他与柔婉雅致、温润清丽的红线女联袂搭档,确是珠联璧合。《关汉卿》中有这样一个情节,关汉卿以民间一冤案为背景,撰写了揭露当朝昏庸残暴的剧本《窦娥冤》,此剧演出之后,激怒知府阿合马。面对灾难来临的危急时刻,关汉卿对朱帘秀(红线女饰演)道:"鼎镬当前,我敢于赴汤蹈火,效董狐直笔,阿合马其奈我何? 惊的是你虎穴投身,明天难免灾祸,你伶仃弱女,怎经得此风波——"这一段唱腔表演,丰富细腻,刚柔相济。

马师曾把关汉卿当时凄楚焦灼、伤痛怅惘的复杂心情，刚毅正直、侠骨柔肠的铮铮品格表现得淋漓尽致。正像田汉所说"留得梨园一代名，天南地北遍歌声；乘风破浪豪情在，忍向芦沟送汉卿"，《关汉卿》不愧为一代大师匠心独运的经典杰作，漫播华夏。

佛山粤剧艺术家——梁荫棠

不知从何时起，粤剧的踪影慢慢淡远，粤韵的缭绕渐渐稀落。但是，历经了极端的苦难之后，在全球性多元文化的潮流之中，粤剧之魂依然风华耿耿光照日月。

粤剧魂——艺术地浓缩和再现一段历史的态势，一个群体的心路历程，一个社会的民俗风情。其艺术发散力不但渗透在各个领域、其他种类的艺术中，而且影响了珠江三角洲人的精神气质。

粤剧魂——体现了坚忍不拔的民族精神，不懈追求美好生活的理想见证，体现在红船演出的周旋、红巾起义的壮烈、抗战时期的罢演。它经兵燹而不毁，历劫难而不衰，浩气长存，美丽依旧。

粤剧魂——发源于水脉河系，袅袅氤氲一派灵逸之气，冉冉升腾一脉幽婉之韵。它有别于盛行于宫廷的京剧，而更繁荣于市井，是最接近百姓的艺术，表达着大众的审美趣味,因而始终洋溢着深邃朴实的美感,充沛着真淳活跃的元气。

粤剧魂——体现着城市兼容并蓄的文化品格。粤剧广泛吸收各剧种之精华,深入采撷地方歌谣之精粹,集中荟萃各种乐器之妙音,有囊括八方诗情,并挟四海艺术的卓越胸怀。

粤剧魂——寄托了人们归宗认祖的向心情感,是永远挥之不去的牵挂,是众多海外华人举头望明月的乡音乡愁,"忽闻歌古调,归思欲沾襟"。

这个艰难发展而后有着绚丽盛年的剧种,即使在发祥地也无时无刻不流露着乡愁,只是乡愁在思念的心中具有越来越厚重的珍贵价值。它是中华民族非物质文化的宝贵遗产。在传统文化回归呼声渐起的今天,固根聚魂,让艺术瑰宝放射出更加璀璨的光芒,便是我们应该续写的时代诗篇,且不可推卸、任重而道远。

我有幸亲历了广东省粤剧博物馆在原佛山粤剧博物馆挂牌时的盛况。粤乐回旋,充满空间。听到动静的周边百姓都来了,浓郁乡音总是能强烈地唤起人们深藏在血脉里对粤韵的不解情结。他们挤在只要是能够容身的树下、石间和小路上,热切地等候着。当然,那些粤剧大老倌们、海外粤剧有关人士、被邀嘉宾、众多关心文化的领导、为这个博物馆付出艰巨劳动的文化界人士都来了。彩旗猎猎,锣鼓铿锵,醒狮骁勇。在越来越火爆的氛围里,在翘首期盼的目光中,红绸翩然飞落,露出了光闪闪的大字:广东粤剧博物馆。掌声雷鸣般四起。

于这种浓烈的气氛和博物馆内珍藏富饶的典籍中,我真切地感觉到人们的心理情感和城市的沧桑记忆,是那种永不会跌落在尘泥中的高贵。这一切又似乎是人们在心底埋下了世外桃源般的理想寄托。

如今,新编剧目《花月影》《小周后》等,继承着传统粤剧缠绵凄美的火热情感、柔中有刚的坚韧风骨,同时注入了大量的现代元素,既古典又现代,传响着粤韵绝美的足音。我想,只要心存对美的追求与渴望,就会一次又一次地和它相遇。戏剧之魂,奔走着一个古老的民族群体。

发表于 2008 年 2 月《作品》

美妙哀婉的星腔

暗沉的夜晚

那天，天气阴了一天，她身上像压了铅似的沉重而没有力气，咳嗽一直在不怀好意地袭击着她。眼看着傍晚来临，她硬撑着身子，坐到镜子跟前化妆。这时镜子中出现了一位五官精致的女人，她眉目如画，脸庞秀美，那一双深邃哀怨的大眼睛似装得下所有的风雨。她的脸色是那样苍白，直到妆成，才掩盖了那种病态的苍白，镜子里竟是一位绝色的美人。晚上，先施公司音乐茶座的舞台上，在灯光聚集之下，她袅袅婷婷地走上来，这个过程，似乎已耗尽了所有的力气，她的身子在打晃，但在观众眼里，她依然是那么镇静、美丽、娴雅。只有她自己知道用了怎样的气力："叹今日，红粉成灰……"绵长、浑厚的沉稳哀婉唱腔风格展露无遗，如闻天籁，台下叫好的声音此起彼伏。她的声音似乎被什么东西塞住了一下，但是这种塞住的停顿只是一瞬，谁也没有注意，她的演唱似乎进入状态，正在顺利畅通地奔驰着……她的脸上出现了似乎有阳光照耀得灿烂和鲜花盛开的美丽，所有的听众陷入一种痴迷的状态，小明星！小明星！他们心中的女神正光华四射，"还说什么碧玉年华？鸳魂未归芳草死。只有夜来风雨……"《秋坟》一曲未了，突然，声音戛然而止，只见她捂住胸口，从口里喷出一大口鲜血，身子晃了几晃倒了下去……她再也没能站起来。她的生命定格在 1942 年夏季的夜晚，年仅 31 岁。

她，就是粤曲星腔的创始人小明星，她的真名叫邓小莲，是佛山三水人，因为有双美丽的大眼睛，被人们叫作"大眼妹"。她因家境贫寒，幼年学艺卖唱，以唱粤曲为主。天生的动人歌喉，赢得了人们的喜爱，她 11 岁便在当地驰名，被誉为"小明星"。就是这位叫作邓小莲的姑娘，一步步走向命运的坎坷。

小明星像

星腔的诞生

当时的曲坛竞争十分激烈，这位年轻美丽的姑娘，也在寻找自己的去向，她受到著名失明艺人钟德演唱的"盲公腔"的启发，将自己原本演唱的大喉改为平喉，这一次的改进奠定了她成功的基础。又在一次偶遇，才气横溢的著名作曲家王心帆慧眼识珠，与她成为知音。王心帆为她改名为邓曼薇，并为她量身撰写了第一首粤曲《痴云》，曲调优美，词意醇厚，被小明星温婉动人夹着几丝哀怨的平喉演绎出来，如诉如怨，效果惊人，玉润温厚的女中音轰动了整个曲艺界，被誉为独特的"星腔"。从此，一脉具有独特意义的粤曲流派"星腔"诞生了。

小明星在求艺的道路上，勤奋好学，她阅读了大量古典文学书籍，对唐诗宋词有着深刻的理解。为了一首新曲，她常常反复练唱，必熟练后才登台表演。小明星一生共唱过30多首粤曲，如《夜半歌声》《风流梦》《知音何处》《长恨歌》等，多是表现哀怨忧伤的作品，一如她的人生体验。

美丽的灵魂

其实，小明星明明可以靠脸吃饭，可她偏要凭才华立身。她柔弱的外表下，有一颗刚强正直的心灵，她美丽的外貌，一如她美丽的灵魂。她的厄运，始于被当时省主席陈济棠的哥哥陈维周纠缠，这个有着极端权势的男人，对小明星的美貌和风采垂涎已久，要强纳为妾。被小明星断然拒绝后，他恼羞成怒，竟与各方歌坛老板串通，处处刁难小明星。无奈的小明星，只好离开广州，到香港谋生。她的韵味深沉、温婉忧伤的平喉音色，表现了特有的魅力，一时轰动香港，使港九曲坛卷起了兴旺的旋风。更为可贵的是，卢沟桥事变之后，她回到广州，以慷慨激昂的《恨锁卢沟桥月》的曲子，表现了民族气节。这位柔弱的姑娘，内心激荡着铁骨热血，产生了强大的能量，赢得了世人的尊敬。

她原本身体孱弱，为了谋生，积劳成疾，得了肺炎，但是她为了生计、为了戏班子的一干人，无法停下来，仍然不断地演唱、演唱……最终倒在了她毕生为之呕心沥血的舞台上。她的一生，充满坎坷和传奇，浓缩了那个暗夜年代的粤曲艺术坎坷成长的经历。

"星腔"星光闪烁

如今的粤曲星腔,已成为广东省级非物质文化遗产项目,以小明星为题材的影片、戏剧层出不穷,在学术研究上学者们也从没有间断钻研,为世人立了一面人生的镜子,"贫贱不能移"的贵重品格永传后世。如小明星地下得知星腔在后世得以绵绵不断地传承,闪烁着夺目的光华,一定会含笑九泉。庆幸的是,小明星以星腔传世,弟子众多。

李月友

第三代传人李月友,也是非遗省级代表性传承人,她毕生从事星腔艺术,扮相端庄而柔美,唱腔温厚从容。我想,她的身上一定有小明星的影子吧。在小明星的家乡佛山三水,我参加过李月友的演唱会,她的举手投足,都让我领略到粤曲星腔的绵长温婉的神韵,那是一种长相思的神韵……

2020 年 1 月

大雅稀声觅知音

纯国产的乐器

古琴,地道的中国制造,乃是一直流传的雅乐重器,在历史上颇有地位,统大雅之尊,为八音之首。古琴的千古魂魄,似乎就是中华书生的清高、刚直而不随流俗的气质。

琴音来自何处,当然与琴、与人是无法分开的。关于琴,有许多传说中的名琴,可见这琴与其他物件有着重大区别,而弹琴的名家更是超凡脱俗,仙风道骨。苏东坡先生有云:"若言琴上有琴声,放在匣中何不鸣?若言声在指头上,何不于君指上听?"一诗道出琴声的源头,道出琴声必须是人与琴结合的产物。

古琴是以"清微淡远"为旨趣的,因而从来不是在广场热闹的活动或大型庆典使用的表演性乐器,用句时髦的词说,就是所谓"小众"。古琴的音量并不强,即使是高亢激昂时也不能与锣鼓相提并论。古琴是一种恬淡的雅音,文人气息极浓,是一种文人乐器,本身就承载着一种完善人格、彰显风骨的品格。《红楼梦》第八十六回中的林黛玉所言:"琴者,禁也。古人制下,原以治身,涵养性情。"所以古来文人弹琴,"坐必正,视必端,听必专,意必敬,气必肃"。尤其可贵的是,在千百年形成的故事里,就特别强调了士子们对"王公巨贾""不与趋附"的态度,强调一种与生俱来的高贵气息。

古琴的故事哀感顽艳

古琴的历史故事一路走来,都与铭刻岁月、无法释怀的凄美相连,传说的人物与琴都是那样栩栩如生、动人心魂,似乎从沉静的月夜里,翩然而至,达到心灵的某个敏感的位置,让人的灵魂不再卑微。20世纪香港拍摄的曾轰动一时的历史故事片《屈原》里面有位美丽温婉、忠诚、倔强的婵娟,她是屈原的弟子,为了保护师傅,小小的年纪香消玉殒,令人扼腕。而她用古琴弹奏的屈原名著《九章·橘颂》,则给人留下了深刻的印象。婵娟这个角色由鲍起静扮演,将坚贞忠诚、清丽纯净的美丽演绎得格外到位,将动人的婵娟永远留在了"后皇嘉树,橘徕服兮。受命不迁,生南国兮"的绝美诗画里。婵娟令古琴曲《九章·橘颂》的意蕴缥缈了千年时光。

在我们寻常的生活里、诗文中,普遍而著名的古琴故事,第一位的算是"高山流水"了,这个佳话成为人与人交往的最高境界——知音的内涵,几乎是妇孺皆知。身为高官的俞伯牙遇到了山野樵夫钟子期,在"巍巍兮,高山;汤汤兮,流水"的感叹中,成就了千古知音的佳话和文人风骨的情怀,然而真正熟知弹琴又深谙其内在品格的人,又从来都是少数。所以当俞伯牙得知钟子期英年早逝,竟悲伤地掷琴于地,再不弹琴!摔琴谢知音,完成了一个千古佳话!而平凡卑微如樵夫的钟子期就在那个历史的闪光点铭刻在人们的脑海里,同时也告诉人们,平凡的人因为古琴而变得丰美俊伟。在我的心目中,一说古琴,便是云云苍苍的高山,云深不知处的缥缈迷离;便是潺潺流水,瀑布高悬,垂落于凡尘大地之清泉。那种旷远是超越了我的想象力的。这段故事,被当代著名古琴家管平湖先生以演奏的《流水》展示,此曲已成为近当代的经典之作。平湖先生演绎的这段琴声,音韵饱满,沉雄厚重,颇有高古之风。

弹古琴

知音难觅，觅知音却从未间断

千岁以降，古琴究竟为谁而弹，弹给谁听呢？其实，古琴飘然秀逸的历史过程已经告诉了我们，古琴是弹给知音听的。随着岁月的流逝，随着现代思潮的发展与国情的变化，古琴的琴音已经不再悲切，而是呈现着高雅的格调、欢快的韵律，即使是古典的名曲，那指尖调动的也不再是凄切的律动。

佛山琴人

说到岭南古琴——这是中国古琴中的一脉，著名的有明朝的邝露，还有他那传世名琴——绿绮台。他遥远的身影，在历史的风烟中潇洒而坚毅地屹立着。而琴音却是袅袅不绝。

佛山的古琴艺术属于岭南派，现已经成为市级非物质文化遗产，其代表性传承人梁球先生，是一位不仅会弹琴也能够制琴的古琴艺人。我第一次见到梁老师是在一个古琴演奏会上。当时许多人在进行准备工作，场面热闹而凌乱，不久就在人们默契配合下，趋于整齐，有人试着为古琴调弦，琴音破空而来，虽未成调，还是让人感到丝竹的动人。正欲深一步感觉琴声，忽然听有人说"来了，来了"，人群似乎一下子改变了形态，走向门口，我感觉，来的这个人一定是重要人物，不然大家怎有如此的恭敬？一会儿，人们拥着一位中年男人走了进来。来人头发有些花白，穿一件对襟有羊毛绲边的背心。他目光淡定，不苟言笑。我置身于普通的观众之中，看着他被人们簇拥着，人们告诉我，这就是梁球老师。我记得在那场古琴雅集中，他是最后出场的，弹的曲目是《梅花三弄》。清音雅韵袅袅散开，自然有一种深邃的力量。

在佛山说到古琴，我还接触到一个令我记忆深刻的人——聂建新。开始接触时，我感到他有点"高冷范儿"。他爱穿一身少见的灰色长袍，有着古典美的眼睛和具有艺术表现力的胡须，似乎生活在时代之外、尘世之外。但是再深一点儿接触，我便深深地感受到他对古琴的热爱与执着的情怀，这种执着，已不多见。他是一位极有个性的人，似古琴般倔强，也有音乐人对音乐特有的热情甚至着魔般的钻研精神。他不断地对我讲，学古琴的人，首先要有高洁的人品，方能领悟到古琴的精髓,才能成为真正的古琴人。我深深认同他这句话,艺术的品格就是人的品格。原本艺术的高雅与否就是拼人品的,而就古琴的出身和传说,则更是艺术中的上品。高山流水之情、花开鸟啼之意、日暖云开之境,哀愁与欢喜,古琴的名师、古琴的乐韵都是情义笃诚、才气高华,不同凡响,令人心绪宁静,在尘世的大地上方能连同星空的高远,产生袅袅不绝的传响。

2018 年 1 月

十番古乐话沧桑

春天来了,有些事情已经无法复苏

那是一次记忆很深的工作出行。有一段时间,非遗申报工作实在是太拼了,熬夜几乎成了每日的课程。直到年关将近,紧急的工作告一段落,我和陈勇新、梁国澄两位老师一起到叠南庆云村去拜访一位深谙十番曲谱的老艺人,想进行深入的调研和录制曲谱。年节前的村子街道上,争艳斗彩的鲜花,红红火火的对联,花花绿绿的糖果,各式各样的点心、煎堆等,烘托出喜庆、热闹的气氛。

我们的车子在这熙熙攘攘的村路中曲折穿行,蜗行着到了村口,车停下,陈老师给村里的联系人打电话。只见陈老师没怎么说话,就收了电话。看着我们询问的眼光,他神情低落而疲惫地说:"人没了,前几天'走'了,不用进村了。"又像是自言自语地说,"我前几天才联系的。那个联系人也才知道。"车子掉头返回。车里的沉闷、伤感和来的时候的期望兴奋以及外面的世界形成鲜明的对比,街头传来激情的歌声:"好一朵迎春花啊……"这么美的歌声在空中回荡,在我们听来却有了落寞的滋味。这样的事,我们遇到过几回。每一次遇到都心很痛,知道那种远去是不可挽留的事情。叠南村的十番消失在我们的视野中,那是 2007 年的冬天。现在,十多年过去了,当时同行的传统音乐的专家陈勇新老师也已过世 8 年多了。

在传统音乐的专家中,我后来接触的都没有陈勇新老师那样的投入和勤奋。他是一种自觉追寻,仿佛将传统音乐的非遗项目挖掘出来并申报是他自身的责任和使命,对此,他似乎有种过分的执着。与他在一起工作的几年里,他那消瘦的身躯似乎有无穷的活力,从禅城到顺德杏坛镇,那时的路途比起现在要艰难得多,他没有要过车,一个人悄然地乘着需要转几次的公交车,到杏坛去调研,然后写出丰富的申报材料。陈老师走了,他的精神还时时激励着我。值得安慰的是,陈勇新老师临终交给我的手稿《粤语说唱》,终于在 2018 年得以出版。厚厚的一本书，是他多年的心血。

铿锵的佛山十番

十番，据说是中国古老的民间音乐，以乐器发声，形成美妙的乐音。十番，"十"泛指多数，"番"指翻花样，在这种多样的变化中，"番"也有轮番突出不同乐器的含义。佛山十番的表演，常常是几十人，穿上好看的服装，形成一个不大不小的整齐阵势，伴以动作，打响金属质地的乐器，节奏感十分强烈，与风猎猎地合在一起，似乎穿越着岁月的往事，每个打击锣鼓的人，脸上都有一种遐想般的陶醉。在过去的年代，欣赏这种表演无异于观赏一部大戏。十番在岁月的流转中，不论经过了怎样粗粝的路程，仍然在修炼着多种器乐，有八音锣鼓的群鼓、沙鼓、大钹、高边锣、大文锣、翘心锣、单打等常用乐器，风格顿挫、粗犷、高亢，具有极强的地域色彩、浓郁的地方风情。新中国成立后，佛山十番远赴多地表演，不论是在既传统又现代的名城北京、秀丽典雅的宁波、繁华现代的香港还是异域风情的土耳其，那种独特的气质和超越天籁的声音，总是留给人们深刻的印象。

佛山十番独特的"飞钹"表演，仅流传在以佛山古镇为中心方圆五六公里的范围，全国罕有。明清时的佛山镇，市场兴旺，民间艺术、民俗活动也兴旺，为佛山十番提供了广阔的空间。当时以佛山古镇为中心，辐射出二三十个十番会。抗日战争后，经过多年的战争和时局变化，佛山十番的发展受到严重的破坏，现在可以追寻的，实在是少而又少。其中，叠滘茶基村何广义堂的队伍比较活跃，大基尾的明星影映只有马氏一脉。同乐堂重拾传统，仅凭记忆一边演奏一边摸索，老艺人正在带徒，现已成为市级代表性项目。

古村里的何广义堂十番

何广义堂十番曾有很辉煌的历史，1935年"何广义堂"曾被邀请参加英皇银禧大典巡游，2005年非遗工程启动时，"何广义堂"有表演队伍，成功申报为国家级非遗代表性名录，是以叠滘茶基村何广义堂的十番为代表。以茶基村为代表的十番会至今仍沿用传统的"状声念谱法"作为心传口授的依据,是民间锣鼓曲传承方法的活化石,具有很高的实用价值和学术研究价值。这些年,端午节则配合龙舟竞渡,把队伍移至改装的十番艇上表演,成为茶基村一道独特景观。

秋色巡游中的佛山十番表演

何汉然曾是十番的代表性传承人,父亲何云傍是当年叠滘茶基村十番会主持人,参加英皇银禧大典巡游,何汉然与父亲一起赴港演奏飞钹。他掌握了佛山十番的全部演奏技巧,懂得每种乐器的演奏。飞钹技艺的"左钹""右钹""阴钹""阳钹"他都运用自如,表演起来总是受到同行们的羡慕和赞叹。有代表性的4首十番曲牌《合鼓引》《耍金钱》《鼓起》和《长锣》一旦演奏起来,那种划过花香鸟语和树梢风声的乐声,有一种震撼大地的阳刚力量。2012年何汉然过世之后,村主任何汉沛成为十番的核心人物、主要组织者。他自幼向祖父和父亲学艺,深得真传,面对十番日渐衰微的现状,深感保护、传承之重要性与迫切性。作为村主任,何汉沛是一位深谙十番的管理者。他为十番的各种活动忙前忙后,收放自如的性格,让他组织队伍外出表演和进行演奏都得心应手。队伍整齐有力,演奏时精彩划一。他熟练掌握佛山十番各种乐器的演奏技巧,尤其擅长飞钹和高边锣,掌握多种古老曲牌及其表演技法。何汉沛还不断致力于十番演奏形式的改良,不断丰富排阵与列队行进中的表演花样。如今,何汉沛已经成为这个项目的国家级传承人。

现在的十番表演,所有队员穿着统一,武士装束,头戴卓帽,雄壮威武演绎着喜庆的锣鼓音乐。飞钹如彩蝶飞舞,乐音铿锵悦耳,气氛喜庆热闹,是古镇难得一闻的仙乐,当地的人们往往看得、听得如醉如痴。

大基尾曾活跃的十番

早年的大基尾,是佛山古镇的重要交通枢纽。大基尾明星影映的十番,活跃在古镇的多种活动中。佛山秋色,举全城之力的民间习俗大巡游,总是在中秋时节出现,原本静谧的月圆的夜晚,被喧天的锣鼓、优美的舞蹈所搅动。富有佛山特色的"飞钹"表演在明星影映的传人马聪、马达明父子手中更加发扬光大。他们将音乐与舞蹈深度结合,演奏音乐时,伴以漂亮的动作。"飞钹"演奏不按常规碰击,而是甩动绳子擦击,并有各种花式表演,是一种创新式的表演。表演者一手执钹冠,另一手执系着另一钹的绳头,绳有两三尺长,绳连着钹,在头顶或身前甩动,合着锣鼓的节奏擦击,发出特殊悦耳的"镲镲"声。这种乐声总是令我陶醉,常常想不明白,古人何以发现了这样迷人的声音?"飞钹"花样繁多,自下向上甩动,叫"阳钹",反之称"阴钹"。一手甩动叫"单飞",双手甩动名"双飞",还有"反手飞""头上飞""翘手飞"等名目,甚至可以站在别人肩上演奏。每转一圈,飞钹就在空中碰撞一次。一群表演者随着花式和图形变化,只见金钹上下左右纷飞,金光闪动,飞钹与空气摩擦出清脆的声响,稀薄的空气在飞钹之间欢快地爆出能量。这种声音,加强了秋色巡游的五彩效果、呈现着热烈的特征,令人眼花缭乱,由衷地发出感叹。出秋色必有十番的精彩演出,有句著名的俗语叫"无十番不成秋色"。曾经,马聪师傅与佛山文艺队伍编导一道,多次把佛山十番搬上舞台。

延长了古典乐章

马达明现在已有七十多岁,但显得与年龄不相符的年轻,最令他自豪的是,儿子马良辉成为佛山十番的传人。良辉在佛山第六小学教授十番。我曾参加过六小的升旗仪式,当五星红旗升起之后,英俊的良辉带着六小的十番队伍进行了表演。孩子们学会了十番飞钹,我看到小小的身影生机勃勃、劲头十足,飞舞起来的铜钹一闪一闪的金色辉映了校园里的绿树鲜花。那一刻,我的内心像是飞舞着许许多多的飞钹,独特的金属碰撞出美妙的嚓嚓声和着心跳加快,我的眼睛湿润了。

佛山第六小学的十番表演

孩子们投入的神情和认真的动作,使十番热烈而深邃的主体乐章,延长了那份古典激情。

2020 年 11 月

肩扛龙舟唱祈福

寂寞的说唱

我最初认识龙舟说唱,是和几位专家赶赴顺德,去调研这个古老的曲艺项目。伍于筹、尤学尧两位是代表人物,他们的唱腔圆润如玉,音色饱满,我个人感觉伍于筹的唱法更加婉转自如,如天籁般优美,具有强大的穿透力。尽管我不能完全听懂,但那种说唱的风格与质感却让我十分感动。2008 年,伍、尤两位均成为非遗国家级传承人,只可惜,他们不久后相继离世。

听老佛山人说,一到过年,龙舟歌便在那悠长的、挂彩灯的街头巷尾响起来,"龙舟舟,出街游,封封利是坐船头。老爷本事好名声,奶奶乐善好施心地正,少奶有喜又添丁。细蚊仔(小孩)快高长大兼生性(听话),读书伶俐又聪明……"声声祝福伴随着婉转的曲调和清脆的小鼓声传到人们的耳朵里。在新的一年绽放的清晨,让人们更感受到新年的喜悦。龙舟歌又被称作吉利龙船,而唱龙舟的人要讨红包利是,又有"乞儿歌"之谓。

在顺德唱响的龙舟歌

龙舟歌与竞渡的龙舟相区别,叫唱龙舟或龙舟歌,是依托民俗,尤其是年俗而存在的,更是一种能够独立表演的说唱艺术。这个说唱的来源主要是顺德龙江说。相传乾隆年间,顺德龙江有个平日能说会唱的破落户子弟,生活无着,但才气了得,他在木鱼歌的基础上,改革腔调,手提木雕龙舟,胸前挂一副小锣鼓,边敲边唱,靠卖艺度日。由于他的演唱别具一格,明快悦耳,通俗易懂,很受欢迎,于是,不少人竞相仿效,很快就流传开来。

我认识的刘氏龙舟歌第六传人的刘仕泉,他讲的龙舟故事,时间可以推至康熙年间。有顺德龙江人蔡、黄、张、刘四姓的子弟赴京考试,当他们乘坐的船行至广州时,被土匪劫持,衣物盘缠全无,不但赴考不成,度日也成了问题。其中一位刘姓子弟就在木鱼基础上，创出了龙舟歌，仿照端午节比赛的龙船式样，制成木雕龙舟的道具，扛在肩上，作为演唱的标志，说唱时用小锣鼓伴奏，借以度日，开始了卖艺生涯。这个故事，颇为凄凉，让人不由得生出命运无法掌控的感慨。如果这几位向往科举的书生顺利赶赴考场，很可能金榜题名，走上一呼百应的仕途，过上锦衣玉食的生活。可是，他们落魄街头，几乎沦为乞丐。然而，正因为他们的失意，造就了一项优秀的传统说唱，流传百世，成为一项民间说唱表演的曲艺艺术。

清代龙舟说唱

　　龙舟说唱的唱腔、伴奏以及同语言的密切关系属音乐范畴。它的调式、旋法、节奏、曲体结构等形态都较为原始，具有节拍不大规范、速度不均匀，富有弹性的"散节拍"特征，是我国农耕文化的活化石，具有深层的研究价值。

　　产生于忧患之中的龙舟歌，造就了一大批有才华的龙舟艺人。为了能够很快有效果，他们有现编唱词、马上表演的本领。要练就这个本领，他们必须了解各个阶层、各种职业的人们的心理喜好。他们会根据表演对象的身份，如做生意的、教书的、行医的、务农的等进行即兴表演。

讲故事的龙舟歌

另一种演唱形式是说唱故事，是龙舟说唱更重要的功能。龙舟说唱的艺人基本是眼力正常的男性，可以涉水渡河，穿街过巷，最大长处是只要有立足之地，在哪里都可以唱，不择地方，小巷深处、村头树下，随时开唱，看到什么唱什么，需要什么唱什么，声情并茂。他们可以穿着普通的衣服，也可以穿上漂亮的演出服装，在漂亮的舞台或是气派的演出场所，进行演绎故事的表演。所唱故事内容丰富，来源广泛，有摘取现成长篇木鱼书的精彩片段、小说、话本、戏剧（传奇）民间传说改编的，比如《三国演义》《包公访狄青》《英台回乡》《貂蝉拜月》《蒙正祭灶》《杜十娘怒沉百宝箱》等，还有就是具有传统教化功能的唱本，如《孝顺歌》《十教女娘》等。最引人瞩目的是以社会生活、国家大事为题材的唱本，具有针砭时弊的社会性。

因龙舟说唱的干练精短品性，在社会功能上具有独特的长处，因而也被人们重视，这也是龙舟说唱特别具有光彩的部分，又称时事龙舟。著名的曲目有《唤醒同胞国民叹更》《庚戌年广东大事记》《陈敬岳行刺李准》《辛亥广东米贵兼闰月》《唔（不）好食洋烟》《赌仔回头金不换》《赌仔卖女》《唤醒同胞》《工人叹五更》等，成为宣扬新事物、新思想的有效形式，出现频率仅次于粤曲。

珍贵的道具

龙舟说唱的道具也是很有地方特色的。在国家级传承人尤学尧老人过世后，我们曾想将他平时进行说唱的道具，征集到博物馆里，进行永久保存与必要时的展示。这个尤师傅扛在肩上的木雕制作的小龙舟道具，制作细腻，大约长六七十厘米，下连提杆，造型是三层龙舟，十分精致。单层龙舟一般仿竞渡龙舟造型，刻有两排小人，或高举罗伞旗幡，或手持船桨，有的还可活动，拉动提杆的绳子，小人就做划桨状。双层龙舟下层有划桨人，上层一般有盖，无盖的有人在上面竖起旗幡，周围满挂饰物，五彩缤纷。最好的龙舟道具就是三层的。龙舟底层有左右两排划桨人，中层有手持各式兵器的武士，顶层有勇士瞭望。龙头披红布，龙尾插彩旗，龙身挂满红灯笼和铜铃，琳琅满目。但是，尤师傅的家人，尤其是他的儿子,说什么也不肯出手。他含着泪说:"这是父亲给我们留下的珍贵遗物,多少钱我们也不出手,要家里永久保存。"拳拳之心,溢于言表。

巡游表演者刘仕泉(左)、伍于筹(中)、尤学尧(右)

虽说龙舟说唱是张嘴就唱的艺术,但是由于许多有才华的艺人唱的歌词有文采,有故事,影响广泛,还是记录下不少唱词,形成了唱本,可是那样的唱本是怎样流传的呢?原来唱本都是雕版刻印的,很是奇妙。那时多由广州、佛山、顺德刊刻,版本有木刻版和机器版。刻版多由桂洲马岗乡人刻制,广州较著名的书坊有五桂堂、以文堂、醉经堂,佛山有芹香阁、近文堂,顺德有大良印务公司。

岭南天地里响起龙舟说唱

龙舟说唱虽然以顺德话为正宗,但粤语地区的听众都听得懂,而且觉得别有风味。龙舟说唱最地道的形式是手提木雕龙舟,用小锣鼓伴奏。但搬上舞台或业余文艺工作者表演,则多数是轻装上阵,而把木雕龙舟插在一旁,当作一个演出的标志。至于改独唱为群体表演,甚至加上乐队伴奏,加上领唱、帮唱、对唱、齐唱、插白等艺术处理,更不是什么新鲜事。近年有个龙舟小品叫《夫妻和顺》,由三人饰演夫、妻、母,由于有人物、情节而特别受欢迎。无论历史和现状,都说明龙舟的表演形式可塑性很大,为龙舟说唱的传承、发展提供有利的条件。

龙舟说唱所保留的民间口语、语法,唱本所用的俗字韵文构成的形态,是研究粤语上继古汉语而又不断演进的生动材料。

在近几年,佛山秋色的非遗周上,都请了龙舟说唱演唱家来到现场,表演的地方在简氏别墅附近,两位传承者穿上对襟中式绸衫,肩扛着龙舟道具,摆开场子,立刻有不少人围上来,这种地摊式表演,再现了当年的情景。动静结合而富有情调的岭南天地中,古朴苍劲的声音响起,给这个人来人往的休闲区增添了悠悠古韵。

2019 年 11 月

岗 雕 唧 啾

被鸟声迷住的新娘

那是一个宜人的日子,天气晴朗,阳光正好,洋溢着喜庆气息的吹打乐队接一位新嫁娘,一路上欢声、乐声、鼓声不断,一看就知道是富贵人家嫁女。行至婆家半路,新娘感觉到漏进轿里来的阳光透亮迷人,她便要求停轿。她从沉闷的轿中走出来,感受着鲜美的空气和微风中的鸟语花香,再也不愿上轿。这位新娘是位富家小姐,这次特意要求男方请有名的乐队迎亲。新郎此刻看着娇美的新娘,不愿厉声强迫,他束手无策,不知如何是好,急得像热锅上的蚂蚁。机智的唢呐手看见人们喜欢的岗雕雀从远处飞来,灵机一动,便吹起活泼、悦耳的旋律。

岗雕,是当地常见的一种小鸟,比麻雀略小,叫声"吱吱",非常悦耳。它一边唧啾着一边在空中兜圈,突然收起翅膀直往下冲,将到地面又蓦然升起,活像在做杂技表演,十分讨人喜欢,象征喜气、吉祥。

清脆动听的唢呐一会儿学雀叫,一会儿像雀飞……仿佛岗雕雀一会儿落在艳丽的花朵上,一会儿隐藏在碧绿的叶丛中,一会儿又欢叫着一飞冲天。新娘子越听越入迷,不知不觉就在管家的引导下上了轿,迷迷糊糊地继续赶路了。从此,这首即兴之作成了名,一直保留下来,取名叫"岗雕上山"。

花鼓调"解读"岗雕唧啾

岗雕鸟的唧啾似乎是祖先特意留下的密码,而花鼓调是破译密码的音乐。这就是传统音乐高明花鼓调的传说来源。高明区位于佛山地区的西北方向。过去,高明区农村盛行演奏吹打乐,乐队由鼓、钹、锣、铜鼓(翘心锣)和两支唢呐组成,称为"六音"。高明花鼓调具有"六音"的活化石的珍贵价值。在更楼泽河一带,迎亲时所奏的喜乐,逐渐形成一种固定的程式,如"行街""岗雕上山"

"南风云"等,因用鼓来指挥演奏,当地称为"花鼓调",借用粤剧牌子串成,插入创作乐曲。花鼓调为当地特有的"抢亲"风俗进行演奏。高明"抢亲"的主要仪式是"作阵"和"打阵"。女子出嫁前半个月,搬出闺房住进"待嫁屋",由陪嫁姐妹朝夕陪伴,并收集一大堆石头、瓦片,以备"作阵"之用。到了迎亲之日,姐妹千方百计保护新娘,与抢亲者"开战"。抢亲者是女家本房中年妇女,预先也组织了一班男青年协助"打阵",分散姐妹的注意力,陪嫁姐妹护着新娘,等到姐妹"弹尽粮绝",双方你来我往谈判条件,最后姐妹说:"叫大吹佬(六吹乐手)吹些好听的!"于是奏起"岗雕上山",新郎解开系在轿顶上的红绸,名为"解轿红"。新娘上轿后,轿夫或其他人重新在轿顶、轿门系上红绸,开始上路。有人故意把红绸多系几个难解的结,特意为难新郎。人们满怀着谐趣心情,看新郎到了家门时还在为难解的扣急得满头大汗出汗,十分快活。

固定下来的迎亲喜曲

这首迎亲组曲借用了一些粤剧牌子,其中的"岗雕上山"使气氛更加热烈,这时候人们就有了充足的理由,请乐手再奏"岗雕上山"。聪明的新郎往往明明能打开扣,却装着打不开,等着欢快的岗雕乐演奏一段时间后,打开轿门,让大姘姐(相当于媒婆角色)背新娘入屋。

此时的音符是幸福的意象,是喜悦的抚慰,点亮了一对新人开启的人生。现存的《高明花鼓调》迎亲组曲由"岗雕上山"等七个乐段组成,与当地古代抢亲的风俗遗存紧密结合。这七个乐段,除"岗雕上山"是迎亲组曲的核心乐段外,其余均借用了粤剧曲牌。

迎亲乐队由运鼓、铜鼓(翘心锣)、小锣、小中钹和两支唢呐组成,共6件乐器,故当地称为"六吹"。迎亲时,一人同时演奏运鼓和铜鼓,只见他左手提起,前臂内弯成90°夹住运鼓,铜鼓挂在手掌和前臂之间。左手执锣槌,转动手腕打铜鼓,右手拿一支鼓竹打运鼓,走在前面,发挥指挥作用。接着是小锣、小中钹,然后是两支唢呐,实际只需五人。在舞台演出时,打击乐由4人演奏。两面鼓置于鼓架上,由一人用两支鼓竹演奏。

在祠堂里演奏

过去高明农村举行婚礼,按例请客三天,过礼、上头、迎亲、新娘拜茶等仪式都要奏乐,宴席间唱八音(坐唱粤曲,当地叫开口八音)。八音班优秀的乐手一般能兼顾"八音""六吹",这些带有绝技的农民,虽平时务农,却是优雅得多。他们每人自备统一的短棉袄、一盏手灯。主人家所给的报酬、款待很丰厚,大多是一斗米、三斤猪肉,乐手们不但有饭吃、有酒喝,还会收到装着费用的红包。那时候,吹奏人是风光的,有才艺的人受到极大的尊敬。师傅在当地有着很高的威望,一个孩子如能够送到"六吹"师傅处当学徒,非常有光彩,往往成为村子里的荣耀、家族的骄傲。当上了学徒的孩子们,还要起早贪黑、你争我赶地努力学习,期待着学好技艺,给家人争光。

高明花鼓调产生于低山丘陵地区农村,因交通不便,一直处于比较封闭的状态。后来高明花鼓调传到合水布练村,村民们特别喜欢其中的"岗雕上山"曲,于是经过不断加工,发展为独立演奏的乐曲,改名《岗雕上岭》,每逢佳节或在喜庆场合演出,深受群众欢迎。2006年,岗雕乐被收入《中国民族民间器乐曲集成·广东卷》。近年来,他们到鹤山演过几次,在2008年佛山祖庙北帝诞庆典上,还进行了表演,当高明花鼓调出现在巡游队伍和舞台上,人们不啻为看到了珍贵的活化石,那些懂行的佛山人十分兴奋。

那时候,高明泽河、布练、版村一带,与粤语地区盛行八音锣鼓一样,有不少八音班,要满足当地红白二事和各种民俗活动的需要。唯独"六吹"演奏喜庆吹打乐,有深厚的群众基础,只可惜他们创作的乐曲缺少记录而大量流失。而高明花鼓调的 7 位传承人都年事已高,几乎没有年轻人主动来学艺。

想起电影百鸟朝凤

"人事有代谢,往来成古今"是一个铁律,怎样在新时代有效发展,这是一个课题。高明花鼓调每每让我想到《百鸟朝凤》这个影片,在时代历史潮流中,非物质文化遗产唢呐演奏面临着传承的转型期。一生以巨大的热情钻研唢呐、将唢呐吹到人们的骨子里去的演奏师傅焦三爷,费尽心血,希望教授出优秀的徒弟,将唢呐传承下去。师傅由著名表演艺术家陶泽如扮演,他深刻地演绎了焦三爷强烈的个性与对艺术深邃的信念。《百鸟朝凤》一曲告诉我们,乐器不但需要技艺高超,更重要蕴含崇高的道德观,这就是中华民族的文化精髓。看似一种小小的乐器,其实承载着忠勇、正直和坚韧。随着时代的推移,那声声唢呐仍是与生活越离越远,徒弟游天鸣对师傅的"唢呐离口不离手"的师训也难以持续遵循……但是,美好是不能忘记的,美好总是在无数的艰难阻碍中存活着……徒弟天鸣以朝圣般的情怀演奏"百鸟朝凤"……电影的结尾,师傅的身影再一次清晰地出现,渐行渐远,催人泪下,在不可言说的惆怅中,也产生着无限的遐想和希望……

2018 年 5 月

才　情　粤　讴

才子招子庸

说起粤讴,是一本尘封已久的大书,曾经在陈勇新老师的叙述下,似乎有一双无形的手为我掀开了这本书。那位清末年间风流倜傥的才子招子庸就出现在我的面前。他剑眉星目,温文尔雅,常常流连于小园、小桥之间,可能就是珠江岸边、西樵山间,他和一位女性知己,相伴而行。他们看起来像是一对真正的恋人,彼此心里喜欢着对方,眉宇之间有着难以说清的愉悦。我很希望这个女子,就是秋喜。那个时光穿透了许多岁月,定格在世人的心里。所不同的是,招郎摇着手中的雅致折扇,轻吟浅唱间,嘴角却有一抹嘲讽的神态和高傲的眼神。他的轻吟浅唱,不是寻常的诗或者歌,而是一种特殊的说唱——粤讴。

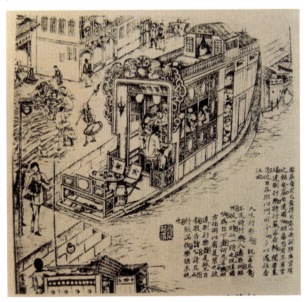

清代画报上广州沙面的花艇

粤讴是由民间粤语说唱木鱼、南音融合后形成的一种说唱,是才子招子庸融合了民间俗语俚语与典雅文学语言,成就了粤讴。招子庸,南海横沙村人,是清嘉庆年间的举人,在山东潍县做过县令。他清正耿直,颇有政绩,却招来了意外的诬告,面对一摊无法澄清的污水,加上才子清高不合群的脾气,于是辞去官职,回到南海。他以清醒的头脑,决绝地不问政治,常常流连在珠江汇聚花舫的南濠、谷埠和沙面一带,看开得绚烂的花、生得繁茂的树,赏皎洁的月、飘香的风,在花艇上听音饮酒游玩。

招子庸本身就是一个传奇,可贵的是,他是敢于用文字、用歌揭示社会不平现象的真诚的人。正是因为这种真诚,才使得他写出令世人不能忘记的文字。

此恨不关风与月

这位招才子写的粤讴,主角大多是青楼女子,似都与风月有关,离不了花与情两字。初看上去,他似乎真的是一个醉心于花柳情场的人,但是只要仔细地阅读他的作品,就会发现,他是借写风花雪月而揭露当时社会的黑暗,有着深刻的思想和犀利的笔触,正是"此恨不关风与月"。

最著名的应该是《吊秋喜》。描写的是一个死去的女子,秋喜和许多因还不起花债被逼死的姑娘一样,亲手了结了自己的生命,年轻美好的年华就这样戛然而止。有谁知道青楼女子巧笑嫣然的背后是怎样悲惨的命运。招子庸同情这些女子,通过她们,他看透了社会的黑暗,以粤讴作笔,揭露人间的不平事。《吊秋喜》,写得情真意切,哀婉动人,被后人所评:"唱到招郎《吊秋喜》,桃花间竹最销魂!"他在孤独的暗夜,将这些姑娘如花年华的悲惨命运呈现在世人面前。他哭道:"泉路茫茫,你双脚又咁细。黄泉无客店,问你向也谁栖。青山白骨,唔知凭谁祭。衰杨残月,空听个只杜鹃啼。未必有个知心,来共你掷纸……"通过这些女子的命运,他看透了社会的阴暗,他用粤讴做武器,撕开那些虚假丑恶的伪装。有人说,一首诗就是一个梦,幻化的美,心里的欲求,诗都是梦最好的载体。那么对于招子庸来说,每首粤讴都是他的梦,是他理想的寄托。粤讴这一粤语说唱形式,与其他说唱不同,不是祈福,不是喜庆,而是充满梦想,充满忧伤与惆怅的追求,因此粤语在说唱中有着特殊的地位。

当时的人们听惯了扬州、潮州的音曲,急需一种新鲜的粤韵,一些文人墨客汇两股音脉,择入了木鱼、龙舟、南音的元素,"以粤言粤乐,歌粤事粤物",渐渐形成了不同于以往的新歌体。精通乐律的招子庸,经过一番改进,形成新歌体。

新歌体名称确认的符号是招子庸于道光八年（1828）付印的曲集《粤讴》。这本集子里汇集了121首粤讴作品。据说这个集子传扬很广，是当时很多青年人追求的读本。当时粤讴流行的盛况正像郑振铎说的"几乎没有一个广东人不会哼几句粤讴的"。于是粤讴，也称越讴、解心。粤讴的缠绵也罢、惆怅也罢，其真诚确有让人直抒胸臆的淋漓酣畅。

缠绵与锋利的粤讴

为什么伤感缠绵的粤讴在当时那样受欢迎呢？就像自然界每一种生物的成长都有其得以生长的内在原因，粤讴的出现和广受欢迎正是因为当时的环境，清末国家贫弱，政治腐败，人们的生活陷于困境，对社会多有不满，而粤讴的出现说出了人们的心声，具有宣泄情感的作用。在招子庸之后，最著名的粤讴作者就是黄鲁逸了。在20世纪30年代左右，那是中国知识分子以生命和鲜血追求真理的年代，黄鲁逸就是以粤讴做投枪、匕首进行战斗的，他创作了不少著名的粤讴曲目，深受当时的欢迎，影响甚广。

但是作为当地非物质文化遗产的粤讴，没能以活态传承的方式留存，就是说没有找到能够演唱粤讴的艺人。粤讴作为文字、作为曲目已存在于书本里了。而原来粤讴的创作者，也已经远离了人们的视线。岁月的风烟将这一瑰宝隐藏起来，今天我重提粤讴，真希望有继承者，在我们不知道的什么地方，还在演唱，让粤讴如花如木，在大地上绽放和成长。

2019 年 10 月

水上情妹妹踏歌而来

咸水歌是一种方言渔歌，在水上居民中流传。这种吃住都在水上的居民，很多地方也称他们为疍民，因此，咸水歌也称疍歌。

浪漫的江上踏歌

傍晚，江水苍茫，借着朦胧的晚霞，晚饭的炊烟还在聚集于岸边的渔船上氤氲，缓慢的流水从船边从容游走，那些年轻的渔家男女青年，便放下饭碗，走出船舱，沐着初升的月光，唱起渔歌，与意中人对唱……那是他们一生中青春焕发的时光，年轻的脸上升腾着美丽的霞光般的辉光。浪漫的情怀，犹如滔滔江水那样绵长。这让我不禁想起美得醉人的著名竹枝词："杨柳青青江水平，闻郎江上唱歌声。东边日出西边雨，道是无晴却有晴。"这的确是"渔歌互答，此乐何极"……

在南海，三山人所唱的浪漫渔歌就叫咸水歌。咸水歌具有独特的韵律，有独唱，但以对唱为多，而且代代相传，已有几百年之久。现实中，疍家人的生活充满了艰辛，过去在珠江三角洲一带流传着这样的歌谣："蚬年来价渐高，疍船终日尚劳劳。东南水利皆成税，何地还堪漫下篙？"水上居民以舟为宅，捕鱼为生，终年漂泊不定，常常被当地的人们所歧视，即使再辛勤的劳作，人们还是认为他们身上有着永远去不掉的鱼腥味。水上人家很少与一般村民联姻的，婚姻嫁娶只在水上人家相互之间进行。而每一条船就是一户人家的状况较多，船与船之间的游离状态，便是产生渔歌的最佳条件。"咸水歌"就是他们的劳动、生活、爱情之歌，承载着厚重的民俗历史及文化内涵。咸水歌是广东地区自古流传的方言渔歌，属于广东民间水上居民特有的一种歌谣，主要流传于广东中山、番禺、珠海、南海、广州等地的农民和水上居民中。

想象那美丽的情妹妹

咸水歌是多情的,水上的妹子更有着水一样清澈的激情,率真可爱,敢爱敢恨。而且,浩渺奔腾的江河给了她们天生靓丽的容颜和一副好嗓子,那种能够穿透江上迷雾的清亮声音,像是从水上漂来的情妹妹,驱散了小伙子们心中的孤独寂寞,给小伙子们带来灿烂阳光,以及以后生活中所需要的勤劳智慧,于是渔家的小哥哥们回以浑厚的歌喉和信誓旦旦的人生诺言。清代学者屈大均曾写过这样的习俗:"疍人亦喜唱歌,婚夕两舟相合,男歌胜则牵女衣过舟也。"

咸水歌就是这样一种不朽的民间艺术形态。其曲调,一般都是随字求腔,结尾处有固定的衬腔。歌词为两句一节,每句字数不拘,依据所唱内容而定。每节词同韵,各节可转韵。内容多为对劳动、生活、爱情的有感而发,随口而出,唱起来悠扬抒情,朗朗上口,易学易记易唱。最明显的特征是每句都加有衬词。咸水歌大多以歌咏爱情为主,柔情似水。

> 兄当着东妹着西啰,
> 父母严硬唔敢来啰,
> 十二精神随兄去啰,
> 唔知亲兄知唔知啰。
> …………
> 头帆挂起尾正正啰,
> 中帆挂起船要行啰,
> 大船细船去到了啰,
> 放掉俺妹无心情啰。

害羞的歌者

十几年前,我曾和专家们到南海三山对咸水歌进行调研,这个时候,水上居民仍在,河边还停靠着不少带篷的小船,但是不能上岸生活的陈规已被打破。政府为水上生活的人们建设了坚实的楼房,他们有了固定的家,再也不用像在河水中的树叶般漂浮和翻滚,担心着夜里骤然刮起的飓风会有吞没小船的巨浪。原来他们乘着船在河水中缓行,看岸上的人家,心里充满的羡慕和忧伤的心情,已经远去了,明亮的阳光也照在坚固稳定的楼宇里,他们知道,虽然河水在永恒的时间中依然流淌,那些时间深处的旧痕却渐渐消弭。这种旧痕就包括他们曾经那么歌唱着的咸水歌。如今能唱咸水歌的人已经很少了,那曾经在水上风中的声音,那些清亮的喉咙传递心声的声音,只能留在久远的记忆里或书本中了。通过村干部和村民的介绍,我们找到了两位偶尔还会唱咸水歌的老人,这两位老人听说我们的来意之后,摆摆手说:"唱不了了,那些都是没意思的事。"还说很不好意思,现在没人唱了,自己也不想唱了,总之说什么也不肯唱。后来同行的伙伴问起他们打鱼的情况,他们兴奋起来,我们大家纷纷买了一些鱼,交谈自然愉快多了。他们唱了两句,可脸就红了,很害羞地说,自己其实是属于不会唱的,会唱那几个人已经不在了。这个结果让我们感到更加沉重,看那河中的波纹似永远如新,可是三山的咸水歌就连记忆的能力都要消失了……

据我所知,珠江三角洲一带的咸水歌传承得较好的是中山市,在各项非遗活动中,经常能看到传承人的身影。她常常穿着渔家款式的艳丽服装,登台演出。当她清亮婉转、带有河水和泥土芳香的歌声响起时,我便会感到,那些被河水淹没的故事,仍在忽近忽远地表达着欢笑、忧伤和哀愁,而在江河里的船头上,那位美丽的渔家女,与《诗经》中的女子合二为一,她们将思念付诸心上人,那种热烈的情怀与两千年前没什么两样。

2020 年 2 月

彩 云 追 月

那是一种别样的、有如从天而降的美妙仙乐，空灵、绵长、神秘，带着一种雅致的色彩感，如彩云追月一般，"柔柔身影中，点点相思愁"飘荡在南国大地。这就是产生于粤语地区的民间乐种，被称为广东音乐，也称粤乐。因为它深受海外华人特别是粤地华侨的喜爱，曾经被称为"国乐"。这是一个神奇的乐种，南国的文化瑰宝。

20世纪初，在粤剧里，有这样一句口头禅："无论哪个省港大班，都有佛山人在玩音乐。"可以说，禅城是广东音乐的摇篮。可以想象，那时就有追求浪漫艺术的一群人，进入1920年以后，更是广东音乐的成熟时期，众多的曲艺音乐茶座和"私伙局"造就了一批具有后世影响的演奏家。只是，广东音乐的现代发展并不尽如人意。

广东音乐，曾在20世纪二三十年代，经历了音乐凋零的时代，却是成功地突围，涌现出倍受人们喜爱的新作品。广东音乐，固然与广东话有关，但更重要的是一种音乐意境。广东音乐，融汇了西方、中华民族音乐和传统粤乐，形成了地方轻松、愉快、流畅、活泼的音乐篇章，脍炙人口，独树一帜；同时，注重表现地方性，并与民俗风情紧紧相连。几个著名的乐曲《赛龙夺锦》就是由当地盛大民俗赛龙舟孕育出来的。《赛龙夺锦》中模拟了鼓声的曲调和节奏，鲜明真实地表现了龙舟健儿们强悍、勇敢、不甘示弱的水上运动。世世代代靠水而生的人们，以龙为之仰望，以水为之生存，于是龙与舟便承载了生活的奋发与壮志豪情。龙舟在水上穿云破雾、踏波踩浪之际，精诚团结、不屈不挠、奋力争先、勇夺锦旗，便与人生的理想紧紧联系在一起。

《雨打芭蕉》的旋律，让人们真正感到雨水降临时心中的喜悦之情。其中的诗意，在风势雨势酣畅之际，强烈的、淅淅沥沥的雨点落在绿海无边的芭蕉上而又被芭蕉叮叮当当反弹的时候，那种满眼绿意充沛的环境，充满了奇妙的穿透感，与"是谁多事种芭蕉，早也潇潇，晚也潇潇"的意境，达到珠联璧合的境界。这时，高胡的乐音清纯、静雅，雨打芭蕉的声音反而使环境、心境更加宁静。高胡,是经过吕文成先生改革二胡之后的粤乐领奏乐器,为粤韵提升了品位,使其像是插上了翅膀,飞到高空纯净的境界。而乐曲中的雨应着自然界的节奏,那潺潺密密的雨声,时有变化,乐曲盈亏有致,徐缓自如,音乐传达出的禅意与情感让我们的呼吸饱含了美感。

《旱天雷》也与人们的生活息息相关,整个曲子没有对雷声的正面描述,而是以热烈欢快的强势音乐,阐释了人们久旱盼雨,有了雷声之后感到雨必将来临的兴奋急切的心情。这种侧面描述的手法,从热烈造势开始,中间有一段柔美的抒情,是极度盼望后从起势强劲到愉悦的舒缓,然后是一气呵成的欢快,直到曲终。整个演奏强烈、大气而淋漓,听这样的曲子有一种解渴的痛快感。

在广东音乐的诸多经典曲目中,我对《彩云追月》这个曲目的名字格外喜爱,那种带来的心底愉悦,无以言说。《彩云追月》的意境是梦幻的、柔美的,云追逐着月,月映照着云。那云,缥缈柔美;那月,皎洁清雅。甜美融着惆怅的曲调破空而来:"月色似是旧人梦/遥问故人可知否/心中望相逢/唯有请明月/带走我问候/彩云追著月儿走",与"海上生明月,天涯共此时。情人怨遥夜,竟夕起相思……不堪盈手赠,还寝梦佳期"有异曲同工之妙。旋律的跌宕起伏、起承转合,更衬托出情意绵绵所带来的陶醉惬意,却又表现了南国水乡女儿的多情本色与浪漫情怀,深蕴着温婉动人的人文气息。

我感到,一个音乐人,随时可以把心情与环境交融起来,在环境里找到可为音乐的知音、朋友,进行畅叙乃至深邃的交流。广东音乐也是如此,才能这样令人迷醉,乐声一起,其风骨神韵具有强大的亲和力,总让人感到家乡的情韵,亦歌亦舞。这种家乡的感觉是一种灵魂的栖息。身处富庶的街巷,有蜿蜒的清流淌过,大自然的恩泽时时在身边滋润着。

2010 年 1 月

天地间的长短句

春夏秋冬四季轮回

在古老的中国，农耕田地早已和时间、气候有了契约，那掌握着四季维度精准的二十四节气，我以为便是这承诺之下签订的协议。农耕的古老大地，总是得以和季节的节拍产生共舞之韵，行走的风霜雨雪知道何时在田野中戏耍或歇息，庄稼的生命从春开始，到秋丰收，每一年都会舞出精彩的乐章。而那些有才气的农民，是能看懂土地和天空表情、听懂土地和天空语言的人，同时也是最忠实的观察者和倾听者……以二十四节气做了分段计算的名称，那节气歌着实精彩，"春雨惊春清谷天，夏满芒夏暑相连，处秋露秋寒霜降，冬雪雪冬小大寒"。这个二十四节气一定是在北方有雪的地方形成的，不然不会有小雪大雪节气之说。珠江三角洲虽无雪，四季温暖，但是守着四季的气候轮回，聪明的农耕人在这些乐章里，守着协议，填词吟诗，细化了许多经过实践而获得的朗朗上口的谚语。这些动人的谚语是回旋在岁月里的诗行，广袤天地间不朽的长短句。这些短诗，不仅是时间的晴雨表，也是方法论。纵观农谚整体，几乎就是农耕、种植、收获的说明书。同时我还感到，这农谚是预言家和大手笔的画家。

春天的预言

当春天脚步轻柔、翩翩而来，农谚说：春争日，夏争时，一年大事莫迟疑。这句话，常被人们用在鼓励人生成长上。

春天的空气里，饱含着孕育的信息，泥土也在复活，焕发出春天的光泽。天街小雨润如酥，春天润泽的力量，让生长充满了某种渴望，而此时种子自由酣畅地吮吸养分后，生长的秧苗充满元气，像初生的婴儿虽然娇嫩，却气血沛然。所谓："立春育秧要及早，十年早稻九年好。"这是在立春之后，对及时插秧的经验概括。

惊蛰是一个神奇的节气。春天万物复苏,而惊蛰似乎是那个复苏的触发点,"今夜偏知春气暖,虫声新透绿窗纱。"那个虫声初鸣的春夜,令人兴奋难眠。"惊蛰春分节,办田插秧不停歇。"抓紧啊,惊蛰春分时要勤快啊!

悠长的夏季

眼看着要进入夏季,"插秧插到立夏,插唔插就罢",一种语重心长的提醒:插秧的季节是在立夏前,到了立夏即使没能把秧苗插完,也不用再插了。

但是,只说插秧还不够,到底怎样插呢? 这时要耐心地看指导说明文字:

田土翻得深,瘦土出黄金。

深耕田有肉,浅播禾有谷。

早禾插贴泥,晚禾深深埋。

种瓜的要领是:要食瓜,断横桠。

珠江三角洲的夏季,高温,溽热,而且悠长,是生机鼎盛之时,生长的时间也显得漫长。但是大暑之后转入立秋,预示着一年中下半部分的到来,那么第二季晚稻的种植季节,便要抓紧了,一定要赶在处暑前:

莳田莳到处暑,收成唔够喂老鼠。

晚禾到处暑,有插无米煮。

旱田改水田,一年顶两年。

秋冬的收藏

"蒹葭苍苍,白露为霜",到了秋天,就要种植一些蔬菜了,比如:

处暑番薯白露菇。

有水不怕寒露风,有肥不怕田底穷。

高田扦处暑,低田插白露。

寒露早,立冬迟,霜降收薯正当时。

到了冬季,一立冬,就要收割啦。"立冬不收禾,一夜丢一箩。"而且,一定要为来年做准备:

冬季早耕田，工夫在隔年。

冬种桑，明年桑叶旺。

精老农，勤换种。

十处肥田不如一处肥秧。

大地与天空的情谊

我们常常把大地比作母亲，大地养育着我们，在一定程度上是因为土地培育庄稼。在土地里种庄稼，根脉在泥土的深处贪婪地、饥饿地汲取大地的养分，庄稼苗发芽、抽穗和缔结果实的快乐时候，也是土壤日夜付出的时候。在那些辽阔的承担着耕种的土地上，泥土保持肥沃十分重要，时间久了，营养减少，土地会变得贫瘠。如何使土壤保持足够的营养，使庄稼具有生长的养分，农谚同样总结了丰富的经验。比如：

新泥换旧土，胜过用粪补。

豆谷轮种，增产无穷。

绿肥种三年，坏田变好田。

种蔗一年，禾好三年。

芋头种一年，禾苗好几年。

如果说对节气的理解是说明书、对土地的保养是教科书的话，那么对农事的生产管理农谚简直就是哲学著作了。农谚的精髓，强调了农人必须勤快，不论是什么状况，只要勤奋，庄稼总是能忠厚地为人们奉献出丰收的成果。

人勤没懒地。

不怕歉年，就怕靠天。

戏在人唱，地在人耕。

三分种，七分管。

只种不管，打破银碗。

人勤地生宝，人懒地生草。

三秋勤耕田，丰收在来年。

阳春三月不出工，九冬腊月喝北风。

谚语的语言虽朴实,看似自然天成、信手拈来,其实是生动、简练到了某种极致。农谚大部分讲究音韵节奏的和谐,且所有的内容都通俗易懂并耐人寻味。

天气预报成了农谚的延续

佛山地处珠江三角洲腹部,我们的先辈在这块土地上渔猎耕作,渴望稻谷饱满、鱼塘肥美,是永远的目标和信念。于是他们创造了很完整的一套以生态平衡为基础的科学农业生产方法,促进了农工商业的发展。如今,熟知农谚的主要是老一辈的农民,加上现代化工业的迅猛发展,农谚这一民间传统文化濒临失传的危机。越来越精准的天气预报,让农谚逐渐没落,农谚的声音越来越小,渐渐远去。但是农谚所透出的庄稼人的希望却在现实中,得到了更科学的实现,庄稼从种植到收获的过程,都被精心呵护直到获得丰收。农谚是农人们的百科全书,也是农业科学发展的基础元素。我不禁将思绪投向广袤的、发出芬芳的大地,那里时而阳光灿烂,时而阴雨绵绵……我的心里始终翻腾着一种广阔的敬意。

2020 年 12 月

参 考 文 献

[1]《石湾龙窑营造与烧制技艺》,李燕娟编著,世界图书出版广东有限公司,2016 年 6 月。

[2]《粤韵香飘——吕文成与广东音乐论集》,广东炎黄文化研究会编,澳门出版社,2004 年 1 月。

[3]《佛山醒狮》,余婉韶编著,世界图书出版广东有限公司,2015 年 5 月。

[4]《佛山文史资料·第八辑》,佛山市政协文史资料委员会、佛山市文化局合编,1988 年 9 月。

后　记

　　著名学者朱九江先生曾说过，"谷暗兰熏，芳菲自远"，这是对历史文化的评价。这种美的意象，饱满盈逸，穿过时间和空间的砥砺，抵达了我们今天的感官，也抵达了我内心柔软的地方。先辈们筚路蓝缕地创造了这些充满智慧和灵感的传统文化，正是一座座精神的山峰，翁郁葱绿，结满硕果。曾几何时，古老的、普遍的生活模式，在如今的生活里已经渐行渐远，然而那些存留至今的具有优秀历史文化的非物质文化遗产，仍然如兰熏香，芳菲久远。

　　作为佛山的非物质文化遗产工作者，在一点一滴的日常作业中，我获得了厚实和感人的信息，从内心里一点一点地认识它们，希望能够写出我熟悉部分的内容。虽然现在呈现的是本小书，但这是我十几年的关于非遗保护与发展历程的汇集，只不过这种汇集有很多的内容，充满了我个人的感受，这种呈现是一个非遗工作者足迹的呈现。同时我也非常惭愧，由于水平有限，难以将佛山非遗这样优秀的传统文化所蕴含的人生哲理、生活情趣和精巧技艺饱满地呈现出来，所以不当之处，也请读者指正。我只是希望通过这个集子，能够留住"芳菲"之万一并起到抛砖引玉的作用。

　　特别感谢佛山市艺术创作院副院长、著名作家盛慧的指导并为我写序，提升了文字的品位。感谢彭飞先生提供图片及设计封面，封面图案为佛山剪纸国家级非遗代表性传承人陈永才作品《古典系列·云中君》局部。同时，成书过程，我也得到了许多传承人和非遗中心同事们的帮助，没有他们的鼓励，也许就完不成这样一本书。在此，我衷心地感谢他们。

关　宏
2020 年 12 月